新曲苑（三）

任中敏編

中華書局印行

曲稗

清徐珂撰

士大夫諳音樂

乾嘉閒。士大夫皆諳音樂。三絃笙笛鼓板。亦嫺熟異常。嘉慶己巳。錢梅溪在京時。見盛甫山舍人之三絃。程香谷禮部之鼓板。席子遠陳石士兩編修之大小唱。蓋崑曲也。

舒鐵雲諳音律

大興舒鐵雲孝廉位諳音律。能吹笛鼓琴。其度曲不失分寸。所作樂府院本。一脫稿卽付老伶按節而歌。不煩點竄也。

潮人唱南北曲

潮人以土音唱南北曲者。曰潮州調。潮音似閩。多有聲而無字。或一字而演爲二三字。其歌輕婉。閩廣相半。中有無其字。而獨用聲口相授。曹好之以爲新調者。亦曰輋歌。農者每春時。婦子以數十計。往田插秧。一老撾大鼓。鼓聲一通。羣歌競作。彌日不絕。是曰秧歌。南雄之俗。歲正月。婦女設茶酒於月下。罩以竹箕。以青帕覆之。以一箸倒插箕上。左右二人摙之。作書問事吉凶。又畫花樣。謂之踏月姊。令未嫁幼女且拜且唱。箕重時。神即來矣。謂之踏月歌。長樂婦女中秋夕拜月。曰椓月姑。其歌曰月歌。蛋人亦喜唱歌。婚夕。兩舟相合。男歌勝。則牽女衣過舟也。黎人會集。則使歌郎開場。每唱一句。以兩指下上擊鼓。聽者齊鳴小鑼和之。其鼓如兩節竹。而腰小。塗五色漆。描金作雜花。以帶懸繫肩上。歌郎畢唱。歌姬乃徐徐唱。擊鼓亦如歌郎。其歌大抵言男女之情。以樂神也。

旗亭歌洪昉思詞

錢塘洪昉思太學昇。工樂府。宮商不差脣吻。旗亭畫壁。往往歌之。所作樂府。有長生殿傳奇。及天涯淚。四嬋娟雜劇。娶同里黃文僖公機孫女。亦諳音律。

王采薇按笛歌詞

孫淵如夫人王采薇。嘗言唐五代詞。率可倚聲。被之簫管。春餘夜靜。輒取李後主簾外雨潺潺詞。按笛譜之。令淵如審聽。至流水落花春去也天上人間二句。聞者欷歔。其後淵如寫采薇遺影。爲落花流水圖。以此。

陸麗京度曲

錢塘陸麗京。名圻。度曲四齣。薄遊武塘。錢仲芳大集賓客。即令吳伶演唱。新聲豔發。絲竹轉清。四座之間。魂搖意深。

王夢樓教僮度曲

丹徒王夢樓太守文治。嘗買僮。教之度曲。行無遠近。必以歌伶自隨。辨論音樂。窮極幽渺。客至其家。張樂共聽。窮日不倦。海內求其書者。歲有餽遺。率費於聲伎。人或諫之。不聽。其自喜顧彌甚也。然至客去樂散。默然禪定。夜坐。脅未嘗至席。持佛戒。日食蔬果而已。如是者數十年。

陸君暘善三絃

鄮城陸君暘。初嘗學吳絃於吳門范崑白。得其技。已而盡棄不用。以爲三絃北音也。自金元以降。曲分南北。今則有南音而無北音。三絃猶餼羊也。然而吳人歌之。而祇爲南曲之出。調之半。吾將返於北。使撩捩之曼引而離迤者。盡歸激決。

嘗譜金詞董解元曲。又自譜所爲兩鴛姻緣新曲。變其故宮。獨爲刺促偪剝之音。名幽州吟。駭然於人。然其時故有知者。周延儒請與游。累致千金散去。終自以不知於時。嘗著三絃譜。欲傳後。會大兵入吳。遯於三江之澨者若干年。世祖聞其名。御書紅紙曰。召清客陸君暘來。既入。御便殿賜坐。令彈。陸乃彈元詞龍虎風雲會曲。稱旨。賜之金。自是貴邸巨室。爭邀致之。無虛日。或欲使隸太常。弗屑也。年七十。尚能作過雲之逸響。宋荔裳按察琬。贈以詩云。曾陪鉄笛宴寧王。吹笛梅花滿御牀。幾度淒涼春草碧。不堪重過闘雞坊。

時松江提督馬進寶以鉅首下獄。人不敢問。進寶故善君暘。君暘任俠直入獄具餉。臺臣聞者皆大駴。各起謀劾之。華亭張法曹急往告。君暘忼愾曰。吾何難仍遯之三江間耶。至尊若問我。道我病死。言訖。竟行。後上果問及。如其言。上爲歎息。當是時。君暘名藉甚。初本名曜。君暘者。其字。至是以上稱君暘。遂以字行。凡長安門刺。往來奏記。皆得直書陸君暘以爲榮。君暘後復不得志。嘗過上海。上海名家子張均淥慕其技。君暘亦獨奇均淥。謂均淥知己。盡授其技。作傳絃序一篇。君暘多門徒。然皆不及均淥也。吳中三王之中。有曰稚卿者。君暘弟子也。

今劇之始

六朝以還。歌舞日盛。然與今劇爲不類。自唐有梨園之設。開元朝分太常俗樂。以左右教坊典之。乃爲今劇之鼻祖。伶人祀先明皇是稱。固其宜也。惟唐人以絕句入歌。朝有佳作。夕被管絃。旨쬙畫壁旗亭黃河遠上一曲。遂成千古。其事簡易。去今調遠甚。蓋院本始於金元。唱者在內。演者在外。與日本之演舊戲者相仿。今開幕之跳加官。卽其遺意。金元以後。曲調大興。按譜塡詞。引聲合節。乃爲崑曲之所自出。今劇由崑曲而變。則卽謂始自金元可也。

崑曲戲

崑曲戲創始於崑山魏良輔。以前僅有弋陽海鹽二腔。魏出。始能以喉轉聲。別成一調。遂變弋陽海鹽。故調爲崑山腔。蓋以地名。梁伯龍塡浣紗記付之。卽王元美詩所謂吳閶白面冶游兒。爭唱梁郎雪豔詞者是也。

或曰。創自明季之蘇崑生。蓋以人名。意者曲調相沿已久。崑生曾出新意潤色之。聲律乃益完密。好事者即以其名名之歟。

康熙朝。京師內聚班之演長生殿。乾隆時。淮商夏某家之演桃花扇。與明季南都燕子箋之盛。可相頡頏。淮商家豢名流。專門製曲。如蔣苕生輩。均嘗涉足於此。故其時爲崑曲最盛時代。而崑山之市井鄙夫及鄉曲細民。雖一字不識者。亦能拍板高唱一二折也。嘉道之際。海內晏安。士紳讌會。非音不樽。而郡邑城鄉。歲時祭賽。亦無不有劇。用日以多。故調日以下。伶人苟圖射利。但求竊似。已足充場。故從無新聲新曲。

出乎其間。綴白裘之集。猶乾隆時本也。道光朝。京都劇場。猶以崑劇亂彈。相互奏演。然唱崑曲時。觀者輒出外小遺。故當時有以車前子譏崑劇者。浙江嘉湖各屬。時值春秋二季。尚有賣戲於鬧市者。蓋浙人猶有嗜之者也。

咸同之季。粵寇亂起。蘇崑淪陷。蘇人至京者無多。京師最重蘇班。一時技師名伶。以南人占大多數。自南北隔絕。舊者老死。後至無人。北人度曲。究難合拍。崑劇於是不絕如縷。

光緒時。滬上戲園。僅有天仙。詠霓。留春。諸家。皆京劇也。惟大雅爲純粹之崑劇。依常理論。崑劇應受蘇人歡迎。顧乃不然。雖竭力振作。賣座終不能起色。維持數載。卒以顧曲者鮮。宣告輟業。社員大半皆蘇產。相率歸去。或習他業。或爲曲師。貧不能自存。幾至全體星散。越數載。始有人鳩集舊部。組織聚福園。開演於蘇垣之府城隍廟前。雖不能發達。然尚可勉支也。及閶門闢馬路。大觀麗華諸園。接踵而起。冶游子弟。趨之若鶩。聚福遂無人顧問。不得已遂又歇業。然諸伶既聚。則不可復散。乃易其名曰全福。而出外賣戲。頻年落拓。轉徙江湖。舊時伶工。凋士殆盡。繼起者又寥寥無幾。宣統時。闃如矣。

戲劇之變遷

國初最尚崑劇。嘉慶時猶然。後乃盛行弋腔。即俗呼高腔。一曰高調者。其於崑曲。仍其詞句。變其音節耳。京師內城尤尚之。謂之得勝歌。相傳國初出征凱旋。軍士於馬上歌之。以代凱歌。故於請清兵等劇尤喜演之。道光末。忽盛行皮黃腔。其聲較之弋腔爲高而急。詞語鄙俚。無復崑弋之雅。初唱者名正宮調。聲尚高亢。同治時。又變爲二六板。則繁音促節矣。光緒初。忽尚秦腔。其聲至急而繁。有如悲泣。聞者生哀。然有戲癖者皆好之。竟難以口舌爭也。崑弋諸腔。已無演者。即偶演。亦聽者寥寥矣。

歐人研究我國戲劇

晚近以來。歐人於我國之戲劇。頗爲研究。英人博士瓦兒特。德人哥沙爾。那窪撒。皆是也。瓦兒特著一書。曰中國劇曲。分四期。曰唐。曰宋。曰金元。曰明。並就琵琶記。及其他戲劇之長短。略評之。哥沙爾著一書。曰中國戲曲及演劇。分八章。一中國國民精神與其戲曲。二中國之舞臺俳優。及作劇家。三中國之劇詩。四戲劇之種類。五人情劇及悲劇。六宗教劇。七性格喜劇。與脚色喜劇。八中國之近世劇。

崑曲戲與亂彈戲之比較

崑劇縝密。迥非亂彈可比。非特音節臺步。不能以己意損益。服飾亦纖屑不能苟。翦髮賣髮一齣。扮趙五娘者。例不得御珍飾。吳郡正旦。某一夕演此劇。偶未袒其常佩之金約指。臺下私議戚戚。某卽顰蹙向臺下曰。家貧如此。妾何人斯。敢懷寶以陷於不孝。言次。袒約指。擲諸臺下曰。此銅質耳。苟眞金者。何敢背古人髮膚之訓。翦而賣之乎。私議乃息。

弋腔戲爲崑曲皮黃之過渡

弋陽梆子秧腔戲。俗稱揚州梆子者是也。崑曲盛時。此調僅演雜劇。論者比之逸詩變雅。猶新劇中之趣劇也。其調平板易學。首尾一律。無南北合套之別。無轉折曼衍之繁。一笛橫吹。習一二日。便可上口。雖其調亦有多種。如打櫻桃之類。是其正宗。此外則如探親相罵。如寡婦上墳。亦皆其調之變。大抵以笛和者皆是。與以絃和之四平調。（如二黃中坐樓）及徽梆子。（如得意緣中之調。卽就二黃之胡琴。以唱秦腔。似是而非。故祇可謂之徽梆子。）均不類。崑曲徽後。伶人以此調易學易製。且多屬男女風情之劇。故廣製而盛傳之。爲崑曲與徽調之過渡。故今劇中崑曲已絕。而此調則所在多有也。

皮黃戲

自有傳奇雜劇。而駢枝競出。有南北之辨。崑弋之分。宋以來綿延弗斷。此所謂雅聲也。然弋腔近俚。其局甚簡。有纖靡委瑣之奏。無悲壯雄偉之神。至皮黃出。

而較之崑曲。尤有雅俗之判。皮黃者。導源於黃陂黃岡二縣。謂之漢調。亦曰二黃。不知者乃於黃上加竹爲簧者誤。又以其一出於黃陂。又曰西皮。初甚簡單。崑之唱繫於曲牌。此則辨於諸板。板之類甚稀。第變化得神。錯落有節。自能層出而不窮矣。

崑曲戲與皮黃之比較

崑劇之爲物。含有文學美術（如浣紗記所演西子之舞）兩種性質。自非庸夫俗子所能解。前之所以尚能流行者。以無他種戲劇起而代之耳。自徽調入。而稍稍衰微。至京劇盛。而遂無立足地矣。此非崑劇之罪也。大抵常人之情。喜動而惡靜。崑劇以笛爲主。而皮黃則大鑼大鼓。五音雜奏。崑劇多雍容揖讓之氣。而皮黃則多四杰村。虮蜡廟等跌打之作也。

秦腔戲

或曰。秦腔於明季已有。以李自成之事證之。則其與固在徽調以前也。京師昔與徽調分枝。絕不相雜。同光之際。以義順和。寶盛和。兩部爲最有名。此調有山陝調。直隸調。山東調。河南調之分。以山陝爲最純正。故京師重山西班。義寶兩部。皆號稱山陝者也。直東人善唱者。亦必以山陝新到標題。其實化合燕音。苟圖悅耳。趙瑟秦缶。雜奏一堂。已非關西大漢之舊響矣。光緒時。張文達公之萬。雅好此音。故春時團拜。(同鄉同年聚宴謂之團拜)義寶兩部。亦得充場。與徽班並駕。雖在曩昔。僅有專園演唱。爲下流所趨。士大夫鮮或入顧。自玉成班入京。遂爲徽秦雜奏之始。

崑曲秦腔之異同

秦腔與崑曲爲同體。其用四聲相同。其調二十有八亦相同。聲中有音。如喉、齶、舌、齒、脣。調中有頭。如高、下、緩、急、平、側、豔、曼、停、腔、過板。板中有起、腰、底之分。眼中有正、側之判。聲平緩則三眼一板。惟高腔則七眼一板。聲急促則一眼一板。又無所不同。其微異之點。則崑曲必佐以竹。秦聲必間以絲。今之唱秦聲者。以絲爲主。而間以竹。或但有絲而去其竹。崑曲僅有綽板。秦腔兼用竹木。俗稱梆子。竹用篔簹。木用棗。其所以改用者。以秦多肉聲。竹不如肉。故去笙笛。又秦多商聲。最駃烈。綽板聲嫌沉細。僅堪用以定眼也。

至於九調之說。崑曲僅七調。無四合。七調中。乙調最高。惟十番用之。上字調亦不常用。其實僅有五調。若正宮則音屬黃鐘。爲曲之主。相傳惟蘇崑生發口即是。一生所歌。皆正宮調。其後婁江顧子惠。施某二人差堪繼聲。今則歌崑曲者。甫入正宮。卽犯他調矣。秦人顧曲。人人皆音中黃鐘。調入正宮。然所謂正宮者。非大聲疾呼。滿堂滿室之謂也。當直起直落。而復婉轉環生。卽犯入別調。仍能爲宮音。如歌商調。則入商之宮。歌羽調。則入羽之宮。樂經旋相爲宮之義。自可以此證明之。蓋絃索勝笙笛。兼用四合變宮變徵無不具。以故叩律傳音。上如抗。下如墜。曲如折。止如槁木。句中鉤。纍纍乎如貫珠。斯則秦聲之所有。而崑曲之所無也。

內廷演劇

內廷演劇。遇劇中須拜跪時。必面皇上而跽。若轉場。亦不得以背向皇上。

乾隆初。高宗以海內昇平。命張敏公照製諸院本進呈。以備樂部演習。各節皆相時奏演。如屈子競渡。子安題閣諸事。無不譜入。謂之月令承應。內廷諸喜慶事。奏演祥瑞者。謂之法宮雅奏。萬壽令節前後。奏演羣仙神道。添籌錫禧。以及黃童白叟。含哺鼓腹者。謂之九九大慶。又演目犍連尊者救母事。折爲十本。謂之勸善金科。於歲暮奏之。鬼魅雜出。實有古人儺祓之意也。演唐元奘西域取經事。謂之昇平寶筏。於上元前後日奏之。曲文皆文敏親製。詞藻富麗。引用內典經卷。後又命莊恪親王譜蜀漢三國志典故。謂之鼎峙春秋。又譜宋政和間梁山諸盜。及宋金交兵。徽欽北狩諸事。謂之忠義璇圖。其詞皆出月華游客之手。鈔襲元明水滸。義俠。西川圖。諸院本。遠不逮文敏矣。嘉慶癸酉。仁宗以教匪事。特命罷演諸連臺。至上元日。亦惟以月令承應代之。

六燕班

吳三桂喜度曲。不差累黍。有周公瑾風焉。蓄歌童十數輩。自教之。中六人藝最勝。稱六燕班。蓋六人皆以燕名也。嘗微服遊江淮間。與六燕俱。賈人某亦嗜聲伎。值家讌演劇。吳投刺謁之。賈延入納之上座。未幾樂作。脫板乖腔。百無一當。主人與客。極口褒獎。吳但默坐瞑目搖首而已。主人憤而言曰。若村老。亦諳此耶。吳曰。不敢。然嗜此已數十年矣。主人愈不悅。客有黠者。請吳奏技。否則將有以折辱之。吳欲自炫。不復辭謝。欣然爲演惠明寄柬一折。聲容臺步。動中肯要。座客皆相顧愕眙。少焉樂闋。下場一笑。連稱獻醜而去。

禮邸有菊部

大興舒位。字鐵雲。禮闈報罷。留滯京華。太倉畢子筠華珍。方客禮親王邸。二人皆精音律。嘗取古人逸事。撰爲雜劇。如楊笠湖吟風閣例。王好賓客。亦知音。王邸舊有吳中菊部。每一折成。輒付伶工按譜。數日嫻習。即邀二人顧曲。盛筵一席。輒侑以潤筆十金。

演八仙上壽

常州府有屬縣八。惟靖江介在江北。順康間。某親貴出守常州。聲勢烜赫。僚屬備極嚴憚。一日。以壽演劇。七邑令皆來稱祝。靖江令獨後至。懼甚。屬閽者爲畫策。遂重賂伶人。時方演八仙上壽劇。七人者先出。李鐵拐獨後。七人問曰。來何暮也。鐵拐曰。大江風阻。故爾來遲。閽人即於是時。以靖江令手版進。太守大喜。遂延入。至盡歡而罷。

演長生殿傳奇

錢唐太學生洪昉思昇。著長生殿傳奇。初成。授聚和班演之。聖祖覽之稱善。賜優人白金二十兩。於是諸親王及閣部大臣。凡有宴會。必演此劇。而纏頭之費。較之御賞且數倍。聚和班優人乃請開筵爲洪壽。卽演是劇以侑觴。某日。宴於宣武門外孫公園。名流之在都下者。悉爲羅致。而不及給諫黃六鴻。黃奏謂皇太后忌辰。設宴樂。爲大不敬。請按律治罪。上覽其奏。命下刑部獄。益都趙秋谷對簿自承。經部議革職。一時凡士大夫及諸生除名者幾五十人。秋谷及海寧查夏重。其最著者。後查改名愼行。登第。趙年僅廿八。竟廢置終其身。洪放歸。旋墮苕霅間而死。當時編修徐嘉炎。亦與讌對歌。賂聚和班優人。詭稱未與得免。

都人有口號云。國服雖除未滿喪。何如便入戲文場。

自家原有三分錯。莫把彈章怨老黃。秋谷才華迥絕

儔。少年科第儘風流。可憐一齣長生殿。斷送功名到

白頭。周王廟祝本輕浮。也向長生殿裏遊。抖擻香金

求脫網。聚和班裏製行頭。徐豐頤修髯。有周道士之

稱。後官學士。或曰黃由知縣行取入京。以土物詩稿。

遍贈諸名士。至秋谷。答以柬云。土物拜登。大稿璧謝。

黃銜之刺骨。故有是劾也。

演目連救母

康熙癸亥。聖祖以海宇蕩平。宜與臣民共爲宴樂。特

發帑金一千兩。在後載門架高臺。命梨園子弟。演目

連傳奇。用活虎活象活馬。

演臨川夢傳奇

蔣心餘太史士銓。性峭直。不苟隨時。以剛介爲和珅所抑。留京師八年。無所遇。以母老乞歸。其才其遇。無一不與明湯玉茗相類。因爲臨川夢傳奇以自況焉。其自序略云。先生以生爲夢。以死爲醒。予則以生爲死。以醒爲夢。於是引先生既醒之身。復入於既死之夢。且令四夢中人。與先生周旋於夢外之身。不亦荒唐可樂乎。

演探親相罵

探親相罵一劇。原爲崑曲中之梆腔雜劇。雖京戲亦演之。然悉仍其舊。蓋道咸之際。樂風漸變。趨重京劇。自後內廷傳唱。常例皆京崑並奏。故率將崑曲闌入。各地伶人。遂亦相沿成習。意謂亦在京戲範圍。實則此劇純用吹腔。固猶是崑曲之面目也。惟服裝做工。

則因時會而遷移。間有不相沿襲者。而唱白腔調。悉與綴白裘同。調門悉用銀絞絲曲。中有不合者。殆爲沿訛。惟依崑曲原本。尚少末後與男親家相遇。重延解勸而親母和好如初之一段。大率爲演京劇者所刪矣。至其劇情。則爲鄉間親家母胡媽媽。背布袋。騎驢入城。探其名野花者之女也。先是女見母訴苦。旋與親家母相見。則一村一俏。無不相形見絀。且談吐之時。每被奚落。旋以語及野花之傻。一則苛求。一則迴護。遂至爭執相罵。不歡而別。

李笠翁曲部誓詞

李笠翁家蓄伶人。嘗撰曲部誓詞。文云。竊聞諸子皆屬寓言。稗官好爲曲喻。齊諧志怪。有其事豈必盡有其人。博望鑿空。詭其名焉得不詭其實。矧不肖硯田餬口。原非發憤而著書。筆蕊生心。匪託微言以諷世。不過借三寸枯管。爲聖天子粉飾太平。揭一片婆心。效老道人木鐸里巷。既有悲歡離合。難辭謔浪詼諧。加生旦以美名。既非市恩於有託。抹淨丑以花臉。亦屬調笑於無心。凡此點綴劇場。使不岑寂而已。但慮七情以內。無境不生。六合之中。何所不有。幻設一事。卽有一事之假同。喬命一名。卽有一名之巧合。焉知不以無基之樓閣。認爲有樣之胡盧。是用瀝血鳴神。剖心告世。稍有一辜所指。甘爲三世之瘖。卽漏顯誅。難逋陰罰。作者自干於有赫。觀者幸諒其無他。

恭王嗜崑劇

恭親王溥偉。喜觀崑劇。能自唱。其左右亦能和之。每遇小飲微醺。輒歌舞間作。偶倦。卽令左右賡續以爲樂。曲罷。恆賜以酒。又嘗召伶演武劇。忽顧左右曰。若曹亦可與之廝打。衆不諳武藝。莫敢應。則力促之。謂當賞白金。時孫菊仙在側。起而言曰。君等宜努力。王爺固有人各一錁之賞。或且可得膏藥一張也。王頓悟。令止之。

按清稗類鈔音樂類與戲劇類。篇幅尚多。茲多擇錄以涉及崑腔崑劇者爲限。他不及也。二北識。

曲稗終

蒹猗室曲話目次

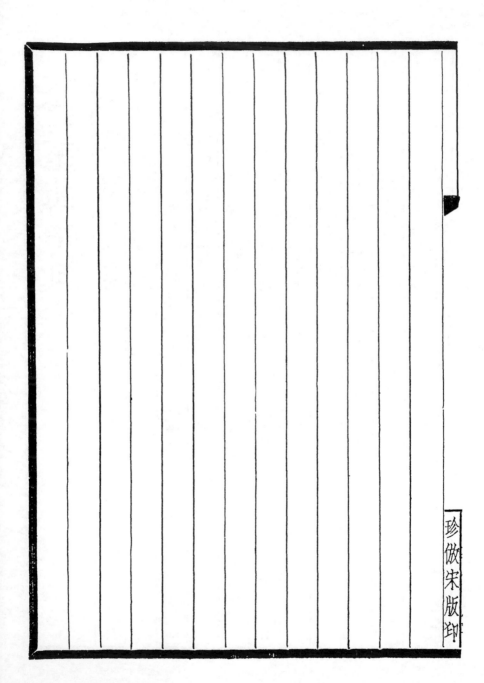

菉猗室曲話卷一

新曲苑第二十三種

清貴筑姚華撰

卓徐餘慧

明杭州卓人月選古今詞統十六卷。搜羅甚富。然至採錄小說傳奇之作以充數。不免爲大雅所譏。徐士俊評。且時攔入傳奇。更覺不倫。抑亦可見詞曲雖分疆界。明人尚視爲一體。予方治曲。喜其於變遷之迹。有所考證。因節取其語。以資鄙說。蓋翻詞入曲。尚見本原。非援曲入詞。致傷糅雜也。錄卓徐餘慧。

元曲賓白所昉

少游調笑令詠昭君。烟中怨。樂昌公主。倩女。四首發端先作七言口號。即疊末二字以爲詞頭。謂之調笑

元曲與詞法相通處

轉踏。考其起源。出於樂語。而徐士俊評以爲前數行疑是元人賓白所自始。被之管絃。竟是董解元數段。此語非特足爲劇曲考源。更可以見詞曲轉移之迹。再以趙德麟商調蝶戀花述會真記事十闋證之。更昭然明白矣。調笑轉踏。宋人多爲之。如山谷。東堂。雲龕。无咎諸家。各有所作。見樂府雅詞。及毛刻宋六十名家詞中。樂府雅詞又錄鄭僅十三首前有句隊。後有放隊。各語尚規模樂語。不過一闋分詠一事。而王灼碧雞漫志載石曼卿作拂霓裳轉踏述開元天寶遺事。則合數闋詠一事。爲王伯成之先聲。惜其辭不傳。無可考耳。趙德麟蝶戀花十闋。今尚見侯鯖錄中。毛西河詞話已視爲戲曲之祖矣。董解元。據輟耕錄。謂是金章宗時人。名里無考。西河詞話則以爲金章宗學士。不詳所據。董撰絃索西廂爲古今傳奇之祖。近貴池劉氏有重刻本。

斷腸生查子元夕詞。去年元夜時。今年元夜時二語。徐極賞之。以爲元曲之稱絕者。不過得此法。顧夐醉公子詞末句云。魂銷似去年。徐云。還魂曲。恁今春關

入作平

詞用曲韻

秋千詞入紫釵記

西廂語所本

情似去年。用此也。最撩人春色似今年。則又翻此。叔黨點絳唇秋閨詞云。畫樓十二。有個人同倚。卓人月注云。十字唐詩多作平聲。楊升庵音句。王弇州音諶。予按北曲無入聲。凡入聲皆配入三聲。中原音韻可考。以此知挺齋所受由來遠矣。周德清號挺齋。元人。所訂中原音韻。爲北曲韻本。今僅存明程明善所刻嘯餘譜中。叔黨。蘇過字。東坡長子。

蕭竹屋前調記夢詞。花逕相逢。眼期心諾。卓注云。諾字用韻。與北曲同。

無名氏前調鞦韆詞云。蹴罷鞦韆。起來整頓纖纖手。露濃花瘦。薄汗輕衣透。　見客入來。襪剗金釵溜。和羞走。倚門回首。卻把青梅嗅。徐云。入若士紫釵記。

毛文錫醉花間詞云。銀漢是紅牆。一帶遙相隔。徐云。粉牆高似青天之句未奇也。

還魂語所本

六一浣溪沙春遊詞云。日斜歸去奈何春。徐云。湯若士良辰美景奈何天本此。

入紫釵語

山谷前調佳人詞末句云。今生有分向伊麼。徐云入紫釵。

入幽閨語

董退周攤破浣溪沙鬭草詞云。鞦韆架閣檀槽亞。百寶欄邊尋耍生被香蕪撩惹賭箇輸贏者。 爭多說少渾閒話鬧過殘春聊且搶得別人盈把翻要將人打。徐云輕清淡冶不使一事不鍊一字似施君美曲

按此作入曲。尚屬本色。入詞則太淺率展成詞多纖滑。爲昔人所嗤。正以此耳。詞曲界限。不可不嚴。明人多不守之。無怪徐之歎賞不已也。施君美名惠。元人。世傳幽閨記傳奇爲其所撰。今存六十種曲中。近貴池劉氏得舊本重刻。退周名斯張。明湖州人。

實甫曲與詞意相合處

西廂仿詞語

元曲拆白道字之始

西廂與詞意相合處

詞曲中用也字

劉燕哥太常引詞末句云。第一夜相思淚彈。徐云王實甫曲。破題兒第一夜。卽此意。

溪堂柳梢青詞云。昨夜濃歡。今宵別酒。明朝行客。徐云西廂前暮私情。昨夜歡娛。今日別離。殆倣此邪。

少游南歌子贈陶心兒詞末句云。天外一勾殘月帶三星。卓注云。隱心字。徐云。你共人女字邊干。爭知我門裏挑心。對此則醜。按二語是山谷同心詞句。元曲中拆白道字。淮海已開其端矣。

東坡前調有感詞云。何物與儂。歸去有殘粧。徐云。卽會真記靚粧在臂之意。按本詞又云。美人依約在西廂。王實甫曲題目蓋本諸此。

易安怨王孫詞云。又是寒食也。徐云。元詞多以也字叶成妙句。殆祖此。按元曲凡用也字處。蓋有一定音律如此。與文章無關。徐殆未深考耳。僅論文章。不論曲律。此金人瑞之所以敢於改西廂也。明人習氣。多如此類。

西廂與詞意相合處

山谷鷓鴣天詞云。覷得羞時整玉梭。徐云。王實甫推整素羅衣之句。與整玉梭相類。

琵琶用詞語

蜀主玉樓春避暑摩訶池上作。冰肌玉骨涼無汗一首。東坡足成洞仙歌。徐以爲蘇詞。又被高生取入琵琶。習聞則厭。惟一點明月可留耳。

元曲本詞之語

東坡翻香令燒香詞云。且圖得氤氳久。爲情深嫌怕斷頭煙。徐云。元曲所謂前生燒了斷頭香者。宋時先有此說邪。

還魂用詞語

張子野一斛珠詠佳人吹笛詞云。生香真色人難學。徐云。人羨湯若士丹青女易描。真色人難學之句。不

湯臨川曲與朱宗遠詞之較

明人詞曲習氣

紅蕖記取賀方回詞語

知爲子野所創。

朱宗遠賣花聲詞云。嫩涼羈葉。柳館黃鸝常寓。徐云。臨川曲云。弄鶯簧。赴柳衙。與柳館句孰多。（宗遠名灝。明華亭人。）

吳凝父解珮令蟋蟀詞云。有甚干纏。恰催起天涯離悰。又云。蟋蟀哥哥。倘後夜暗風淒雨。再休來小窗悲訴。徐賞此語。以爲似欲攔宋人詞入元人曲。予謂蟋蟀哥哥終非詞家語。明人塡詞製曲皆由一轍。故詞不能望宋。曲不能嗣元。是又有明一代之風氣所由生。而南曲之面目又所以特異也。凝父名鼎芬。吳縣人。年四十祝髮。號唵囕。

方回千秋歲詞云。奴奴睡。奴奴睡也奴奴睡。徐云。沈寧庵取入紅蕖記。按此亦作山谷詞。寧庵卽沈璟。字伯瑛。世稱詞隱先生者是也。吳江人。萬曆間進士。仕至光祿寺某官。所撰曲二十餘種。今惟義俠記在。六十種曲中。尚傳紅蕖記。僅於清黃文暘曲海目中存其名而已。寧翁與臨川齊名。方諸生曰。松陵具詞法。而讓詞致。臨川妙詞情。而越詞檢。可以測其所至矣。近予得康熙間與慶閣傳鈔本一種情傳奇。以與沈輯南九宮曲譜對讀之。無所出入。可見矩矱一種情。據曲海目亦沈撰。寧庵有子巨自炳。字君晦。亦工詞曲。卓書收清平調春宮詞四首。徐評云。讀君晦詞。知寧庵先生風流未墜。

二詞為董劇先導

山谷歸田樂兩首。其一云。暮雨濛階砌。漏漸移轉添寂寞。點點心如碎。怨你又戀你。恨你惜你。畢竟教人怎生是。 前歡算未已。奈向如今愁無計。為伊聰俊。銷得人憔悴。這裏誚睡裏。睡裏夢裏。心裏。一晌無言但垂淚。其二云。對景還銷瘦。被個人把人調戲。我也心兒有憶我。又喚我。見我。嗔我。天甚教人怎生受。看承幸廝勾。又是樽前眉峯皺。是人驚怪。寃我忒撋

擱就考

天池詞似務觀

就。拚了又捨了。定是這回休了。及至相逢又依舊。徐云。二曲爲董解元導師。按山谷。稼軒。次仲。龍洲。諸家。才情豪縱。於詞格已不中材。有時放筆更出正軌。詞至宋末。多墮惡道。諸家不能辭其咎也。然下啓金元。遂爲千古曲家開山鼻祖。風氣之成。固非一二人力也。擱。如專切。挨也。趙長卿簇水詞。亦有試擱就句。又有百擱百就句。見羅江李氏雨村詞話。又少游滿園花怨情詞。當初不合苦擱就。卓注云。擱而緣切。攧擱。手挼挱物也。

務觀隔浦蓮詞云。騎鯨雲路倒景。醉面風吹醒。笑把浮丘袂。寥然非復塵境。震澤秋萬頃。烟霏散。水面飛金鏡。 露華冷。湘妃睡起。鬟傾釵墜慵整。臨江舞處。零亂塞鴻清影。徐云。似陸天池良宵杳一曲。按此當云天池似觀務耳。天池名采。字子元。明長洲人。所撰曲有明珠記。南西廂。懷香記。椒觴記。分鞋記。今六十種曲中。尚存明珠。懷香。二記。南西廂。近貴池劉氏有刻本。餘未見。良宵杏曲。不知在何本中。當再查之。

胡浩然傳言玉女元宵詞云。一夜東風。不見柳梢殘雪。御樓煙煖。對鰲山綵結。簫鼓向曉。鳳輦初回宮闕。千門燈火。九逵風月。　繡閣人人。乍嬉遊。困又歇。豔粧初試。把珠簾半揭。嬌羞向人。手撚玉梅低說。相逢長是上元時節。徐云。結數語入紫釵。

林初文河滿子詠夢詞云。春日弄花不影。秋宵踏月無痕。徐云。竟是牡丹亭上鬼語。按初文名章。明閩人。

稼軒千年調詞云。巵酒向人時。和氣先傾倒。最要然然可可。萬事稱好。滑稽座上。更對鴟夷笑。寒與熱。總

辛詞粗率入曲甚宜

還魂妙語出於子野

幽閨襟重語本美成詞

詞近歌曲

隨人。甘國老。　少年使酒。出口人嫌拗。此箇和合道理。近日方曉。學人言語。未會十分巧。看他們。得人情。秦吉了。徐云。卓老評實甫西廂。如喉間湧出來者。予於稼軒亦云。按此與山谷歸田樂正是一類。於詞格則嫌粗率。然論之於曲。正如陳隋二主玉樹後庭花曲。高視三唐近體矣。

子野一叢花詞云。傷高懷遠幾時窮。無物似情濃。徐云。還魂記妙語。皆出於子野。

美成早梅芳曉別詞云。淚多羅袖重。意密鶯聲小。徐云。重字妙。施君美風吹雨濕衣襟重。本此。

初文八六子望鍾山詞云。翠娉婷。只爲一片牆兒。費了雙睛。正紫苑春風。動處御溝流水。忙時教人怎生。徐云。漸近歌曲矣。可不慎其餘乎。

語在西廂還魂間

詠美人足語

馬張曲語

還魂記用辛詞

紅梨花似秋澗詞句

李中主帝臺春春恨詞云。拚則而今已拚。忘則怎生便忘得。徐云。二語西廂還魂記之間。

梅溪東風第一枝春雪詞云。行天入鏡。做弄出輕鬆纖軟。徐云。輕鬆纖軟。元人借以詠美人足。

一女郎失名。玉蝴蝶詞云。粉牆花影來。疑是羅帳雨。夢斷成空。徐云。馬東籬張小山諸君所服。按東籬名致遠。元大都人。小山名可久。元慶元人。曲家巨擘也。徐所云云。當謂小令諸作耳。

稼軒水龍吟旅次登樓作詞云。倩何人喚取紅巾翠袖。揾英雄淚。徐云。若士取贈黃衫客。極當。

王秋澗水龍吟。賦秋日紅梨花詞云。定應不待。荊王翠被。徐云。元人紅梨花雜劇。有此妙句否。按秋澗宋人。不詳其名。

續西廂仿存齋詞

襯字非始於曲

瞿存齋賀新郎題秦女吹簫圖詞云。天若有情天也許。許人間夫婦咸如是。徐云。關漢卿云。願普天下有情的都成了眷屬。按存齋名佑。字宗吉。明仁和人。此當是翻曲入詞耳。

曲中襯字。所以待歌者之損益。金元以來。相沿不廢。然不自曲始也。自五代詞人已開其端。兩宋諸家復循其例。前人矜慎。每因增字。或云變格。徒形紛亂。卓注詞統。屢標襯字。庶幾得之。如五代歐陽炯定西番末句云。如西子鏡照江娥。如字襯。宋徐俯卜算子春怨末句云。遮不斷愁來路。遮字襯。明孟稱舜卜算子江上詞末句效之云。割不斷愁腸去。割字襯。此又曲中變五為六之法所由昉也。又宋吳文英唐多令惜別第三句云。縱芭蕉不雨也颼颼。縱字襯。詞曲淵源。

君晦詞如曲

詞曲相近者

於此可證。唐宋諸家之作。何啻萬千。倘能一一校之。如此類者。正自不少也。

沈伯英詞曲。爲有明名家。子君晦。名自炳。能嗣其響。曲子未詳所撰。詞統屢收其詞。評謂讀君晦詞。知寧庵先生風流未墜。茲錄其清平調引。春宮四首之一云。夜隨鳳輦上林園。珠翠風多語笑喧。星映薔薇花影暗。玉娥潛戲小黃門。選材構想。皆於曲之臭味爲近也。

明餘姚諸君餘慶源。竹枝云。種得芭蕉初長成。夜來風雨忒無情。不知雨打芭蕉葉。還是芭蕉打雨聲。此作亦收詞統中。按竹枝爲樂府之一體。援以入詞。必須博證。而詞統不一疏明。且此詞意趣究竟近曲。濫收如此。抑亦可見明人詞格多爲曲累。而詞曲轉移

樂器不同詞亦隨變

元已有三絃

之際。針線尤爲分明已。

北曲宜絃索。南曲宜簫管。絲之調弄。隨手操縱。均可自如。竹則以口運氣。轉換之間。不能如手腕敏活。故其音節。北曲渾脫瀏亮。南曲婉轉清揚。皆緣所操不同。而其詞亦隨之而變。有不能强者。絃索門類。雅以琴瑟爲主。燕樂以琴瑟爲主。自元以降。則用三絃。近百年來。二絃（即胡琴）獨張。此絃索之變遷也。二絃三絃。未詳起於何時。然元曲中已見吟咏。詞統收陳眉公柳枝詞末句。三條絃上合新詞。掛真兒注引張小山題贈玉娥兒三絃玉指雙鈎草字爲證。是元已有其製。李開先中麓所刊小山小令中。不收此語。疑佚句也。小山又有胡琴閱金經小令云。雨漱窗前竹。潤流冰上泉。一線清風動二絃。聯小山秋水篇昭君怨。

塞雲黃暮天。又酸齋席上聽胡琴朝天子云。玉鞭翠鈿。記馬上昭君怨。一棱銀線解冰泉。碎折驪珠串。鴈舞秋煙。鶯啼春院。傷心塞草邊。醉仙。綵牋。寫萬里關山怨。據此。則二絃三絃。殆同時並作者耶。

詞統收稼軒卜算子四首。第四首末云。萬一朝廷舉力田。舍我其誰也。標爲佳句。然此等語。終是稼軒習氣。非詞家上乘。劉龍洲特喜效之。有西江月天時地利與人和。及燕可伐與曰可之句。而詞中遂開此派。元曲尤盛。雜劇傳奇中。且以爲出色當行。淺人但讀西廂還魂記。遂吒實父義仍之作。爲無上奇妙。豈知此等處。在元劇中。正是習見語耶。

元劇賓白掉書袋處。腐氣滿紙。當爲明人所議。然元人本色。亦正在此。且以稼軒詞句例之。猶爲可恕。較之明人賓白妃

雙漸小青怨

青儷白語語求工。反成塡砌。孰得孰失。行家自能辨也。至清人所爲。更欲以古文之法行之。益去益遠。自檜而下。可無譏矣。

詞統所錄詞及注中。常有足資曲家掌故者。鷓鴣天楊立齋一首云。烟柳風花錦作團。霜牙露葉玉裝船。誰知皓齒纖腰會。只在輕衫短帽邊。 啼玉靨。咽冰絃。五牛身去更無傳。詞人老筆佳人口。再喚春風到眼前。注。靑樓集云。趙眞眞。楊玉娥。善唱諸宮詞。楊立齋見其謳張五牛商政叔所編雙漸小卿怨。（此字疑訛）因作鷓鴣天哨遍耍孩兒煞以詠之。按立齋舊失其名。太和正音譜楊商皆有評。五牛未詳。哨遍耍孩兒煞套曲。今亦不可考矣。又前調周憲王詠繡鞋一首云。花簇香鉤淺涴塵。輕風微露絳羅裙。金蓮

自是慳三寸。難載盈盈一段春。　仙已去事猶存。陽
臺何處訪朝雲。相思攜手遊春日。尚帶年時草露痕。
注云憲王有誠齋錄七卷。成於宣德六年。其詠牡丹
梅花玉堂春七言律各百首。又著雜劇數種。宮人夏
雲英。亦有端清閣詩一卷。計六十九篇。又踏沙行盧
疏齋題壁一首云。雪暗山明。溪深花早。行人馬上詩
成了。歸來聞說妙隆歌。金陵却比蓬萊渺。　寶鏡慵
窺。玉容空好。梁塵不動歌聲悄。無人知我此時情。春
風一枕松窗曉。注云杜妙隆。金陵佳麗也。盧疏齋欲
見之。行李匆匆。不果所願。因題詞於壁。按疏齋名亦
不傳。太和正音譜列其人於董解元之次。有錄無評。
據小山小令題中嘗稱疏齋學士。蓋卽盧也。又賣花
聲黃子常本意一首云。人過天街。曉色擔頭紅紫。滿

喬夢符

筠筐浮花浪蕊。畫樓睡醒。正眼橫秋水。聽新腔一聲喚起。　吟紅叫白。報得蜂兒知未。隔東西餘音軟美。迎門爭賣、早斜簪雲髻。助春嬌粉香簾底。注云。喬夢符和詞云。侵曉園丁。叫道嫩紅嬌紫。巧工夫攢枝飣蘂。行歌佇立。灑洗新妝水。捲香風看街簾起。　深深巷陌。有個重門開未。忽聽他驚尋夢美。穿窗透閣。便憑伊喚取。惜花人在誰根底。按黃子常亦失其名。夢符。名吉。太原人。太和正音譜評其詞如神鼇鼓浪。謂若天吳跨神鼇。噀沫於大洋波濤。洶湧截斷、錄鬼簿云。喬夢符號笙鶴翁。又號惺惺道人。美容儀。能詞章。以威嚴自飭。人敬畏之。居杭州太乙宮前。有題西湖梧葉兒百篇。名公爲之序。江湖間四十年。欲刊行所作。竟無成事者。至正五年二月、病卒於家。陶九成輟

宋六嫂

耕錄云。喬孟符。吉博學多能。以樂府稱。嘗云。作樂府亦有法。曰鳳頭猪肚豹尾。六字是也。大概起要美麗。中要浩蕩。結要響亮。尤貴在首尾貫串。意思清新。能若是。斯可以言樂府矣。李中麓爲刊小令一卷。序謂蘊藉包含風流調笑。種種出奇。而不失之怪。多多益善。而不失之繁。句句用俗。而不失其爲文。自謂可與之傳神。元之張小山喬其猶唐之李杜乎。厲樊榭謂中麓爲笙鶴翁之桓譚。且云。讀其小令。灑落俊生。如遇翁之風韵於紅牙錦瑟間。時更三朝。名猶鼎鼎。洵不數也。惟其詞章少有傳者。賣花聲一詞。吉光片羽。可不寶諸。又念奴嬌賸玉霄寄宋六嫂一首云。柳顰花困。把人間恩愛尊前傾盡。何處飛來雙比翼。直是同聲相應。寒玉嘶風。香雲捲雪。一串驪珠引。元郎去後。有誰着意題品。　誰料濁羽清商。繁絃急管。猶是餘風韵。莫是紫鸞天上曲。兩兩玉童肩並。白髮梨園。青衫老傅。試與流連聽。可人何處。滿庭霜月清冷。注。

滕玉霄

宋六嫂。小字同壽。元遺山有贈觱栗工張嘴兒詞。即其父也。宋與其夫合樂。妙入神品。蓋宋善謳。其夫能傳其父之藝云。按滕名亦不詳。楊維楨東維子卷十一周月湖今樂府序。舉元曲之名者八家。而玉霄豪爽。與馮海粟並稱。原序。奇巧關漢卿。庾吉甫。楊澹齋。盧疏齋。豪爽馮海粟。滕玉霄。蘊藉貫酸齋。馬昂父。陳眉公嘗竊取此語。入之筆記三。然太和正音譜錄金元諸家殆盡。而獨無玉霄。何耶。

詞宗曲祖

柳耆卿詞。今宵酒醒何處。楊柳岸曉風殘月。上六字爲王實父所本。謂今宵酒醒何處也。卓注引沈天羽云。今宵二句。耆卿爲詞宗。實父爲曲祖。求而似之。秦少游酒醒

詠指甲

嘲禿指甲

處殘陽亂鴉。魏承班簾外曉鶯殘月。
劉改之沁園春詠美人指甲一首詞統十五收之云。
鎖薄春冰。碾輕寒玉。漸長漸彎。見鳳鞵泥汚。偎人强
剔。龍涎香斷。撥火輕翻。學撫瑤琴。時時欲剪。更掬水
魚鱗波底寒。纖柔處。試摘花香滿。鏤棗成斑。 時將
粉淚偷彈。記綰玉曾教柳傅看。算恩情相着。搔便玉
體。歸期暗數。劃遍闌干。每到相思。沉吟靜處。斜倚朱
唇皓齒間。風流甚。把仙郎暗掐。莫放春閑。注引升庵
詞。亦云元人詠指甲得勝令一闋。宜將鬬草尋。宜把
花枝浸。宜將繡線勻。宜把金鍼紉。宜操七絃琴。宜結
兩同心。宜托腮邊玉。宜圈鞋上金。難禁。得一掐通身
沁。知音。治相思十箇鍼。艷爽之極。又關漢卿嘲禿指
甲醉扶歸一闋。十指如枯筍。和袖捧金尊。搊殺銀箏

字不真。搔痒天生鈍。縱有相思淚痕。索把拳頭揾。亦可資捧腹。

高季迪多麗弔七姬墓有云。漫說無雙。傾城曾數。八人少個六人多。此直是曲句。季迪詩雄元明之際。而詞竟如此作。殆亦風氣濡染。未能擺脫。不經意時。便爾流露。抑亦當時詞曲一視。無甚限界耶。

美成有枕痕一線紅生玉之句。曲家襲之。爲枕痕一線玉生紅。失名新水令閑阻套曲·見雍熙樂府十一·又襲之爲枕痕一線玉生春。元趙君祥新水令閨情套曲·見明陳藎卿北宮詞紀六及雍熙樂府十一·又爲枕痕一線淚淋漓。失名新水令悲夏套曲·枕痕一線紅粉嬌。失名新水令怨恨套曲·枕痕一線印香肌。失名新水令望信套曲·枕痕一線印腮頰。失名新水令病減套曲·枕痕一線界胭脂。失名新水令諧偶套曲·枕痕一線粉脂消。失名新水令失題套曲·枕痕一線粉紅湮。失名新水

令閨悶套曲·枕痕一線界芙蓉。失名新水令閨病套曲·枕痕一線粉
香殘。明陳大聲新水令閨情套曲·以上並見雍熙樂府十一·陳作亦見北宮詞紀六·枕痕一
線淚模糊。失名新水令閨情套曲·枕痕一線俏紅香。前人新水令重賦前
題套曲·枕痕一線粉腮新。失名新水令次韻失題套曲·以上均見雍熙樂府十二·
輾轉相師。不厭其常。未之解也。明吳凝父鼎芳惜分
飛詞。紅界枕痕微褪玉。詞統評云。何減美成。予謂此
特剪裁全句。非自具鍾鑪。亦美成雲仍耳。界胭脂。界
芙蓉。二語不知何人創拈界字。凝父詞句亦互相粉
本也。

蕭淑蘭劇本事

詞統所收。有出小說者。於雜劇傳奇。頗足資敷佐。如
蕭淑蘭菩薩蠻一首云。有情潮落西陵浦。無情人向
西陵去。去也不教知。怕人留戀伊。 憶了千千萬恨
了千千萬。畢竟憶時多。恨時無奈何。注。引詩女史。又

張鄭豔詞

有蕭淑蘭寄張世英詞云。天教劉郎迷蓬島。桃花片片依芳草。芳草惹春思。王孫知不知。　紅顏輕似葉。薄倖堅如鐵。妾意爲君多。君心棄妾那。又云。張世英館於蕭公讓家。其妹投詞挑之。張拒而不納。託故辭歸。後蕭公讓知之。以妹許張。備禮而婚焉。事見元人雜劇。按卽蕭淑蘭情寄菩薩蠻也。今尚存臧晉叔元曲選中。又鄭雲娘寄張生西江月詞注。雲娘又寄張生兜上鞋兒曲云。朦朧月影。黯澹花陰。獨立等多時。只怕冤家乖約。又恐他側畔人知。千回作念萬般思想。心下暗猜疑。驀地得來廝見。風前語顫聲低。輕移蓮步。暗卸羅衣。攜手過廊西。正是更闌人靜。向粉郎故意矜持。片時雲雨。幾多歡愛。依舊兩分離。報道情郎且住。待奴兜上鞋兒。張生寄鄭雲娘西江月詞。注張生又寄鄭雲娘小重山曲云。杏火無烟燒斷腸。織成春恨切。柳絲長。當時誰是種花郎。却不教柳近杏花傍。柳道不須忙。春深須是有。絮飛揚。等閑撲着杏腮香。恁時節。說甚隔池塘。按此不知所出。本書氏籍。以爲宋人。或出宋人小說也。又收張肯沁園春題鶯鶯像一首云。楚楚芳姿。是誰人扶上。崔娘卷中。恰金蟬委蛻。髻雲綠淺。翠蛾出繭。眉黛香濃。待月應真。迎風也似。算只欠牆花一樹紅。千年恨。水流雲散。僧舍蒲東。　而今驀地相逢。悄不似當年憔悴容。正章臺雲雨。未絲楊柳。蜀江秋露。初蕊芙蓉。一見魂銷。再看腸斷。方信春情屬畫工。元才子。艷詞嬌傳。空費雕蟲。評云。元才子說微之亦可。說實甫漢卿亦可。按本書氏籍。以張肯爲宋人。不應以元才子爲指王關也。又僧德洪千秋歲。題崔徽卷子。次少游韵一首云。半身屏外。覺睡唇紅退。春思亂。芳心碎。空餘簪髻玉。不見流蘇帶。試與問。今人秀韵宜誰對。　湘浦曾同會。手引青羅蓋。疑是夢。今猶在。十分春易盡。一點情難改。

裴崔本事

多少事。卻隨恨遠連雲海。注云。崔徽。河中府倡也。裴敬中以興元幕使河中。與徽相從。累月而歸。後徽寫真奉書。寄裴友白知退曰。爲妾敬謝敬中。崔徽一旦不及卷中人。且爲郎死矣。元稹爲之作歌。按此出唐

河中二崔

人小説。河中二崔。徽之皆與有連。亦説林趣事。陶九成跋崔氏麗人圖。是陳居中所畫。其上有題云。燕鶯爲字。聯徽氏姓崔。蓋詠鶯而及徽耳。然明方諸生千秋絕艷賦有云。高堂片障。崔徽一紙。又誤混而一之

小青

矣。德洪。據本書氏籍云。初名惠洪。號覺範。又收小青

天仙子一首云。文姬遠嫁昭君塞。小青又續風情債。也虧一陣黑罡風。火輪下。抽身快。單單別別清涼界。原不是鴛鴦一派。休猜做相思一概。自思自解自商量。心可在。魂可在。着衫又撚雙裙帶。注云。小青廣陵女子。嫁爲虎林某生妾。生乃豪公子。憨跳不韵。婦復奇妬。小青竟鬱鬱感疾而死。有寄某夫人書一首。古詩一首。絶句十首。詞一首。又南鄉子詞不全。僅三句云。數盡懨懨深夜雨無多也只得一半工夫。按小青傳。明詹詹外史所撰情史載之甚詳。情史評謂其第二圖寫照。藏某嫗家。竭力購得之云云。蓋當時事也。然相傳小青是隱一情字文人狡獪。非必真有其人。抑又有傳小青風雨凄涼不可聽。挑鐙閑看牡丹亭。人間亦有痴於我。豈獨傷心是小青之作。且云云。是小

詞曲接續之際

家女兒。慕玉茗之才。而不獲偶。卒爲情死。即清客臨川夢傳奇。所敘婁江女子讀曲而亡者也。此說予習聞之。亦不復記其所出。第與廣陵小青事。又如出兩人。殆不得其名。抑或別有所諱。以皆情之所鍾。即可託名小青耳。

詞綜收劉改之天仙子一首云。別醞醞渾易醉。回過頭來三十里。馬兒只管去如飛。牽一會。坐一會。斷送殺人山共水。是則功名終可喜。不道思情拚得未。雪迷前路小橋橫。住底是。去底是。煩惱自家煩惱你。按此調入南曲。爲黃鐘過曲。沈伯瑛南九宮曲譜。收張子野雲破月來花破影詞爲式。改之此詞。與子野正同。即與南曲黃鐘天仙子同。蓋詞曲同用。而改之詞亦極與曲爲近。此詞曲接續之際。最爲可味者也。

詞弊而曲作。宋詞之所謂短。即元曲之所謂長。陳隋諸作。開近體之先。五代各家。爲詩餘之祖。亦猶是耳。後人嗜近體詩餘。而獨薄於曲。其亦未通於古今之變也乎。

前詞卓注引升庵詞。亦云。小說載曹西士赴試步行。戲作紅窗迥慰其足云。春闈期近也。望帝鄉迢迢。猶在天際。懊恨這一雙脚底。一日厮趕。止五六十里。爭氣。扶持我去博得官歸。恁時賞你。穿對朝靴。安排你在轎兒裏。更選對宮樣鞋兒。夜間伴你。評云。此首與九卷中周美成紅窗迥字句大異。不知何故。按此詞臭味亦與曲近。或直是曲。而誤蒙紅窗迥之名。故與詞異耳。注又引詞亦云。又劉叔擬繫裙腰詞云。山兒矗矗水兒清。船兒似葉兒輕。風兒陣陣沒人情。月兒

劉庭信曲

詞似傳奇

明。厮合湊送行人。　眼兒簌簌淚兒傾。燈兒更冷清清。雁兒隊隊向前程。一聲聲怎生得夢兒成。都與此詞一派。按此亦類曲。元曲中有極似者。劉庭信南呂黃鐘尾曲云。幾回好夢添淒楚。無奈秋聲忒很毒。一聲風。一聲雨。一聲鐘。一聲鼓。風聲催。雨聲促。角聲哀。鼓聲助。一聲聽。一聲數。一聲愁。一聲苦。風聲寧。雨聲住。角聲停。鼓聲足。一聲鐘撞。一口長吁。淚點兒到多如秋夜雨。音節激楚。文情酸辛。如此協律愜心。雖蘇李之作。猶不能寫此。安得薄曲爲小道哉。

卓注又引豔異編曰。襄陽劉孜之得一妾。愛甚。淳熙甲午。預秋薦。赴省試。在道賦天仙子一調。每夜飲旅舍。輒使小僮歌之。到建昌。遊麻姑山。屢歌此詞。至以墮淚。二更後。有美女執拍扳來。願唱一曲勸酒。即賡前韵云。別酒未斟心已醉。忍聽陽關辭故里。揚鞭勒馬到皇都。三題盡。當際會。穩躍龍門三級水。天意令吾先送喜。不審君侯知得未。蔡邕博識爨桐聲。君抱負。卻如是。酒滿金杯來勸你。劉喜甚。與之偕東。果擢第。按此詞直與傳奇之作無異。疑明人僞筆耳。

小妮子之祖

顧夐荷葉杯。泥人無語不擡頭。卓注。泥。去聲。元稹詩。泥他沽酒拔金釵。忽忽窮途泥殺人。一作詎。顧夐詞。黃鶯嬌囀詎芳妍。一作妮。王通叟詩十三妮子小窗中。按元劇賓白小妮子。當以此爲祖。

右詞左曲之成見

詞統舊序收黃宿海續草堂詩餘序有云。詩工於唐。詞盛於宋。至我明。詩道振而詞道闕。蓋唐宋以詩詞爲謳歌。往往牧夫山伎借才人之吟咏。以成宮商。今縱秦青復出。所歌者卑卑。南北詞不直周郎一顧矣。

黃說右詞左曲

何錢兩家論詞曲變遷

評云。明詩雖不廢。然不過山人紗帽兩種。應酬之語。何足爲振。夫詩讓唐。詞讓宋。曲又讓元。庶幾吳歌。掛枝兒。羅江怨。紅棗杆。銀絞絲之類。爲我明一絕耳。按黃說右詞左曲。不得其平。且以明詩爲振。抑亦成見太深。無怪其言如此也。余嘗治曲。每逢嘲難。叩其所見。率與黃同科。已不欲爲。而反杜天下人之耳目。斯道之厄。其視蠹蝕鼠齧。兵燹蹂躪。尤可爲傷心太息者矣。黃名河清。豫章人。

詞統舊序。更收何元朗錢功父二作。探源於古詩樂府。究委于金元歌曲。詞曲變遷。言之詳矣。因備錄以資考證。何云。夫詩餘者。古樂府之流別。而後世歌曲之濫觴也。爰自上古鴻荒之世。禮教未興。而樂音已具。蓋樂者。繇人心生者也。方其淳和未散。下有元聲。

則凡里巷歌謠之辭。不假繩削。而自應宮商。卽成周
列國之風。皆可被之管絃是也。迨周政迹熄。繼以強
秦暴悍。繇是詩亡而樂闕。漢興。郊祀房中之外。別有
鐃歌辭。如雉子班。朱鷺。芳樹。臨高臺等篇。其他蘇李。
雖創爲五言詩。當時非無繼作者。然不聞領於樂官。
則樂與詩分爲二。明矣。魏晉以來。曹子建怨歌行七
解。爲晉曲所奏。他如橫吹相和平調。清調。清商。楚調。
諸曲。六朝並用之。陳隋作者。猶擬樂府歌辭。體物緣
情。屬詠雖工。聲律戾矣。唐太宗以文教開國。又玄宗
與寧王輩皆審音。海內清晏。歌曲繁興。一時如李太
白清平調。王維鬱輪袍。及王昌齡。王之渙諸人。略占
小詞。率爲伎人傳習。可謂極盛。迨天寶末。民多怨思。
遂無復貞觀開元之舊矣。宋初。因李太白憶秦娥菩

薩蠻二辭。以漸新製。至周待制領大晟樂府。比切聲調。十二律各有篇目。柳屯田加增至二百餘調。一時文士。復相擬作。而詩餘爲極盛。然作者既多。中間不無昧於音節。如蘇長公者。人猶以鐵綽板唱大江東去譏之。他復何言耶。繇是詩餘復不行。而金元人始爲歌曲。蓋北人之曲。以九宮統之。九宮之外。別有道宮。高平。般涉。三調。總一十二調。南人之歌。亦有南九宮。然南歌或多與絲竹不叶。豈所謂土氣偏詖。鐘律不得調平者耶。總而覈之。則詩亡而後有樂府。樂府闕而後有詩餘。詩餘廢而後有歌曲。大抵創自盛朝。廢於叔世。元聲在。則爲法省而易諧。人氣乖。則用法嚴而難叶。玆蓋舉其興革之大較也。然樂府以皦逕揚厲爲工。詩餘以婉麗流暢爲美。即草堂詩餘所載。

如周清真。張子野。秦少游。晁叔原。諸人之作。柔情曼聲。摹寫殆盡。正詞家所謂當行。所謂本色者也。第恐曹劉不肯爲之耳。假使曹劉降格爲之。又詎必遠過之耶。是以後人卽其舊詞。稍加檃栝。便成名曲。至今歌之。猶聳心動聽。嗚呼。是不可謂工哉。原評云。近湯臨川四種傳奇。稱一代詞宗。其中名曲。多檃栝詩餘所勝。他可知已。按元朗所云。多足與鄙說。見曲海一勺。相證。曹劉降格。未必遠過。移以論曲。亦當如是。樂府以皦逕揚厲爲工。詩餘以婉麗流暢爲美。北曲宜宗樂府。南曲應祖詩餘。南北分流。淵源各別。雖關時運。亦緣地理。由此推論。尚有至言。惜乎元朗未之發明。予頗有所窺。別著爲篇。此不具矣。錢云。詞者。詩之餘也。曲又詞之餘也。李太白有草堂集。載憶秦娥。菩薩蠻二詞。爲千古詞家鼻祖。故宋人有草堂詩餘云。（中略）竊意漢人之文。晉人之字。唐人之詩。宋人之詞。金元人之曲。各擅所能。各造其極。不相爲用。縱學窺二酉。才擅三長。不能兼盛。詞至於宋。無論歐晁蘇黄。卽方外閨閣。罔不銷魂驚魄。流麗動人。如唐人一代之詩。七歲女子。亦復成篇。何哉。時有所限。勢有所至。天地元聲。不發於此。則發於彼。政使曹劉降格。必不能爲。時乎勢乎。不可勉强者也。（中略）然詞者。詩之餘也。詞興而詩亡。非詩亡也。事理塡塞。情景兩傷者也。曲者。詞之餘也。曲盛而詞泯。非詞泯也。雕琢太過。旨趣反蝕者也。詩降而詞。筋骨盡露。去漢魏樂府千里矣。詞降而曲。略無蘊藉。卽歐蘇所不屑爲。而情至之語。令人一唱三嘆。此無他。世變江河。不可復挽者也。（下略）按功父之說。知詩及詞曲。

與時勢爲變遷。天地元聲。古今此物。有彼此之殊形。無軒輊之異等。卽或互有短長。何容界分優劣。世人論曲。多斥爲小數。謂非正軌。（四庫全書提要）請觀此語。可以爽然。惟世變江河。意存感慨。抑知積古以成今。有進而無退。以爲升降。不別質文。此前人之所闇。不敢强爲附和也。元朗名良俊。功父名允治。

張玉田樂府指迷。後世詞家奉爲圭臬。考其所論。於古今兩體樂府。大抵相通。製曲者不可不知也。向本別行。詞統取入雜說。因附及之。玉田云。隋唐以來。聲詩間爲長短句。至唐人則有尊前花間集。迄於崇寧。立大成府。命周美成諸人。討論古音。審之古調。淪落之後。少得存者。由此八十四調之聲稍傳。美成諸人。增演慢曲引近。或移宮換羽。爲三犯四犯之曲。案月令爲之。其曲遂繁。按宋元之際。詞曲同名。自明以來。始各爲一體。而南曲引子。慢詞。近詞。諸犯。猶有沿襲詩餘。且直用其調者。如仙呂引子卜算子。慢詞聲聲慢之類甚多。沈際飛詩餘發凡。比同一則。所列猶爲未盡。當別證之。予嘗欲援曲入於文章之林。且以爲古詩歌之嫡裔。世或不信。竊幸於此。得玉田爲我鍥證也。淵源分明。豈如東漢古文。僞爲統系乎哉。

樂府指迷。原收陳眉公秘笈中。然只半卷。詞統所據。殆卽其本耶。考玉田原著。實爲二卷。名曰詞源。上卷研究聲律。下卷自音譜至雜論十五篇。附以楊誠齋作詞五要。計十有六目。元明收藏家。均未著錄。秘笈半卷。卽詞源之殘本。眉公又誤襲沈伯時書。題樂府指迷耳。詞源足本。清秦恩復敦生有兩刻。一嘉慶本。校元

佻薄乃曲之末流

舊抄。一道光本。吳縣弋載原校。光緒中。錢塘許氏又重刻之。爲娛園叢刻本。上引詞統所收指迷。卽詞源下卷。卷首在十六目之外者也。

玉田又云。詞欲正而雅。志之所之。一爲物所役。則失其雅正之音。耆卿伯可不必論。雖美成亦有所不免。如最苦夢魂。今宵不到伊行。如天便教人。霎時厮見何妨。如許多煩惱。只爲當時。一餉留情。所謂淳樸變澆風矣。詞統評云。詞取香麗。旣下於詩矣。若再佻薄。則流於曲。故不可也。按詞曲之界。幾微而已。詞莊而曲諧。是誠有辨。若謂曲盡佻薄。實未必然。蓋佻薄亦曲之末流下乘耳。如東籬小山蘭谷諸家之作。未嘗不歸於雅正。然美成詞句。且爲玉田所指。則曲之流爲佻薄。又何責於後人耶。 此段詞源在雜論中。最苦夢魂句上。尚有如爲伊淚落。許多煩惱句上。尚有

詞曲轉捩在小令

如又恐伊。尋消問息。瘦損容光。廝見作得見。淳樸變澆風矣。作淳厚日變。成澆風者也。

玉田又云。詞之難於小令。如詩之難於絕句。不過十數句。一句一字閑不得。末最當留意。有有餘不盡之意乃佳。按此在詞源爲第十五令曲篇。玉田爲宋遺民。已入渥奇之世。正元曲發軔時也。故其時令曲已入論著。後世所謂曲。當由此而起。予謂詞曲轉捩。消息於小令。猶蘇李古詩之於五言。玉樹後庭。春江花月之於近體。晚唐五代長短句之於宋詞。觀玉田所云。豈不益信。又詞源此篇末云。近代詞人。卻有用力於此者。倘以爲專門之學。亦詞家之射雕手。此語卻爲詞統所收。指迷略去。東籬。小山。蘭谷。諸家。蓋由此起也。惜玉田所指。不舉其例。以其時考之。倘亦可尋者也。

明沈天羽際飛所集詩餘。有發凡四則。一銓異。二比同。三疏名。四研韵。雖爲詩餘立說。然卽謂之論曲可也。原書今不易見。發凡四則收詞統雜說中。銓異云。謂有定名。卽有定格。其字數多寡。平仄韵脚。較然中有參差不同者。一曰襯字。文義偶不聯暢。用一二字襯之。密按其音節虛實間。正文自在。如南北劇這字那字正字個字。却字之類。從來詞本。卽無分別。不可不知。一曰宮調。所謂黃鐘宮。仙呂宮。無射宮。中呂宮。正宮。仙呂調。歇指調。高平調。大石調。小石調。正平調。越調。商調也。詞有名同而所入之宮調異。字數多寡亦因之異者。如北劇黃鐘水仙子。與雙調水仙子異。南劇越調過曲小桃紅。與正宮過曲小桃紅異之類。

比同

一曰體製。唐人長短句。皆小令耳。後演爲中調。爲長調。一名而有小令。復有中調。有長調。或系之以犯。以近。以慢。別之。如南北劇名犯。名賺。名破之類。又有字數多寡同。而所入之宮調異。名亦因之異者。如玉樓春與木蘭花同。而以木蘭花歌之。卽入大石調之類。又有名異而字數多寡則同。如蝶戀花一名鳳棲梧。鵲踏枝。如念奴嬌一名百字令。酹江月。大江東去之類。不能殫述。比同云。詞中名多本樂府。然而去樂府遠矣。南北劇中之名。又多本填詞。然而去填詞遠矣。今按南北劇與填詞同者。如青杏兒。卽北劇小石調。憶王孫。卽北劇仙呂調。生查子。虞美人。一剪梅。滿江紅。意難忘。步蟾宮。滿路花。戀芳春。點絳脣。天仙子。傳言玉女。絳都春。卜算子。唐多令。鷓鴣天。鵲橋仙。憶秦娥。高陽臺。二郎神。謁金門。海棠春。秋蕊香。梅花引。風入松。浪淘沙。燕歸梁。破陣子。行香子。青玉案。齊天樂。尾犯。滿庭芳。燭影搖紅。念奴嬌。喜遷鶯。搗練子。剔銀燈。祝英台近。東風第一枝。真珠簾。花心動。寶鼎現。夜行船。霜天曉角。皆南劇引子。柳梢青。賀聖朝。醉春風。紅林擒近。驀山溪。桂枝香。沁園春。聲聲慢。八聲甘州。永遇樂。賀新郎。解連環。集賢賓。哨遍。皆南劇慢詞外此鮮有相同者。疏名云。調名必有所取。如蝶戀花取梁元帝句。翻堦蛺蝶戀花情。滿庭芳取英融句。滿庭芳草易黃昏。點絳脣取江淹句。白雪凝瓊貌。明珠點絳脣。鷓鴣天取鄭嵎句。春遊雞鹿塞。家在鷓鴣天。踏莎行取韓翃句。踏莎行草過春溪。西江月取衞萬句。只今惟有西江月。惜餘春取太白賦。浣溪紗取少陵詩。瀟湘逢故人取柳渾詩。青玉案取四愁詩。菩薩蠻。西域婦髻也。蘇幕遮。胡服也。沁園春。漢沁水公主園也。多麗。張均妓名。善琵琶者也。念奴嬌。唐玄宗宮人名。念奴也。尉遲杯。敬德飮酒。必用大杯也。蘭陵王。入陣必歌其勇也。生查子。查古槎字。張騫事也。其他或取篇首之名字之。或取篇中之字雅者名之。如大江東去。如夢令。人月圓。疏簾淡月之類。可以意推。研韻云。上古有韻無書。至五七言體成。而有詩韻。至元人樂府出。而有曲韻。詩韻嚴而瑣。在詞當併其獨用爲通用者綦多。曲韻近矣。然以上支紙寘分作支思韻。下支紙寘分作齊微韻。上麻馬禡分作家麻韻。下麻馬禡分作車遮韻。而入聲隸之平上去三聲。則曲韻不可以爲詞韻矣。錢塘胡文煥有文會堂詞韻。似乎開眼。然乃平上去三聲用曲韻。入聲用詩韻。居然大盲。世不復考。將詞韻不志於無而士於有可深嘆也。願另爲一編正之。按以上四則。銓異。比同。極可爲論曲之資。疏名一則。雖若與曲無關。然爲曲所沿襲者甚多。予別本之爲曲名考。此不詳也。研韻所謂曲韻。今尚傳周挺齋中原音韻。及卓從之中州音韻。皆元人曲韻也。宋菉斐軒本詞林要韵。前人疑爲元明之際謬託。又疑其專爲北曲而設。南曲韵無定本。多仍詞韻。文會堂詞韻。平上去用曲韻。入聲用詩韻。戈順卿嗤爲騎牆之見。無根據者是也。此韻今已不行。疑卽用周卓兩家。或菉斐舊本。去其分配三聲之入聲。別依詩韻立入聲耶。清毛先舒有曲韻。不知是否爲南曲而作。舊籍散佚。莫得而考。豈不惜哉。

予讀詞統（明湘蘐館原本）既畢。其有關於曲者。隨手寫記。時有所見。拉雜書之。不知何時再得從容整理也。癸丑太陽三之十四。倚檠記。茳父。

徐士俊字野君。卓人月字蕊淵。皆杭人。所著晤歌。附刊詞統末。又記。

蒹猗室曲話卷一終

菉猗室曲話卷二

清貴筑姚華撰

毛刻籤目

世傳汲古閣毛氏所刻六十種曲。已三百年。學士大夫。鮮有齒及。收藏諸家。並未著錄。流布既多。值亦甚賤。往往聽其殘蝕。不之惜也。近年以來。中國舊籍。漸傳異域。東鄰估客。時至京師。百家之書。靡不捆載。至於詞曲。尤投嗜好。毛刻聲價遂增。十倍曩昔矣。於是所傳漸稀。又值南曲衰歇。寖成古學。海內右曲之士。恐其放失。求之日衆。供者不給。廠肆視爲重籍。位諸經上。不及十年。顯晦如此。其他變遷。益可知已。予謂毛氏父子收藏之富。聞於古

原本與補本之優劣

今其所刊版。四部目錄莫不有名。然至今日。集部小說諸書皆言汲古閣。而經史獨賤。是豈毛氏之所及料者耶。毛氏而後。經史諸刻。日更精善。集部別本。亦多並行。予無以稱毛氏。獨南北曲子。自臧選外。此六十家僅恃毛刻而僅存。使後之考者。猶得見元明諸家面目。且如是其多。厥功之偉。不得不令人服也。予喜治曲。嘗以時涉獵。頗有所考。因以聞見。按目籤記。久之日積。紙無餘隙。因別錄之。增益者又十三四矣。錄毛刻籤目。

六十種曲汲古閣訂本衙藏板

全書封題如此。都一百二十卷。明毛晉編。晉原名鳳苞。字子晉。常熟人。（近人海寧王氏亦云）予按毛氏所刊說文。以意改竄。屢次剜補。益病失真。此刻亦云訂。殆疑同弊。曲雖小數。然一字得失。至關輕重。欲求其審。毋寧不訂。以待後人。觀實甫玉茗諸作。較他古本。嘗有出入。蓋亦毛氏改訂者耶。然曲本流傳。嘗以優俳所便。授受已殊。正如漢儒傳經。魯齊燕趙。未能强同。固不得專譏子晉。昔人謂顧諸（長洲臧懋循。字晉叔。明萬曆中人。有元曲選。）嘗改元曲。亦由是集矢耳。本衙藏板。語至不明。豈曾入官耶。此板無二刻。然時有殘缺。屢次補足。益補益劣。予藏一未補板本。封上有圖印。是江右三多齋於江南省狀元坊發兌者。此本稍裂。且間有漫漶。又一初補板本。已不如前。又一補板本。則更參差粗惡。不一補矣。補板本封面皆題汲古閣訂正。多一正字。字亦横方。而所補以西廂還魂爲多。緣二書盛行。屢經單印。最易毀損也。然今世西廂還魂。亦不見此刻本。予又藏贈書記一種。審是初印。字畫勻秀朗潔。的稱汲古佳刻。向疑六十種曲。是書坊託名毛氏者。及觀此種。始爲爽然。

繡刻演劇十本

曲家分類。雜劇傳奇。劃若鴻溝。雜劇敘事。四折務盡。傳奇則恢而彌廣。嘗多至三四十齣。故雜劇四折爲一本。西廂二十折。原是五本。每本四折。自爲首尾。舊稱西廂五劇。亦謂五本可證。盛明雜劇中。有一折爲一本。或三折五折爲一本者。然非元人通例。不足爲訓。傳奇雖累篇幅。然一種亦云一本。仍雜劇之舊也。今俗演劇。尚稱一本。淵源於此。其曰整本者。對於單齣而言也。六十種曲。北西廂外。皆傳奇體裁。然不題傳奇而題演劇。抑沿流俗通稱耳。此封題每十本之首皆有之。第二封題尚有實獲齋藏板五字。亦可見此板輾轉之迹。殆

閱世道人卽毛子晉

論曲要語

亦後人剜除未盡者也。

演劇首套弁語閱世道人題

閱世道人。卽子晉託名。清李調元雨村曲話在函海中。云。閱世道人不著氏名。所輯有六十種曲。大抵皆南曲也。但不列撰人姓名。李氏殆未細考耳。弁語有云。適按琵琶荆釵畬本。暨八義三元名部。絕調千秋。風華一世。蓋取材一依據舊本。一傳錄樂部。按其所述。自是主人。至其書體。予曾以與詞苑英華及汲古諸刻本題跋相對。如出一手。已可斷定。況文章氣味最近。尤不可假乎。原板閱世道人署款在第四葉。補本爲省一板。因別刻。改爲三紙。字跡改易。遂少一對勘之據矣。

弁語又云。嘗識家不以窮耳目之官。僅以充戲娛之役。此自是論曲要語。舉世悠悠。古今同嘅。人能宏道。

涅川諸記罕見

誰與知言。然因其戲娛。潛引之以至於理。演劇之妙用。音樂之感通。固別有在。又奚待於窮耶。

雙珠記

明沈鯨撰。鯨號涅川。平湖人。所撰分鞋記。鮫綃記。青瑣記。傳本罕見。目存曲品明鬱藍生撰。曲海清黃文暘撰。中本傳櫽栝法曲獻仙音曲云。足學王生。守貞郭氏。偕補鄖陽軍伍。怒激奸謀。釀成冤獄。哀誠感通真武。賴術士祈天。府寬刑。調邊土。慧姬苦入宮闈。纊衣詩意。君垂賜結今生鴛侶。孝子登庸棄官偕行求父母。四貴同時。驗天綱前定之數。羨雙珠聚散。可以匹休合浦。又詩云。王濟川從軍受誣。郭小艷鬻子全貞。慧姬女寓詩賜配。九齡兒棄職尋親。按本傳王楫妹慧姬。入掖庭後。作纊衣詩云。沙場征戍客。寒苦若爲眠。戰

齣目用二字考

袍經手作。知落阿誰邊。蓄意多添綫。含情更着綿。今生已過也。重結後生緣。詩爲軍士陳時策所得。劍南帥奏聞。被放與陳爲妻。此出本事詩。開元中有兵士於短袍中得詩曰。戰袍經手作。知落阿誰邊二云云。大抵涅川取裁。以助波瀾。不必事實也。

一補板本第十一齣遇淫持正注汲水。第十三齣劍擊淫邪注訴情。殺克。第十八齣處分後事注二一探。第二十一齣真武靈應注投淵。此蓋後人所爲。無論雜劇傳奇。凡明人題目。多標四字。（雜劇例如北西廂記。雖有以之屬於傳奇者。然予寧謂屬之雜劇爲當。）其省爲二字。不知始於何人。六十種中。惟還魂二本（一玉茗堂本。一碩園刪本。）是二字題目。然紫釵。南柯。邯鄲。仍四字也。此風既開。而西堂。梅村。笠翁。諸家皆沿襲之。有清一代傳奇。遂不見四字題矣。此雖細故。亦關沿革。故特記之。以俟博考。

尋親記

明無名氏撰。清無名氏傳奇彙考。載嘉興姚子懿後尋親一本。李調元雨村曲話云。尋親記詞雖鄙俚。然讀之可以風世。後尋親盡收拾前記所未結諸色末。予曾見演者。亦復可觀。

本傳隱括滿庭芳詞曲云。文墨周生。糟糠郭氏。家道蕭然。因官役無錢使用。遣妻張郎告債。張郎見色。將實契虛填。信僕奸謀。殺人性命。屈把周生陷極邊。單身婦。因財被逼。此際實堪憐。節婦貞堅。遺腹孩兒要保全。剛刀立志。毀塲花面。詩書教子。喜中青錢。棄官尋父。旅館相逢話昔年。歸來日冤仇已報。夫妻子母再團圓。詩云。張員外爲富不仁。周維翰因妻陷身。背

詞曲檃栝體考

生兒棄官尋父。守節婦教子尋親。按詩中結出尋親。是元人舊法。惟此上云尋父。下云尋親。潦草太甚。元人則此等處亦未嘗苟作也。

本傳情事。與雙珠骨幹大同。穿插處則簡於雙珠。

東郭記

舊云。明無名氏撰。據予所藏別本。當題明孫仁孺撰。萬曆間人。考詳後。

本傳以曲演孟本齊人一章爲骨。而敷衍結合。取材七篇。作者殆老於舉業。又妙詼諧。故涉筆成趣。笑罵皆宜。玉燕懷沙。清江寧張堅字漱石撰懷沙記傳屈原事著騷卜居大招天問橘頌山鬼漁父諸齣皆檃栝楚辭。未足奇矣。然元曲中檃栝前賢。如東坡赤壁兩賦。淵明歸去來辭之類。指不勝屈。且有集論孟語者。有開必先。此非創作。不惟元曲。卽宋詞中亦有此例。隨菴風雅遺音。宋林正大，字敬之，嘉泰間人。裒然二卷四十一詞。檃栝古詩文三十九篇。而自序且稱前輩檃栝。如歸去來辭之爲哨遍。聽穎師琴爲水調歌。醉翁記爲瑞鶴仙云云。其淵源所自。由來遠矣。

本傳檃栝西江月云。莫怪吾家孟老。也知徧國皆公。些兒不脫利名中。盡是乞墦登壟。長袖妻孥易與。高巾仲子難逢。而今不貴首陽風。索把齊人尊捧。詩云。走東郭的齊人英雄本色。訕中庭的妻妾兒女深情。隱於陵的仲子清廉腐漢。爭壟斷的王驩勢利先生。四語冷嘲熱諷。歸元恭萬古愁賈鳧西鼓兒詞。所託胎也。

清季獎勵遊學。少俊子弟。負笈東去。隸日本學籍都數千人。其歸而廷對及第授官者。又踵相接也。於是激昂慷慨之氣。悲憤愁苦之聲。入國門而稍稍化矣。予友憐𢒜戊申雜詩有云。去國悲吟歸國笑。春風紅杏少年多。語雖近刻。亦事實也。憐𢒜以詩示予。讀竟還之。媵以江南好二詞。其一云。風塵惡。懊惱寫新詞。登壟乞播東郭記。林慚澗愧北山移。馬耳任風吹。即用西江月中語。以曲入詞。不錄於大雅。然遊戲之作。無妨存之。且以爲本傳增一談助也。

東郭記明白雪樓原本。題峨眉子評點。予十年前得於廠肆中。惜只上卷。其下卷至今求之。卒不可得。按卷首引子署款。峨眉子書於白雪樓。末捺方印二。白文曰孫氏仁孺。朱文曰白雪樓。卷中題白雪樓主人編本。而引子亦有予傳之之語。則評點與撰者。既非二手。而峨眉子與白雪樓主。亦非二人。且主人之必爲孫仁孺。更無可疑。惟其爵里不詳。仁孺當是其字。名亦未聞。味峨眉意。豈蜀人耶。戊午是明神宗萬曆四十六年。當清太祖天命三年。後年即明光宗泰昌元年。再二十六年而明亡。末世苟安。人多穢德。本傳譏彈。原非無謂。論世知人。可以觀矣。隆萬爲明制舉文極盛之時。其思致又多牽連如此。白雪樓原本引子後。更附齊人生本傳。及時義一首。因並記之。以資諧趣。

東郭記引

峨眉子曰。樂府之傳。其間節義廉恥。不過十之一耳。盡爲富貴利達者傳耳。既盡爲富貴利達者傳。則齊人老先生又安可不傳乎。況其二夫人更超超賢甚者乎。然予傳之。而中庭訕泣以後多增益之者何也。皆鄒夫子意也。蓋乞墦者必登壟。而妻妾之奉。宮室之美。所識窮乏者得我。總皆大人所必至者耳。原評云。此一事今齊人難言之矣。然而卒托之附於陵以終者何也。則以齊人文固猶可附于於陵也。蓋乞矣而尚欲蓋之。爲之妻妾者知矣而尚復羞之。如齊人生者。反可謂之陳仲子。而其妻其妾。亦貴婦中之辟纑人矣。又安可以不傳乎。嗟夫。假令吾孟老觀之。又不知歎息如何矣。萬曆戊午重九越三日。峨眉子書於白雪樓。孫氏仁孺白文 白雪樓朱文

齊人生本傳

齊人有一妻一妾而處室者。原評云。是太史公列傳之祖。其良人出。則必饜酒肉而後反。其妻問所與飲食者。則盡富貴也。其妻告其妾曰。良人出。原評。詳得妙。則必饜

酒肉而後反。問其與飲食者。盡富貴也。而未嘗有顯者來。吾將瞯良人之所之也。原評・慧心冷眼・蚤起。施從良人之所之。徧國中無與立談者。卒之東郭墦間之祭者。乞其餘不足。原評・乞字點出人品・又顧而之他此其爲饜足之道也。原評云・下一評語・其妻歸。告其妾曰。良人者所仰望而終身也。今若此。原評・省文妙・與其妾訕其良人而相泣於中庭。而良人未之知也。原評・一轉冷極・施施從外來。驕其妻妾。

由君子觀之。原評・絕妙史斷・則人之所以求富貴利達者。其妻妾不羞也。而不相泣者幾希矣。原評・令若輩通身汗下・

索隱贊曰。齊人何始。未稽厥父。善處爾室。二美在戶。出必饜飽。入每歌舞。問厥與者。云是賢主。室人疑之。未見顯甫。循彼行迹。東郊之墦。乞而顧他。饜

作者臨川人

足何補。羞語爾娣。淚淫如雨。詛詈未畢。厥來我曁。未知爾矚。驕疾罔愈。君子念之。我目屢覩。朝有姬嫗。士或商賈。蒙其二女。式喜無怒。一或見焉。有如爾祖。（原評：語雖平素，却有無限味，索隱一贊，句妙絕倫。）

附時義一首　齊人有一妻一妾至驕其妻妾

嘗讀蕭伯玉齊人篇戲作十首。各一機局。俱甚諧笑。聊刻其一。以爲此傳別錄。即以作跋可也。（原註）遊戲之仙。滑稽之聖。當不令湯若士獨有臨川。（原評）

按此評似作者又是臨川人。

摹齊人之態。久於齊也。夫齊人則誠何人也。曰。齊之人大抵然也。是故人之而不名。蓋吾觀孔子之爲春秋也。（原評：原本春秋。）鄙其國則舉其號。如吳如於越者是也。鄙其人則不著其名。如荆人小邾人者是也。孟子因之。而著齊人云。齊人者。何許人也。其爲烏有乎。其爲無是人乎。夫亦有其人而諱之乎。且衆而類舉之乎。（原評。妙。）吾請案其生平。摹其光景。就其人。想其事。就其事。實其人。（原評。將無作有。數語。一篇之骨。）其卑而能傲也。毋乃爲子敖乎。則不與驩言。何偏國之皆孟子。其汚而能文也。將又爲景丑乎。則召不俟駕。豈東郭之有齊王。其爲稷下之贅壻與。故應以璠間爲滑稽。淳于髡聊復爾。其爲仕齊之戮臣與。故應以小才爲饜足。盆成括何足云。通其重飲食者於爵祿。當爲未諫之蚳鼃。行其驕妻妾者於賢人。又似幣交之儲子。其乞萬鍾於蓋。而又復顧盼於生鵝。將爲仲子之兄戴。其受壯者之詛。而又復啼呼於老稚。將爲平陸之距心。染指燕鼎之餘。而勸王于湯武。既意其爲沈同。甘心齊廷之豢。而解王以周公。又疑其爲陳賈。三齊之粟。藉口以要賢。雖其將主之詞。時子之爲人也近似。二霸之勳。流涎而請復。若非學古之道。公孫之得免者幾希。以衆人之口。爲賢人之譏。去齊時之士。原評·由實當漸到虛·是中庭侶也。度君子之心。以小人之腹。宿晝間之客。故知從墦間來耶。公行氏雖無間焉。然何以來右師之弔。東郭氏即未著耳。又何以近乞祭之墦。蓋宮室之美。妻妾之奉。大要不出諸大夫。踰階而揖。歷位而言。故知即此諸君子氏族。故蕃已偏乎秦楚燕韓趙魏。氣骨相近。便是其父子兄弟夫妻。嗟嗟。生而猶死。原評·毒罵·哭其夫者。幾不減於華周杞梁。原評·又將有姓名者反映·臭而如芳。原評·冷嘲·傳其事焉。尚有追夫管仲晏子。原評：確對。蓋有之矣。原評：還歸之無。誠然乎哉。句讀圈點、一依原本華注。

本傳四十四齣。題目特創。又在四字二字格外。雨村曲話云。東郭記以一部孟子演成。其意不出求富貴利達一語。蓋罵世詞也。劇目俱用孟子成語。不出措大習氣。曲中之別調也。

七篇文多詼諧。事亦奇異。唐人小說。齊諧續孟。宋周密公謹、亦有齊東野語之作。意託咸丘。非無所出。東郭記又其裔也。本傳第六齣齊東野人之語齣。公行開社。東郭持盟。尹士鼓脣。淳王竊聽。鬭寶蟾二曲。上下古今。謔浪笑傲。恣其褒彈。以實野語。夫子自道。全篇眼目也。而明竹癡居士所撰齊東絕倒。本子與氏所記虞舜事附會撮合。衍爲雜劇。南北合套四齣。別出機杼。與東郭記

雜劇變體

滑稽爲文學絕詣二傳爲滑稽之雄

異曲同工。嶧山講學。竟爲後世小說雜劇傳奇開宗。孟老有知。亦當胡盧。竹癡。秣陵人。不詳姓名。齊東絕倒。收盛明雜劇中。今存。他罕傳本。竹笑原評云。此劇幾於毀謗聖賢矣。然子輿氏已開唐人小說之祖。小說復開元人雜劇之祖。何妨附此一種詼諧。聊作四書。一笑。所謂元人雜劇。未識何指。齊東絕倒、槩括西江月云、瞎漢縱然犯法、乖兒卻會藏親、齊東野語古來聞、鄒孟揣摩虞舜、女向琴牀自倮、身逃濱海誰尋、分明往牒曲中真、聽取詼諧可信、詩云、皋陶拿不着、殺人的賊、商均提不轉、朝子的翁、傲象饒不過、禪位的帝、嚚母放不下、逃海的農、收場詩云、咸丘說謊有因、桃應譬喻無謂、偶然弄出神奇、只得略加傳會、按此起結、適殊元劇、是傳奇作法、蓋雜劇之變體也、齊東絕倒與東郭記、孰爲先後、今不可考、以予意妄揣之、則東郭較後、

天之生人。材有長短。古今才人。各名所長。事功之家。生握重權。沒享隆名。故趨之者衆。至於文學。最爲寂寞。文學之等。隆殺殊科。詞章世所謂浮華。無關至理。

然一藝成名。亦至不易得。一佳篇。勝建偉業。夫事功之成。莫不遭際時會。推不貪天。廣歎數奇。雖懷材抱器。又誰知焉。千古文章。未嘗有一僥倖者。語其難易。則一李杜。可十管樂。文人之於事功。所以蔑如也。然聖哲觀之。則文章餘事耳。若必專精。或嫌喪志。孔門四科。文學居末。毋亦等差。自古然耶。據近世太西學者之所考。則文學包容德行言語。皆被總括。而文章性道。亦文學之所有事也。自史家道學儒林文苑分傳。門戶遂開。旗鼓日張。攻伐不已。言道學者。高視一切。若可鄙棄。是固不得以爲平議。然道學之域。玄之又玄。其探賾索隱。鉤深致遠。往往積累半生。始有一得。又未易以言語形容。上天之載。無聲無臭。文學之至。夫豈僅文章之所得代者歟。宜其賤詞華爲枝葉。

夷文藻於糟粕。公幹無與於升堂。賈誼不論於入室。不惟文中著述。流爲僭妄。子雲玄草。未容解嘲已也。惟是聖哲之所詣益高。而流俗之所見益左。傳人輔翼。僅以不墜。其艱難如此。而滑稽一語。批抹皆非。科律千秋。指摘便倒。文學之至。喻於上天。滑稽文學。且在天上。滑稽者。文學之絕詣也。古今才人。雖合衆長。不足一戰。予是以崇拜滑稽。尊爲無上。神力轉運。左右人閒。上自賢達。下及朽腐。靡不翕然。受其點化。潛觀默感。渺不之覺。顧當世未聞或重之者。大名不名。又奚怪耶。滑稽之源。出於蒙莊。腐遷列傳。少見梗概。自是以後。史無續焉。予又以服太史公之識。慨然欲有所作。而媿無其材。東郭記齊東絕倒諸作。皆滑稽之雄。而論古至不能舉其事以實之。甚且不得其姓名。而爲之考。豈非後死之羞乎。搜羅未備。何日著筆。於此記之。以誓予志。

東郭正文

第二十二卒之東郭墦間之祭者一齣。是東郭記正文。淒涼悲壯。便如伍胥慷慨。張靈風流。英雄名士。一齊寫出。才人之筆。無所不包。不枉唐突孟老。

白雪樓原本。每板心皆刻有逵羽亭三字。足資考據。目錄。每齣用韻。一一注出。是與汲古本不同處。而韻

韻目特異

目則與他韻書特異。豈明人別有曲韻可據乎。此不可不錄也。一用東紅韻。二用齊微韻。三用蕭韶韻。四用車夫韻。五用清明韻。六重用清明。七用南三韻。八用嘉華韻。九重用嘉華。十用邦陽韻。十一重用邦陽韻。十二用金音韻。十三用幽游韻。十四用真文韻。十五用寒間韻。十六用廉纖韻。十七用支時韻。十八用

金雀演潘安事

何和韻。十九用皆來韻。二十用先天韻。二十一用鸞端韻。二十二用車邪韻。二十三重用齊微。二十四重用蕭韶。二十五重用車夫。二十六三用車夫。二十七重用清明。按此三用二十八重用南三。二十九三用嘉華。三十重用金音。三十一重用真文。三十二三用邦陽。三十三重用幽游。三十四三用幽游。三十五重用寒閒。三十六三用寒閒。三十七重用廉纖。三十八重用支時。三十九重用何和。四十重用鸞端。四十一重用皆來。四十二重用先天。四十三重用車邪。四十四重用東紅。

金雀記

明無心子撰。潘安擲果。久成雜劇傳奇家故事。此本據之而作。衍成三十齣。頗窘事實。至使太沖孟陽。粉墨登場。戲弄古人。毋乃過甚。
開場隱括沐恩波云。晉代風流。潘岳氏年少清奇。擲果車輪。求月下金雀雙遺。豪邁王孫憐國士。多情淑女定于歸。偶遇山濤連薦。夫和婦。兩分離。巫彩鳳。百花魁。欣一見。喜相隨。奈賊風驚走。投觀爲尼。種得河陽花滿縣。和鳴鸞鳳樂雍熙。受天恩寵渥。青史上永留題。詩云。擲果車燈宵馳縱。金雀盟天假良緣。河陽縣花晨月夕。和鳴軒鸞鳳交歡。收場詩云。井文鸞欣諧佳偶。巫彩鳳重會良緣。月下老赤繩雙繫。無心子燕市重編。據此。知作者別號。既云重編。必別有舊本。予素疑潘安事爲劇曲熟語。必自古本相傳而來。如崔護。王魁。雙漸之類。然遍搜諸家舊目。都未之見。終不敢斷。今喜得此語。猶可想像。益信向所揣測爲不

劇末點出作家

謬也。惟結局始出作者。又爲傳奇家創一新例。然沿者卒少。

焚香記

明王玉峯撰。玉峯松江人。佚其名。

統略。纔括滿庭芳云。濟寧王魁。椿萱早喪。弱冠未結姻親。赴禮闈不第。羞澀寓萊城。偶配桂英敫氏。新婚後神廟深盟。試神京。鰲頭獨占。金壘起奸心。　爲奪婚不遂。將家書套寫。致桂英自縊亡身。幸神明折證。再得還魂。徐州破賊。聞家難。兩下虛驚。种諤統兵萊陽解寇。重會續前盟。詩云。辭婚守義王俊民。捐生持節敫桂英。施奸取禍金日富。全恩救患种將軍。按此本爲王魁翻案而作。王魁劇之始也。宋人有王魁一本。元葉子奇草木子云。俳優戲文。始於王魁。永嘉人

王魁劇翻案

王魁劇源流

孛兒舊劇語

作之。識者曰。若見永嘉人作相。宋當亡。及宋將亡。乃永嘉陳宜中作相。其後元朝南戲盛行。及當亂。北院本特盛。南戲遂絕。云云。元江浙行省務官真定尚仲賢。有海神廟王魁負桂英雜劇一本。明初楊文奎有王魁不負心雜劇一本。均見明寧獻王太和正音譜。又無名氏王魁傳奇一本。見明沈璟南九宮譜。王魁劇曲源流。大致如此。惜均鮮傳本。其開目無從對勘。然雜劇既有楊翻尚。此殆翻南曲古傳奇耶。沈譜所收王煥·王魁·韓壽·陳巡檢·皆古傳奇也·

本傳第二十四搆禍一齣。紫花兒曲有云。喜孛兒幾番搭救。孛兒是元雜劇中語。當是借用舊本。由此以推。則古曲之採入本傳者。應不少也。

南九宮譜曰。刷子序又一體。收散曲集古傳奇名。有

伯瑛不及見王魁舊本

王魁作者在沈前

云。王魁負倡女亡身。注云。此諸傳奇。今惟東窗趙氏二記存耳。惜哉。王魁舊本。沈伯瑛已不及見。今沈譜所收王魁傳奇。又不知與舊本如何。趨錄於此。正宮長生道引云。三鼓將傳。誰家長笛頻吹。此景教人怎存濟。神思自覺昏迷。珊瑚枕上。並根同蒂。放嬌癡。恣歡娛。如魚如水。釵橫鬢亂。不自持。嬌無力。倩郎扶起。（合）我和伊。做學鴛鴦。共成一對。願得譙樓上漏聲遲。譜四 商調熙州三臺云。晚來雲淡風輕。窗外月兒又明。整頓閣兒新。飲三杯。自遣悶情。換頭云。久聞倩館芳名。猛拚一醉千金。活脫似昭君。行來的便是桂英。譜十八。此曲譜題王魁。注云。舊傳奇。非今焚香記。據此。則本傳爲伯瑛所曾見。知作者行輩。在沈前也。雙調十二嬌云。伊家恁的嬌面。悄如閬苑神仙。終不漾了甜桃去。尋酸棗。再喫添。（合）同往聖祠前。

雙雙告神天。譜二十 泛蘭舟云。鎮日花前酒畔。狂蕩煞迷戀。春闈赴選音傳。恩愛惹離怨。天付因緣。一對少年。爭忍輕散。心事待訴君言。譜二十一 以上四曲。珍如片羽。而尚楊二家之作。並此亦不之得。大可惜也。

本傳桂英爲謝公繼女。按舊傳。桂英取擁項羅巾請詩。生題曰。謝氏筵中聞雅唱。何人戛玉在簾幃。一聲透過秋空碧。幾片行雲不敢飛。是其所本。

按本事。魁既負桂英。桂英自刎死。報魁於南都試院。魁母召道士馬守素醮之。守素夢至官府。魁與桂髮相繫而立。有人戒曰。汝知則勿復醮也。後數日。魁竟死。本傳既係翻案。故特揑金壘改書。爲王魁開脫。以致神攝明冤還魂再合。而第十二餞別齣中。有剪髮一投。第四十會合齣中。復及青絲。皆依本事。魁與桂髮。相繫生情。而反用之耳。然魁唱第後。桂有賀詩。本傳不能採入。未免有遜色矣。

易北就南

以金壘開脫王魁。與王辰玉鬱輪袍劇。以王推冒名開脫摩詰同一機杼。然摩詰才子。事出曖昧。爲古明冤。或非苟作。魁既非其倫。何須作此狡猾閒筆浪墨。胡不自惜如是。是殆因楊氏之舊。更易北曲以就南腔。如李日華之作南西廂。不忍古名曲淪亡。且藉以是爲梨園增一劇本耳。

詞林巧合

焚香記。鬱輪記。作者皆王氏。又皆爲王氏翻案。如此巧合。亦詞場談助也。

寧獻王及其曲

荊釵記

明寧獻王權撰。王。太祖第十六子。洪武二十四年就封大寧。永樂元年改封南昌。晚慕沖舉。自號臞仙。涵虛子。丹邱先生。均其別號。撰太和正音譜。明程明善收嘯餘譜中。今存雜劇辨三教一本。勘妬婦一本。判烟花一本。瑤天笙鶴一本。白日飛昇一本。九合諸侯一本。私奔相如一本。豫章三害一本。肅清瀚海一本。客窗夜話一本。獨步大羅天一本。楊姨復落娼一本。皆不傳。僅正音譜中存其目而已。

錢謙益列朝詩集。江右俗故質朴。儉於文藻。士人不樂聲譽。王宏獎風流。增益標勝。博學好古。讀書無所不窺。旁通釋老。尤深於史。凡羣書有秘本。莫不刊布國中。所著有通鑑博論二卷。漢唐秘史二卷。史斷一卷。文譜八卷。詩譜一卷。神隱附後神樞各二卷。壽域神方四卷。活人心二卷。太古遺音二卷。異域志一卷。遐齡洞天志二卷。運化玄樞。琴阮啓蒙。各一卷。乾坤

荊釵作者

生意。神奇秘譜。各二卷。采芝吟四卷。其他注纂數十種。經子九流。星曆醫卜。黃冶諸術。皆具。古今著述之富。無逾王者。又作家訓六篇。寧國儀範七十四章。

本傳舊題柯丹邱撰。緣明鬱藍生曲品之誤。而清黃文暘曲海目仍之。蓋丹邱先生爲寧王道號。前人不知。以爲敬仲。近人海寧王氏曲錄。改題寧王。茲仍之。丹邱先生誤爲敬仲。尚爲有辭。李調元雨村曲話。至以爲王伯成。則不知何所見而云然。豈王伯成亦號丹丘耶。

明人之評

王世貞藝苑巵言云。荊釵近俗。而時動人。何元朗亦云。金釵雖動人而俗。予謂寧王生渥奇之季。先正遺風。猶被薰沐。其俗處正元曲本色。何王必以明人習氣繩之。豈得其當。荊劉拜殺。荊釵記。劉知遠。即白兔記。拜月亭。即幽閨記。殺狗記。爲四大曲。而荊釵又褎然居首。豈以一二私評。遂

家門與結局

爾滅色耶。

第一家門齣。隱栝沁園春云。才子王生。佳人錢氏。賢孝溫良。以荊釵爲聘。配爲夫婦。春闈催試。折散鸞凰。獨步蟾宮。高攀仙桂。一舉鼇頭姓字香。因參相。不從招贅。改調潮陽。　修書遠報萱堂。中道奸謀變禍殃。岳母生嗔。逼淩改嫁。山妻守節。潛地去投江。幸神道匡扶撈救。同赴瓜期往異鄉。吉安會。義夫節婦。千古永傳揚。詩云。王狀元不就東牀壻。萬俟相改調朝陽地。孫汝權套寫假書歸。錢玉蓮守節荊釵記。出荊釵記。尚是元人題目正名舊法。而結局用律句云。夫妻節義再團圓。母子重逢感上天。深恨詐書分鳳侶。痛憐渡口溺嬋娟。潮陽隔別三山恨。玄妙相逢兩意傳。夙世姻緣今再會。佳名千古二儀間。按元施君美幽

以南九宮譜校汲古本

閨記。亦是如此。爾後則臨川還魂紫釵二記。懷寧燕子箋諸作。猶用此體。他傳或用二絕。或僅一絕。或仿北體。全省。異例紛出。不知何人作俑。抑後人意爲增減。亦不可辨矣。琵琶。殺狗。白兔。皆只用絕句結場。安得羅列諸古本。以供一校耶。

李調元曲話云。荆釵一記。晉叔自謂得元人秘本。信韻叶矣。然如草舍茅簷一曲。本用監咸險韻。而又有一二犯韻。何也。至莫忘雌炊扊一語。句則妙矣。然一望而知非元人面目也。按雨村引臧晉叔語。當有所本。汲古本荆釵。草舍茅簷曲。見第十五齣降黃龍雖有借韻。然是元曲常例。不足爲怪。特汲古本究竟卽臧氏秘本與否。無從校勘。沈伯英南九宮譜所收諸曲。多出古本。其收荆釵仙呂探春令云。人生最苦是別離。論貞潔無比。仗鸞箋一紙傳消息。怎不見回音至。汲古本第三十四齣探春令只用首二句作人生最苦是別離。論貞潔他人怎如。不惟刪節。又有改易。似娘兒云。一女貌天然。緣分淺。親事遲延。願天早與人方便。絲蘿共結。蒹葭可倚。桑杏相聯。汲古本第八齣似娘兒句。無增減。惟遲延作遷延。桑杏作桑梓。改去聲爲上聲。二犯傍粧臺云。意懸懸。倚門終日望得眼兒穿。自他赴選歷鏖戰。杳無箇音信傳。（傍粧臺頭）多應他在京得中選。因此無暇修書返故園。（八聲甘州）他既登金榜。怎不錦旋。（傍粧臺尾）教人心下轉縈牽。汲古本第二十二齣。傍粧臺無二犯字。赴選作去京。箇作一紙。音信作信音。因此作因此上。返作寄。教人作越教。娘。八聲甘州云。窮酸魍魎。對我行輒敢數黑論黃。

粧模作樣。惱得我氣滿胸膛。平生頗讀書幾行。豈肯汨亂三綱并五常。斟量。且順從公相何妨。（前腔換頭）端相。你窮酸伎倆。怎做得潭潭相府東床。出言無狀。那些兒謙讓溫良。微名幸登龍虎榜。肯做棄舊憐新薄倖郎。參詳。料烏鴉怎配鸞凰。汲古本第十九齣八聲甘州歌多一歌字。汨作紊。且順從公相何妨句作不如且順從何妨。相作詳。窮酸作搊搜。無狀作挺撞。兒作箇。幸作忝。參詳上增望字。掉角兒序云。想前生曾結分緣。幸今世共成姻眷。喜得他脫白掛綠。怕慊奴體微名賤。若得他貧相守。富相憐。心不變。死而無怨。早辭帝輦。榮歸故園。那時節夫妻母子大家歡忭。汲古本第二十二齣作皂角兒。無序字。幸今世作與才郎。慊作嫌。憐作連。園作苑。正宮錦纏道又一體云。治家邦。正八倫。有三綱五常。你潛說出短和長。
怎不隄防。他人有耳隔墻。講甚麼晉陶潛認作阮郎。
却不道誓柏舟甘做共姜。先打後商量。問出你私情
勾當。押發離府堂。文牒上。明開供狀。抵多少衣錦去
還鄉。汲古本第四十六齣。錦纏道有耳上增一須字。
餘無異同。朱奴兒云。是則是公文限緊。承尊命怎敢
不允。管取十朝與半旬。到宅上備說元因。還歷盡山
郭水村。指日到東甌郡。汲古本第二十一齣朱奴兒
承尊命作蒙相委管取作拚。餘無異同。沈譜原注云。
此曲句句本色。又不借韻。此荆釵所以不可及也。或
將末句郡字下增一城字。可恨。按汲古本郡下尚不
增城字。即此推之。雖非寧王之舊。殆猶近古也。中呂
粉蝶兒云。一片胸襟。清如五湖秋水。喜聲名上達丹

墀。感皇恩。蒙聖寵。遷擢福地。秉忠直。肅清海閫奸弊。
汲古本第二十五齣粉蝶兒。胸襟作襟期。如作似。擢
作除。直作心。少海閫二字。榴花泣二云。覷着你花容月
貌。勝仙娃。將身命。掩黃沙。幸逢公相救伊家。似撥雲
見日。枯樹再開花。（石榴花）貞潔可誇。恁捐生就死。令
人訝。你萱堂怎不詳察。卻不道有傷風化。（泣顏回）汲
古本第三十二齣榴花泣。你作他。幸逢作天教。似上
多好字。堂作親。卻作全。漁家傲二云。莫不是明月蘆花
沒處尋。莫不是舊日王魁嫌遞萬金。莫非忘了奴半
載同衾枕。莫非是不曾來之任。欲語不言。知他是怎。
那里是全抛一片心。汲古本第三十四齣漁家傲。莫
非作莫不是。了下無奴字。非是作不是。曾下無來字。
欲語不言知他是怎。作欲言不語情難審。又汲古本

此曲一片心下。尚有咱語言一段。是前腔換頭。未標明。非有異同也。漁家鐙云。若提起舊日根芽。不由人兩淚如痳。恨只恨一紙讒書。攛鬭得母親叱咤。他見差。逼勒汝身重嫁。那些個一鞍一馬。○這書札。今日遣發。管成就鸞孤鳳寡。（前腔）今日裏拜別離舍。明日到海角天涯、一心待傳遞佳音。不憚着路途波查。你見他。且只說三分話。猶恐他別娶渾家。○把閒話。一筆勾罷。回來後知真辨假。汲古本第二十二齣漁家鐙作漁家傲。人下多不字。攛下無鬭字。逼下無勒字。札作劍。今日作令人。前腔拜別離舍作拜辭都爺。明日下有裏字。待作要。憚下無着字。見上不襯你字。他下無且字。猶作又。把上增你字。話作言。筆下增都字。復作便。辨作共。沈譜原注云。或改拜別離舍作拜辭恩官。非也。按舍字當叶韻。改舍作爺。韻尚叶。不似沈見或本之謬。然已與古本異矣。沈譜又注云。或改後三句云。把前言一筆都勾罷。回來時便知真共假。謬矣。浣沙記亦承其謬。惜哉。按沈見或本。正與汲古本同。惟前言與閒言略異。均非古本也。迎仙客云。論婚嫁。笑呵呵。男有室。女有家。看明年生下小哇哇。便請姑婆喫碗禿禿茶。按汲古本未見此曲。當是後人刪去。戀芳春云。寶篆香消。繡窗日永。又還節近清明。暗裏時更月換。老逼親庭。日晚雖能定省。遇寒暑宜加溫凊。清和景。惟願雙親。倍膺福壽康寧。汲古本第九齣戀芳春。清明作朱明。更下無月字。老上有月字。蓋誤顛置也。親作椿。無日晚以下三句十六字。福上無倍膺二字。臨江仙云。渡江登山須子細。朝行更聽雞啼。成名先寄好音回。藍袍初掛體。及早辦歸期。
汲古本第十五齣臨江仙更作須。雞上無曉字。初作
將。早辦歸期作第便回歸。女臨江云凭闌極目天涯
遠。奈人去遠遠如天。女冠子頭鱗鴻何事竟茫然。今春看又
過。何日是歸年。汲古本第二十二齣臨江僊。不作女
臨江。奈作那。何作無。看作纔。臨江梅云客館悠悠雞
喚醒。窗前尚有殘鐙。臨江仙頭攬衣推枕矣間評。今日飄
零。何日安寧。汲古本第三十三齣臨江仙。不作臨江
梅。館作夢。推作披。矣間評作自評論。哭相思云人死
家空情黯黯。奈氣力都消滅。自間別心中常悽慘。今
見了越傷感。步蟾宮云胸中豪氣衝牛斗。更筆下龍
蛇飛走。管英雄隨我步瀛洲。一舉高攀龍首。此二曲
汲古本均未見。梁州序云家私迭等。良田千頃。富豪

聲震甌城。他却不曾婚娶。専浼我來相聘。他恁地錢物昌盛。愧我家寒。自料難厮稱。這段因緣。想是前定。入境緣何不順情。休得要恁執性。（前腔第二換頭）見哥嫂俱已應承。問姪女緣何不肯。恁堅執莫不是行濁言清。枉了將奴淩併。便刎下頭來。斷然不依聽。論我作伐。宅第盡聞名。十處說親九處成。誰似你假惺惺。汲古本第九齣梁州序。家上增他字。却作又。婚娶作婚聘。相聘作求親。自料作貌醜。換頭見哥嫂作你爹娘堅執。作推三阻四。奴作人。依聽作依允。似作學。李子花二云。論荊釵名本輕微。漢梁鴻曾用聘妻。芳名至今傳留於世。休將他恁般輕視。聽啓。明說道表情而已。汲古本第八齣李子花作奈花子。曾用聘作已仗得。瑣窗寒又一體二云。這門親非是我貪婪。無奈人來說再三。送荊釵愁他富室包彈。良媒竟沒一言回俺。反教人掛腸懸膽。聽得早間。喜鵲噪窗南。有何親舊相探。汲古本第十二齣作銷寒窗愁他作只愁。包彈作褒談。人作娘。早上無聽得二字。喜作只聞得。沈譜原注云。細查古曲及舊譜所收臥冰記一曲。早間句原只該七箇字。觀荊釵記第三曲云。姑娘因此臉羞慚。亦七字耳。必不可於第二箇字另用一韻。而分爲兩句也。自後人改易舊荊釵記。以致錯亂。香囊記訛以傳訛。遂倣之云。古今惟有孟母與曾參。遂以九字分爲兩句。而第二字悍然用韻矣。唱之者既熟。聽之者又慣。作之者又多。不考其源流。此調幾何而不盡失其故耶。可嘆可嘆。唱第二句。當如琵琶。不曾許公與卿唱法。今人唱作嬾畫眉第二句腔。謬矣。

包彈原出宋元人語。因包龍圖好彈人。故曰包彈。今人改作褒談。非也。此曲亦以褒談用之。故用在閉口韻內耳。因上面說良媒不來。故下面說教人懸掛。今人改作教娘。太執滯矣。按汲古本第三曲。這姑姑因此臉羞慚。亦改姑娘二字為這姑姑三字矣。據此注。則汲古本的是後人改本。非寧王之舊。褒談。早間。敫娘。改易處皆如沈注可斷定。然汲古本與沈所見本。以漁家鐙曲注證之。又係二本。殆不一　改矣。繡衣郎云。自力學十載書幃。黃卷青燈不暫離。春闈催試鏖戰文場男兒志。跳龍門擬着荷衣。步蟾宮必攀丹桂。願　從今奮　鵬程萬里。願　從今奮　鵬程萬里。汲古本第十四齣繡衣郎第二曲。文場男兒志作功名在科場內。跳龍門作金鑾殿。步蟾宮作廣寒宮。第一鵬程作

前程。刮鼓令二云。從別後到京。處萱堂當暮景。幸喜得
今朝重會。又緣何愁悶縈。莫不是 我家荆。看承母親。
不志誠。分明說與恁兒聽。他怎生不與共登程。汲古
本第三十一齣刮鼓令。堂作親。怎上無他字。劉潑帽
云。念吾到此求科舉。不及第羞返鄉閭。修書欲報娘
和父。煩你稍書。只怕你相推阻。汲古本二十一齣劉
潑帽。吾作我。不及第作因不第。回作返。閭作里。煩你
稍書作待浼承局。相上無你字。黃鐘疏影二云。韶光荏
苒。歎桑榆暮年。貧困相兼。數載憂愁。一家艱苦。知他
甚日回憩。衣單食缺。心無欠。爲親老常懷悽慘。秀才
儒雅。安人賢會。小姐貞廉。汲古本第十五齣疏影。知
他作未知。衣單食缺作粗衣糲食。欠作歉。秀才安人
二句互易。貞廉作貞潔。沈譜原注二云。用韻甚嚴。妙甚

妙甚。按此曲。汲古本貞潔出韻。是後人所改。出隊子云。追思前事。心下如同理亂絲。雖然頗頗有家私。爭奈年高無後嗣。怎不教人朝夕怨咨。汲古本第十三齣出隊子。疊追思一句。人下無朝夕字。黃龍袞又一體。休將珠淚彈。休將珠淚彈。莫把愁眉斂。背井離鄉。誰敢胡沾染。路途迢遞。不無危險。纔日暮。問路程。尋宿店。汲古本袞作滾。珠淚作別淚。莫把作且把。斂作展。越調包子令云。聞說佳人多嫋娜。多嫋娜。端的容貌賽嫦娥。賽嫦娥。此親若得週全我。酬勞謝禮敢虛過。合 花紅羊酒謝姑婆。汲古本包作豹。嫋娜作嬝娜。姑婆作媒婆。增牽羊擔酒謝姑婆句。水底魚兒云。天下賢良。紛紛臨帝鄉。白衣卿相。暮登天子堂。有等魍魎。本爲田舍郎。妝模做樣。也來入試場。汲古本水底魚。分此曲爲二。中增爲功名紙半張云云作二換頭。每換頭四句。沈譜原注云云今人但知有四句。蓋因唱者懶唱八句。故作詞者亦只作四句以便之。遂認舊曲八句者爲二曲矣。憶多嬌云云子嗣慳。衰老年。何忍將奴離膝前。莫惹閒非來掛牽。(合)休得愁煩。休得愁煩。他是讀書大賢。汲古本第十一齣憶多嬌子上增愁只愁你四字。衰作爹。將奴作教兒。來作免。休得愁煩少疊一句。他是作喜嫁個。三臺令云云乍別南粵郵亭。又入東甌禁城。水秀共山明。覩風物喜不自勝。汲古本第三十九齣三台令。乍作近。山上無共字。梧葉兒云云遭折挫。受禁持。不由我珠淚垂。無由洗恨。無由遠恥。事到臨危。拚死在黃泉做鬼。汲古本第二十六齣梧葉兒。我作人。下增不字。淚下無珠。事下無到字。

黃泉做鬼作黃泉作怨鬼。沈譜原注云。不由我下。不可又增一不字。又云。今人唱此曲。多在做字下增一怨字。又云。舊譜梧葉兒不用怨字。誠爲有見。按此注。則汲古的係時本。固不待言。而寧王舊本。伯瑛不過僅於舊譜見之。是舊本旣經改竄。失傳久矣。今又僅於沈譜所收。略見舊譜。又展轉以得見舊本古曲。亦不可謂非幸也。簇御林云。親師範。近友朋。把詩書勤講明。囊螢鑿壁皆堪敬。他每都顯父母。揚名姓。奮鵬程名題雁塔。白屋顯公卿。汲古本第六齣簇御林囊作聚。皆作眞。每作們。沈譜原注。囊字可用仄聲。按此字汲古本用聚。正以仄改平。知唱者必以仄聲字爲便。故參差如此。凡舊曲之遭竄亂。多由口傳音近訛謬相襲。與諸經籍同。而取便優俳。動輒增省更易。如此類者。不知凡幾。是曲子獨羅之厄。大可歎也。雙調胡搗練云。傷風化壞綱常。豈親逼嫁富家郎。落把我清名虧汚了。不如一命赴長江。汲古本第二十六齣胡搗練。不襯我字。清作身。虧作辱。赴作喪。夜行船云。一幅鸞箋飛報喜。垂白母想已聞知。日漸過期。人何不至。心下又添憂憶。汲古本第三十一齣夜行船。聞知作知之。憂憶作縈繫。沈譜原注。或改名曰停舟。可惡。按此曲名汲古本仍作夜行船。不作停舟。信較他本近古也。賀聖朝云。幾年職掌朝綱。四時爕理陰陽。輔一人有慶壽無疆。化民賴安康。汲古本第十九齣賀聖朝。一上無輔字。安上多之字。仙呂入雙調惜奴嬌云。家道貧窮。守荊釵裙布。謹身節用。今爲姻眷。惟恐玷辱門風。空空。愧設房奩來陪奉。望高堂垂憐寵。

(合)喜氣濃。悄似仙郎仙女會合仙宮。(前腔換頭)
欣逢夫婿寬洪。可留心遵守。四德三從。勤攻詩賦。休得做學飄蓬。重重運蹇時乖。長如夢。謝良謀開愚懵。
汲古本第十六齣惜奴嬌。家道上增只爲二字。欣作忻。得下增要字。運作命。謀作言。懵作懞。雙勸酒云。儒冠誤身。一言難盡。只因那人。常縈方寸。若得他配合秦晉。那其間燕爾新婚。汲古本第二十一齣雙勸酒。只因那人作爲玉蓮可人。縈作懷。不知宮調四換頭云。賊潑賤。好閉嘴。數黑論黃說甚的。娘言語。怎違逆。這的順親顏情。却是你。順親顏情。人之大體。竟不相投。教奴怎隨。富豪貪戀。貧窮見棄。須惹得傍人講是非。呆蠢小丫頭。出語汚人耳。敢恁地推三阻四。話不投機。這豪家求汝效於飛。他有甚相虧。敢恁的回言。

以十二律京腔譜校汲古本

抵死沒尊卑。汲古本第十齣四換頭。不襯好字。說作講。違下無逆字。這的是順親作那裏是順父母。第二順親句。亦作順父母。大體作大禮。竟不相投作話不投機。貪戀作戀貪。惹上無須字。呆蠢以下作前腔換頭。了上無小字。恁上無敢。下無地。敢恁的回言抵抗沒尊卑作出言抵撞。你好沒尊卑。沈譜原注。所犯四調。但知前四句似一封書。按伯瑛號寧齋。一作寧菴。松陵人。世稱詞隱先生。所撰傳奇。與玉茗頡頏。格律極嚴。撰南九宮譜甚多。世奉爲圭臬。所收舊曲。極爲可據。由上錄荊釵諸曲以勘汲古本。其得失變遷。亦瞭然可數矣。

康熙中。茂苑王端生正祥 平江盧南浦鳴鑾 梁溪施均衡。銓 荊溪儲君用。國珍 纂京調譜。意在正詞隱之失實爲弋腔譜也。譜中分類。悉廢宮調舊名。一以十二律爲次。名曰新定十二律京腔譜。按盧序。弋崑並行。弋實行於未有崑腔之先。又云排場既具。崑弋遂分。據此。則明中葉以前南曲諸本皆用弋腔。舊說北人不唱。南人不歌。所謂唱者。卽指弋腔。又按京調譜總論。絲竹相協者曰歌。一人成聲。而衆相和者曰唱。弋腔於起調之後。必有接腔。故知南曲必唱弋腔專之矣。崑曲既興。南曲又不唱而歌。世俗相沿。尚謂之唱。甚至北劇西廂。亦皆唱矣。弋腔亦起於元世。出江右之弋陽。流轉江浙。迭經潤色。遂變舊習。如荊釵幽閨。琵琶之類。當非復弋陽之舊。然以其時考之。斷爲弋腔。無可疑也。京調譜收荊釵三臺令。乍別南粵曲。與沈譜同。黃鐘簇御林親師範曲。無他每都之襯字。

多疊一白屋顯公卿句。同上 黃鶯兒云。公相望垂憐。感
夫人意非淺。又蒙結拜爲姻眷。恩德萬千。何日報全。
願登八位三臺顯。合 淚漣漣。雙親遠別。重得遇椿萱。
重得遇椿萱。汲古本第二十六齣黃鶯兒願下多公
相早三字。蓋襯字也。又少疊重得句。同上 胡搗練傷風
化曲。與沈譜同。惟我不作襯字。大呂二 似娘兒一 女貌
天然曲。亦同沈譜。同上 八聲甘州窮酸魍魎曲校沈譜。
肯上無豈。亂上無汩。肯不作襯。氣上不襯我。斟作酌。
前腔換頭此二下不襯兒。棄上不襯肯做。餘同沈譜。同上
比目魚原注卽九宮之水底魚兒。所謂九宮。卽沈譜
也。沈譜做樣此作作樣。同上 豚木兒云。吾兒女。將及笄。
許配王生尚未歸。那孫呆忽至吾家也。要娶我姪女。
他央老妾爲媒氏。領言曾到兄家去。便欲憐新將舊

悔。汲古本第四十齣豚木兒吾家下有裏字。娶作取。央上多浼字。領上有吾字。上同 出隊子追思前事曲與沈譜同。三太簇 古梁州原注云。查荊釵之家私送等一體。乃古梁州正格。較之梁州序第九句。字句不同。且合頭少二句。此所以辨爲古梁州也。其換頭見哥嫂一體。改名爲梁州令。曲文校沈譜少他却二襯字。沈譜相聘此作求親。與汲古本同。他恁不作襯字。恁下無地。自料此作貌醜。亦同汲古本。因緣上不襯。這般想上多料字。亦同汲古本。末句疊。則又沈譜與汲古本所無也。梁州令原注。卽九宮之古梁州。換頭曲文。沈譜見哥嫂。此與汲古本同作你爹娘。與上注其換頭見哥嫂一體改名爲梁州令之語相歧。餘與汲古本同。惟推上無恁。行上無莫不是。作伐上無論我。太簇

三
疏影韶光荏苒曲。與沈譜同。夾鐘四 傍粧臺云。晝初長。啣泥來往。燕兒忙。高柳蟬聲細。角黍慶端陽。十里湖光好。菡萏花開放。合 三伏景。宜共賞。等閒莫負水亭涼。等閒莫負水亭涼。按此曲今汲古本未見。同上 雙勸酒儒冠曲。同沈譜。惟配上不襯他。其上不襯那耳。同上 普賢歌云。書中語句有差訛。致使娘兒聒絮多。真僞恁定奪。是非沒奈何。尺水翻成一丈波。汲古本第二十三齣。聒絮作絮刮。沒作爭。同上 恁麻郎云。我告你局騙我財禮。我告你威逼他投水。怎誤我自羅帕見喜。閃得他黃泉路作鬼。息怒威。寧耐取。休想我輕放着你。汲古本第二十九齣。騙我作騙人。逼得作逼人。閃作悶。泉下無路字。夾鐘四 步蟾宮胸中豪氣曲。與沈譜同。姑洗五 粉蝶兒一片胸襟曲亦然。中呂六 玉芙蓉云。

書堂隱相儒。朝野開賢路。喜明年春闈。已招科舉。牕
前歲月莫虛度。燈下簡編可卷舒。合 時不遇。且藏諸
韞匵。待際會風雲。求善價。待沽諸。汲古本第三齣玉
芙蓉。際上無待。價上無善。求上多那時。六中呂 錦纏道
治家邦曲。校沈譜三上不襯有字。潛上你。短上出及
講甚麼。卻不道。俱不襯。末多疊抵多少衣錦還鄉句。
同上 朱奴兒云。因科舉離鄉半春。從別後斷羽絕鱗。今
日天教遇你們。趨良使附歸音信。合 還歷盡山郭水
村。指日到東甌郡。汲古本二十二齣朱奴兒曲。與此
無二。同上 一江風云。繡房中裊裊香烟噴。剪剪輕風送。
但晨昏問寢高堂。須把椿萱奉。忙梳早整容。忙梳早
整容。惟勤針指工。牕外花影日移。動牕外花影日移
動。汲古本第九齣一江風曲。花上多怕字。少疊句。工

作功。同上 風入松二云。連年貧苦未逢時。誰想一旦分離。孩兒自別求科舉。怎知道妻房溺水。見他時休提寄書。招贅事意何如。招贅事意何如。汲古本第三十齣風入松連上有嘆字。孩上有我。見他句作但說來又恐驚駭。招贅句作我兒決不可與他知。下無疊句。同上 急三鎗二云。情難訴。常思憶。常思憶。常憂慮。心慼慼。淚如珠。登程去。休思憶。休憂慮。途路上。免嗟吁。汲古本第三十齣急三鎗。情難訴上多痛易二字。且疊痛易句。登程去上有且自二字。亦疊一句。同上 夜行船一幅鸞箋曲。與沈譜無二。毅賓七 錦衣香二云。天性聰。才堪重。婦有容。德堪重。美質奇才。彩鸞丹鳳。自慚非是漢梁鴻。何當富室配着貧窮。妾非孟光奉椿庭適事明公。前世曾歡共。藍田玉種。夫和婦睦。琴調瑟弄。琴調瑟弄。汲古本第十二齣錦衣香曲。美質上多天生鳳上無丹字。貧窮作孤窮。妾上多念字。椿庭作親命。適作遣。前世曾作今日同。藍田玉作也曾脩。琴調句不疊。同上撥水令二云。怨貧無香醪泛鍾。怨貧無美食獻供又無湯水飲喉嚨。粧甚喜媒。做甚親送。休相笑。莫妄銜。惟恐外人相譏諷。非缺禮。非缺禮只爲窘中。凡百事。凡百事。望乞包容。汲古第十二齣撥水令曲。湯上多些。甚下多麼。喜作大。做甚作做什麼。容作籠。同上惜奴嬌家道貧窮曲。沈譜沒此作乏。欣作忻。運作命。謀作言。均同汲古本。同上黑麻序換頭二云家中雖忝儒宗論蘋蘩箕箒。尚未諳通。愧無能豈宜適事英雄。融融非獨外有容。必然內有功。合喜氣濃。悄似仙郎仙女會合仙宮。汲古本曲名作鬬黑麻。曲文無二。同上臨江仙渡水登山曲。與沈譜同。八林鐘　女臨江凭欄極目曲同沈譜。刮鼓令從別後曲。我上不襯是字。怎上不襯他字。同上　梧葉兒遭折挫曲。與沈譜同。均同上　花心動云。適遣匆匆。奈眉峯慵畫。鬢雲休攏。月滿鳳臺。星渡鵲橋。和氣滿門填擁。抹淡粧濃。千嬌種。看承似珠擎璧捧。喜氣濃。似郎仙女。會合仙宮。汲古本花心動曲攏作籠。下闋蓋伶工所刪。而似郎句。郎上應有仙字。以下惜奴嬌黑蝋序證之。可知。此又京腔譜誤奪也。九夷則　亭前柳云。垂鬟已星星。弱體戰兢兢。況兼寒凜凜。那更冷清清。此行怎去登山嶺。且過殘冬。待春煖。共登程。待春煖。共登程。汲古本垂鬟上有老兒字。當作襯。無且過殘冬十六字。而下山虎後。亭前柳又一曲。合云。且過新年。待春煖。共登程。疑原本必是合前。汲古本於前曲奪去十六字。僅見後曲。故不合前。而殘冬改作新年。末句又少一疊。然玩垂鬢曲後下山虎曲有合前二字。則汲古本亭前柳前曲合唱。且過殘冬十六字之奪去。殆出譌誤。非有意刪削也。南呂十 勝如花云。辭親去。別淚零。豈料登山驀嶺。只因他寄簡傳書。反教娘離鄉背井。未知道何日歡慶。合 愁只愁一程兩程。況不聞長亭短亭。暮止朝行。趲長途曲徑。休辭憚跋涉奔競。願身安早到神京。早到神京。汲古本二十八齣。勝如花曲。他作人。教上無反。未作不神京作京城。末疊句上仍有願身安字。同上 憶虎序云。當初娶汝。生男育女。逼勒我孩兒。去投江身死。寫狀經官經官告你不賢婦。薄倖妻。若到官司。若到官司。打你皮綻肉飛。汲古本第二十九齣憶虎序。生上多指望二字。寫上多我字。不上多告你是。皆襯字。告你上又多呈字。少疊若到官司四字。十南呂金蓮子云。待要說傷心到口又哽咽。貞共潔。怎教做兩截。若要奴再招夫。則除是山崩大江竭。汲古本未見此曲。十一無射繡衣郎自力學十載書幃曲。與沈譜無異。惟從今上不襯願字。奮字又作正文耳。同上黃龍袞休將珠淚彈曲。同沈譜。同上四換頭賊潑賤曲。閉上不襯好字。逆上不襯違。順上不襯這的。敢作聽。豪上不襯這回上不襯敢恁的。死作抗。同上探春令人生最苦曲。同沈譜。惟絜此作潔。應鐘

二十解三酲云王狀元且休閒講。這姻親果是無雙。當朝宰相爲岳丈。論門戶正相當。寒儒怎敢過望。想自古糟糠不下堂。合忒無狀。花言巧語。一趟胡謊。前腔換頭。阻四推三不忖量。舌劍脣鎗。反受殃。停妻再娶

誰承望。又何必苦相央。朝中選法咱執掌。禍到臨頭燒好香。不輕放。改除煙瘴。休想還鄉。汲古本第十九齣解三酲。酲作醒。狀上無王。元下多你。親作事。自係襯字。古下多道。糠下多妻。花上多把。換頭阻四推三不忖量。作你千推萬阻。靡恃己長。舌上多只怕你。停妻句上多謾自相勞讓句。又何必苦相央。作又何苦恁相當。朝中作朝綱。執掌作把掌。禍上多使不得。改上多定。煙瘴作遠方。同上 瑣窗寒這門親曲同沈譜。惟這作正文。是無送聽得諸字俱不襯。柰子花論荆釵曲。同沈譜。惟傳留作流傳。均同上 豹子令云。非是冰人說強呵。說強呵。成敗都是女蕭何。女蕭何若是才郎拼財禮。管教織女渡銀河。合 花紅羊酒謝姑婆。同沈譜。惟沈譜包。此與汲古本同作豹。據上錄諸曲勘之。

則京腔譜所收荆釵記曲。與沈譜頗有同異。於汲古本亦然。又當別一本。考古之家。亟應存參。

錦香亭不詳何人之作。蓋古傳奇也。其八聲甘州一曲云。春深離故家。歎倦客旅邸。遊子天涯。一鞭行色。遙指剩水殘霞。墻頭嫩柳籬上花。望古樹枯籐棲暮鴉。嗟呀徧長途觸目桑麻。（前腔換頭）呀呀。幽禽聚遠沙。對仿佛禾黍宛似蒹葭。江山如畫。無限野草閒花。旗亭小橋景最佳。見竹鎖橋邊三兩家。漁樵弄新腔一笛堪誇。詞隱云。今借入荆釵記。沈譜原注 按今荆釵第四十一齣。小蓬萊後。卽此曲。倦客逆旅改爲哀年倦體。遊子爲奔走。籬上爲籬畔。襯字望爲見。嗟呀爲嗟呀。橋邊作溪邊。漁樵作漁樵。雜劇傳奇往往借古名曲。不嫌剿襲者。良由音韻之文。協律爲難。文律雙美。便推獨擅。後來萬千。豈能居上。苟情景適宜。寧取因仍。不必己出。自矜奇妙。抑非博覽卓識。何能運用古人。北劇如東籬。黃粱夢取花李郎全折。南曲如寧齋。一種情取大齋郎曲。皆此道老手。類多假借。蓋以音律爲重。故爾出此。自玉茗一派。任才恣肆。蹂躪詞律。語必獨造。意在驚人。致口與耳不相應。手與筆不相習。鳳洲之倫。更揚其波。歧之又歧。曲運益蹇。徒詩之後。再見徒詞。徒詞之後。更成徒曲。皆此輩爲之。豈特爲殺嗓劊子已哉。而淺者至今。方且誦之。遂爲不知而作者藉口。古來名曲。且被斥逐。豈不可恨。不知才益大者。其心彌虛。荊釵借曲。何損大家。若沾沾自炫。雖不乏奇賞。究屬淺見。古今妙文。只有此數。惟求其當。千手不易。可也。予讀春深甘州曲。不能不服荊釵之通。魏武短歌行。連用三百篇語。亦此例耳。

沈譜二收勝如花曲云。辭親去。別淚零。豈料登山驀嶺。只因他寄簡傳書。反教人離鄉背井。未知道何日歡慶。愁只愁一程兩程。況不聞長亭短亭。暮止朝行。趲長途曲徑。休辭憚跋涉奔競。願身安早到神京。願身安早到神京。題云新荊釵記注。此曲不知何人所增。其調不知何所本。但腔甚可愛。不可不錄。按此曲汲古本見第二十八齣中。沈譜文與京調譜同。汲古本小異。已見上校據沈譜。則汲古本可題新荊釵記。然注僅云此曲增。則餘仍爲舊本耶。勝如花曲·以欲證新荊釵記一語·不嫌重錄·

浣紗記

(上缺)一說伯龍以例貢爲太學生。好輕俠。善度

浣紗與崑腔

曲。囀喉發響。聲出金石。能得良輔之傳。嘗著浣紗記傳奇。梨園子弟爭歌之。生平蕩儻好游。足跡徧吳楚間。嘗欲北走塞。南極徼。盡覽天下名勝。不果而卒。同里王伯稠贈以詩云。達人貴愉生。焉顧一世譏。伯龍慕伯輿。徇情良似癡。彩毫吐艷曲。煜若春苑開。斗酒清夜歌。白頭擁吳姬。家無擔石儲。出多少年隨。元暉愛雅獎此道。今所稀見。近人陳氏五石脂。未注所出。予亦不暇爲之詳考也。按此段之前有脫簡待補

漁磯漫鈔云。崑有魏良輔者。造曲律。世所謂崑腔者。自良輔始。而梁伯龍獨得其傳。著浣紗傳奇。梨園子弟喜歌之。梁名辰魚。亦崑山人。潘景升有白下逢梁伯龍感舊云。一別長干已十年。填詞贏得萬人傳。歌梁舊燕雙棲處。不是烏衣亦可憐。

爲工麗盪觴

雨村曲話云。梁伯龍浣紗。終本無一散語。伯龍名辰魚。字少白。又云曲始於元。貴當行。不貴藻麗。蓋作曲自有一番材料。其修飾詞章填塞故實。了無干涉也。自梁伯龍出。始爲工麗濫觴。蓋其生嘉隆間。正七子雄長之會。詞尚華靡。弇州於此道不深。徒以維桑之誼。盛爲鼓吹。不知非當行也。按崑曲創始。伯龍首作。格調既異。自不得純律以元曲。此又當分別言之者也。

菉猗室曲話卷二終

菉猗室曲話卷三

清貴筑姚華撰

毛刻籤目

琵琶記

高明

元高明撰。明字則誠。永嘉平陽人。至正五年進士。張士堅牓中第。授處州錄事。辟丞相掾。方谷真叛。省臣以温人知海濱事。擇以自從。與幕府論事不合。谷真就撫。欲留置幕下。即日解官。旅寓鄞之櫟社。太祖聞其名召之。以老病辭。還卒於家。有柔克齋集。

三不從

開場沁園春云。趙女姿容。蔡邕文業。兩月夫妻。奈朝廷黃榜。遍招賢士。高堂嚴命。强赴春闈。一舉鰲頭。再婚牛氏。利綰名韁。竟不歸。飢荒歲。雙親俱喪。此際實堪悲。　堪悲。趙女支持。剪下香雲送舅姑。把麻裙包土。築成墳墓。琵琶寫怨。逕往京畿。孝矣伯喈。賢哉牛氏。書館相逢最慘悽。重廬墓。一夫二婦。旌表門閭。詩云。極富極貴牛丞相。施仁施義張廣才。有貞有烈趙眞女。全忠全孝蔡伯喈。沁園春前問答科白。問後房子弟數演誰家故事。那本傳奇。答三不從琵琶記。按此必是宋元相承舊語。惜三不從之說。無他考證。不能爲之詞耳。

師儉堂本

近貴池劉氏彙刻傳奇第二種琵琶記。是陳眉公評師儉堂原本。與毛本微有同異。評語無所發明。明人習氣如此。末附音釋二卷。不知是何人所爲。

淨與老旦

本傳淨扮蔡婆。陳評云。不宜用淨扮。易以老旦爲是。

按柔克作傳。尚當渥奇之朝。與眉公相去二百餘年。

梨園與後房

劇場變遷。不可數計。安得以崑曲脚色律之耶。然因此可以考見老旦色由後起。琵琶淨扮蔡婆。猶之西廂外扮老夫人。皆無老旦色。明周憲王本西廂如此可證也。第毛刻西廂已易老旦。陳又有評本西廂不出色目。習見雷同。無由反證。抑知此猶存古本之舊。而爲劇場色目沿革之曲要耶。老旦色疑起崑腔社中。當續考之。

師儉堂本開場問答科白梨園子弟。毛本作後房子弟。按毛刻諸傳多作後房。今俳語沿用。亦曰後臺。安吳包氏（世臣）都劇賦所謂兩門四柱方臺作場臺後連廈是謂戲房是也。兩門卽鬼門道。今語曰上場門下場門。卽前後臺之界也。後房名目亦起後世。琵琶初變雜劇而爲戲文劇場之制。或猶未備。柔克

搬演

戲文

原本。當以梨園爲近也。
敷演誰家故事。毛刻與師儉堂本皆同。他傳則毛本作搬演。惟此作敷。亦古本舊語之僅存者也。搬亦作般。今語曰扮。疑古今之變耳。
家門問答白云。待小子略道幾句家門。便見戲文大意。此語自來讀者。皆以常語略過。而不知其有關沿革何也。元曲無論南北。皆是雜劇。考其前後。則南戲當先。明祝允明猥談。所謂南戲出于宣和之後。南渡之際。謂之温州雜劇是也。温州雜劇。卽是南戲。其劇本卽曰戲文。葉子奇草木子云。劇文始于王魁。永嘉人作之。識者曰。若見永嘉人作相。宋當亡。及宋將亡。乃永嘉陳宜中作相。其後元朝南戲尚盛行。及當亂。北院本特盛。南戲遂絕。據此可知温州雜劇。始於南宋。盛於胡元。元明之際。正將絶之時。而琵琶諸傳。變而繼起。於斯之時。體格初成名目未立。不必如後世所謂傳奇。姑以戲文稱之耳。然草木子所謂戲文始王魁。是謂南戲。卽温州雜劇。與琵琶諸傳體制不同。不得以其同稱戲文而混合之也。葉所謂北院本。謂北雜劇古院本。但般演而不唱。亦語同而意異。皆當分別。明胡應麟莊嶽委談云。今王魁本不傳而傳琵琶。琵琶亦永嘉人作。遂爲今南曲首。然葉當國初著書。而云南戲絶。豈琵琶尚未行世耶。此正胡氏誤以葉所謂戲文與本傳戲文爲一體。而又以南曲爲卽南戲。豈知南戲雖絶。葉殆指温州雜劇。琵琶雖行世。而不在南雜劇之列。故不之及無足怪也。琵琶僅得云南曲。而不可謂卽古之南戲。然柔克先生之必見古南戲本。又無可疑矣。按祝允明猥談温州雜劇下。並云曾見舊牒。有趙閎榜禁頗著名目。如趙貞女蔡二郎等。亦不甚多。以後日增。今遂遍滿四方。輾轉改益。卽此可見有貞有烈趙眞女全忠全孝蔡伯喈之南曲琵琶記。以温州雜劇趙貞女蔡二郎爲祖本。明證如此。而胡應麟又必以元人西廂爲戲文之祖。意謂其變雜劇之妙舞清歌。而爲傳奇之繁文縟節。且謂高氏又一變而爲南曲。直以西廂爲傳奇北曲之祖。琵琶爲南曲傳奇之祖。誤認琵琶之變。出自西廂。不知西廂五本。亦稱五劇。每劇四折。各爲一本。猶是雜劇體裁。與其他元人之作。全無乖異。後人合爲二十齣上下兩卷混稱一本。置之傳奇體裁之中。如毛刻北西廂記本。而西廂始爲不類。胡之所見。殆卽此本。故其說如此。儻見周憲王古本。當

貞女與二郎

爲爽然矣。夫西廂之必爲雜劇。元人之舊也。西廂之忽爲戲文。（卽傳奇意）在琵琶既行以後。後人援例而變之。若謂琵琶變出西廂。抑何顛倒如是乎。五劇本西廂。明人殆不常見。故其時論曲諸家。率據二十齣本爲說。沈德符顧曲雜言亦云。元曲總只四折。自北有西廂。南有拜月。雜劇變爲戲文。以至琵琶。遂演爲四十餘折。幾十倍於雜劇。其見亦與胡同。又胡沈皆以雜劇與戲文對言。亦猶循本傳舊稱。豈其時尚未立傳奇之目也歟。

温州雜劇。據祝允明氏所見有趙貞女蔡二郎等名目。何以知爲柔克所祖。按宋人詩云。斜陽古柳趙家莊。負技盲翁正作場。身後是非誰管得。滿村聽唱蔡中郎。（明姚福青溪暇筆。謂是劉後村句。清朱彝尊靜志居詩話。汪師韓談書錄。謂是陸務觀句。）夫

有嘲罵無詈恥

盲詞所唱。與雜劇所演。或即爲一事。而雜劇與戲文轉移較近。至中郎之中。當如中婦。意猶二郎也。自二郎變爲中郎。伯喈所仕。適與之合。而中郎再變。則雜劇盲詞。已有變遷。然宋人句中所謂中郎。是謂二郎乎。抑謂伯喈乎。二郎果別有其人。則身後是非。語亦可通。不必泥於伯喈。今無其詞。難言之矣。即謂本傳伯喈名沿盲詞。而趙貞女必本雜劇。眞貞字雖略變。然有貞有烈複字必避。不得不如此也。

琵琶記假託伯喈。或本宋詞。然元人北劇如連環記。王粲登樓諸本。並出蔡邕學士。殆由野語相傳。別有故實。柔克作傳。亦取其習耳。而青溪暇筆則云元末永嘉高明。避世鄞之櫟社。以詞曲自娛。見劉後村有死後是非誰管得。滿村聽唱蔡中郎之句。因編琵琶

蔡生

記。用雪伯喈之恥。國朝遣使徵辟不就。既卒。有以其記進者。上覽畢。曰五經四書在民間。如五穀不可缺。此記如珍羞百味。富貴家其可無耶。其見推許如此。姚氏不知果見宋詞否。以予論之。宋詞所唱。寧謂卽蔡二郎。不必爲蔡伯喈也。如謂琵琶爲雪伯喈之恥。然按之本傳。其罵伯喈處。言外殆不留餘地。正如眉公總評謂純是一部嘲罵譜。三十八齣評謂全傳都是罵。餘俱包藏。此獨直罵。不惟雪恥。反益之罪。矛盾如是。知其語無實據。抑亦道聽而塗說者耳。夫十姨廟記。謬由髭鬚。伯喈孝行。訛以中郎。文人游戲。何施不可。必求其故。則反鑿矣。惟舊說相承。皆謂託諷。是否得實。要亦不可知者。因備錄之。

第一　蔡生

唐人小說載說郛中其目當細檢之云。牛相國僧孺之子繁與同人蔡生邂逅文字交。尋同舉進士。才蔡生。欲以女弟適之。蔡已有妻矣。力辭不得。後牛氏與趙處。能卑順自將。蔡氏至節度副使。

藝苑巵言明王世貞元美云。高則誠琵琶記。其意欲以譏當時一士大夫。而託名蔡伯喈。不知其說。偶閱說郛所載唐人小說。見前不錄其姓事相同。一至於此。則誠何不直舉其人。而顧誣衊賢者耶。

莊嶽委談明胡元瑞應麟云。巵言所引。二姓悉合。高氏或據此。第僧孺之女。則未審竟適何人耳。僧孺二子。曰蔚曰叢。俱節度至尚書。蔚子徽。叢子嶠。亦顯。而絕無所謂繁者。恐說郛所載。未如太平廣記之實也。西廂事唐人自有鶯鶯傳。而會真記侯鯖錄尤詳。其爲微之無疑。然則西廂琵琶二記。一本微之中表。一假思黯女夫。二人在唐。先後入相。當時事業寥寥。不知千載後得元人力鬧熱百倍生前也。

誠齋雜記元周達觀云。僧孺有子名繁。與其同鄉人蔡生同舉進士。才蔡生。欲以女弟適之。蔡已有妻趙氏。力辭不得。牛氏與趙相與甚歡。蔡後至節度副使。

第二 鄧敞

觚賸明鈕琇玉樵言觚云。僧孺子牛蔚與同年友鄧敞相善。强以女弟妻之。而牛氏甚賢。鄧元配李氏亦婉順有謙德。鄧攜牛氏歸。牛李二人各以門第年齒相讓。結爲姊妹。其事本玉泉子。作者以歸伯喈。

蓋憾其有愧於忠。而以不盡孝譏之也。
談錄清汪師韓韓門云。舊唐書載僧孺二子蔚。蘩。蔚登太和九年進士第。蘩登開成二年進士第。俱仕爲節度使。誠齋雜記所云繁者。疑是蘩字之訛。蔚襲封奇章侯。其名尤著。故玉泉子遂以爲蔚。而蔡趙之姓。雜記尤爲符合也。又考杜牧之作牛丞相墓誌銘。所載五男六女。長男蔚。次叢。次奉倩。二人皆稚齒。李珏牛公神道碑亦曰二人未知名長女嫁上黨苗愔。次嫁范陽張洙。次嫁常山張希復。次嫁前進士鄧淑。次未笄一人始數歲。則鄧敞又是鄧淑之訛。要之小說所言。其爲傳聞。總難取信耳。
莊嶽委談云。蔡爲牛壻。絕無謂。而莫知所本。一日偶閱太平廣記四百九十八卷雜錄末引玉泉子云。鄧敞初比隨計。以孤寒不中第。牛蔚兄弟。僧孺子。有氣力。且富於財。謂敞曰。吾有女弟。子能婚。當相爲展力。寧一第耶。時敞已婿李氏矣。其父嘗爲福建從事。有女二人。皆善書。敞行卷多其筆跡。顧已寒賤。未必能致騰踔。私利其言。許之。既登第。就牛氏親。不日。敞挈牛氏歸。將及家。紿之曰。吾久不至家。請先往俟卿。洎到家。不敢洩其事。明日。牛氏奴驅輜橐直入。卽出。牛氏居常玩好。幙帳雜物。列庭廡間。李氏驚曰。此何爲者。奴曰。夫人將到。令某陳之。李氏曰。吾敞妻也。又何夫人焉。卽撫膺大哭。牛氏至。知其賣己也。請見曰。吾父爲宰相。兄弟皆在郎省。縱嫌不能富貴。豈無一嫁處耶。其不幸豈惟夫人。今願一與共之。李感其言。卒同處終身。乃知則誠所謂牛相卽僧孺。而鄧生登第再婚。事皆符合。姓氏稍異耳。斁後官至秘書。職位恍忽類邕。

第三　王四

留青日札（著人姓名侯檢）云。時有王四者。能詞曲。高則誠與之友善。勸之仕。登第後。卽棄其妻。而贅於太師百花家。則誠悔之。因借此記以諷。名琵琶者。取其四王字爲王四云耳。元人呼牛爲不花。故謂之牛太師。而伯喈曾附董卓。乃以之託名也。高皇微時。嘗賞此戲。及登極。捕王四。置之極刑。

靜志居詩話（清朱彝尊竹垞）云。世傳琵琶記爲薄倖王四而作。此殆不然。陸務觀詩云。斜陽古柳趙家莊。負鼓盲翁正作場。身後是非誰管得。滿村聽唱蔡中郎。是南渡日已演作小說矣。

琵琶爲諷世之作

第四　蔡卞

兩般秋雨庵隨筆一清梁紹壬應來云。高則誠琵琶記。相傳以爲刺王四而作。駕部許周生先生宗彥嘗語余云。此指蔡卞事也。卞棄妻而娶荊公之女。故人作此以譏之。其曰牛相者。謂介甫之性如牛也。余曰。若然。則元人紀宋事。斥言之可耳。何必影借中郎耶。先生曰。放翁詩云。身後是非誰管得。滿村聽唱蔡中郎。據此則斯劇本起於宋時。或東嘉潤色之耳。然則宋之琵琶記爲刺蔡卞。元之琵琶記爲指王四。兩說並存可也。

按宋人蔡中郎盲詞。不必卽名琵琶記。應來以意斷之。非事實也。

綜之。上列諸說。蔡生鄧鄗蔡卞。皆以後人詠古事。不必託名。卽謂託自宋人。不始柔克。然除蔡卞外。唐宋相去幾三百年。自唐太和九年盡北宋靖康二百九十四年抑何避忌之有乎。周生之說。起近百年。殆亦意測。不可依據。而宋人稗說。不止盲詞之蔡中郎。及温州雜劇之蔡二郎。可疑爲柔克所祖。又陶南村輟耕錄。衝撞引首題下。復有蔡伯喈一本。名字明白。更無疑義。大抵美人名士。生不遇時。及其死也。舉世傷之。感慨發於縉紳。流傳遍於時俗。今古知名。附會益甚。至不嫌以村鄙之見。爲古人之事實。後世文人。又雕飾焉。傳之愈遠。益非其真。明妃之與伯喈。理或相同。加以蔡女胡笳。音節悽婉。樂部所習。尤易牽連。肆坊考據。必窮所出。失志才人。或借酒杯。伯喈身世。更爲履歷。稗說之成。皆由此則。亦何怪乎。予固以爲伯喈軼事。宋稗舊說。信然有之。且不一見。柔克意有所諷。託爲根據。別出機杼。孔子之作春秋也曰。其事則齊桓晉文。其文則史。其義則竊取之矣。何況詞章寄託。不妨荒唐。其事其文。皆竊取而已。故謬伯喈之事。以就王四之文。言非苟作。理或可信。必謂琵琶有所影託。寧從留青日札之說。惟是柔克所譏。蓋屬世情之常。不必意中實有其人。卽以爲諷世之作可也。今世戲文有包龍圖斷陳世美一本。亦與琵琶同科。不過結場透露。未若琵琶忠厚。猶存詩人之意焉耳。

又按樂府雜錄蘇中郎。後周士人蘇葩。嗜酒落魄。自號中郎。每有歌場輒入獨舞。今爲戲。著緋戴帽。面正赤。蓋狀其醉也。又有踏搖娘諸戲。悉屬此部。而教坊記則云踏搖娘者。北齊有人姓蘇。齁鼻。實不仕而自號爲郎中。嗜飲酗酒。每醉輒毆其妻。妻銜悲。訴於鄰里。時人弄之。丈夫著婦人衣。徐步入場行歌。每一疊。旁人齊聲和之云。踏搖和來。踏搖娘苦和來。以其且步且歌。故謂之踏搖。以其稱冤。故言苦。及其夫至。則作毆鬭之狀。以爲笑樂。此二事絕類。於蘇中郎踏搖娘而見夫婦之道苦矣。夫之棄妻。情事至歧。醉飽之與富貴。其例一也。唐世諸戲。即有此粉本。宋戲關目。倘如琵琶可云自唐代相承。不過易蘇而蔡耳。葩之與邕。皆不敢信果爲其人。要其情事。則古今人情。不甚相遠。一二年來。聞之屢已。海外遊學士人。先後歸國四五年間。往往崛起。致身青雲。而逐妻悔婚。以就他氏。坊市新聞日鈔。所傳爲新琵琶記者。奚啻一二。莊嶽委談。凡傳奇以戲文爲稱。故其事欲謬悠而士根中郎耳順而揩卓。以謬悠其事也。此語似琵琶而外。不知尚有何本。又云。予嘗笑中郎有三不幸。漢史垂成。陷身縲絏。一也。生止一女。後沒虜廷。二也。頭白齒落。制命凶渠。千年後橫遭風流案誣蠛。日爲里婦唾譏。三也。聞者輒大噱不已。按胡只知琵琶。故爲此語。其實元曲中藉重中郎之處固多。如王粲登樓。連環記之類。皆有蔡邕學士。情致各各不同。而金雀記甚至假左太沖張孟陽。以淨丑登場。後人戲弄不惜芻狗前賢。安能一一爲之呼冤耶。

琵琶西廂之較

明人論曲。嘗以琵琶西廂並稱。亦曰崔蔡二家。（亦見莊嶽委談）嗜好不同。強爲左右。其實於高王之作。一無所得。由不明曲家流別故也。夫西廂北曲。琵琶南曲。南北既分。作法自異。不特此也。元明之際。所爲南曲與明

王允黃允

中葉以後諸本殊科。夷考其故。殆緣弋崑兩調所用
不同。崑曲行腔。特多委婉。文章語意。因曲轉折。故其
氣味。往往異致。中晚士人。每以所見爲繩墨。批評雖
多。又何當乎。胡應麟云。近時左袒琵琶者。或至品王關上。余以琵琶雖極天工人巧。終是傳奇一家語。當今家喻戶習。故易於動人。異時俗易懸殊。戲劇一變。後世徒據紙上。以文義摸索之。不幾於齊東下里乎。又云。西廂主韻度風神。太白之詩也。琵琶主名理倫教。少陵之作也。西廂本金元世習。而琵琶特創規矱。無古無今。似尤難至。才情雖琵琶大備。故當讓彼一籌也。按琵琶是傳奇一家語。所以爲當行。琵琶之前。尚有幽閨。非出特創。胡氏一貶一褒。皆未得事實。其他所見。諸多類此。
委談又云。琵琶記。崑山有良壁詩王允何其愚說者
以漢末有二王允。一誅董卓。一乃棄妻再娶者。非也。
案後漢書黨錮傳。黃允字子艾。濟陰人也。以儁才知
名。郭林宗見而謂曰。卿有絕人之才。足成偉器。然恐
守道不篤。將失之矣。後司徒袁隗欲爲從女求婚。見

正是乃引用之發語

允嘆曰。得壻當如此。允聞而黜遣其妻。蓋黃姓。非王允也。今本多誤刻。故錄之。汪司馬頗取此詩。謂西廂詩無一成語者。琵琶此首差可觀。然瑜字與姿。古韻絕不通。又宋弘二語。大似村學究聲口。僅勝王關可耳。以上皆明人之見。傳奇家僅取流俗故實。黃王俗多沿譌。柔克依俗使事。未爲不可。不必以後漢書刊琵琶記之誤也。汪司馬所論。更爲强作解人。傳奇劇本中。豈容書生考據。論韻談詩者耶。西廂詩句。經金人瑞改竄。多失真面。然原本所爲。已非盡元人純正家法。琵琶崑山良璧。更覺太遠。此輩所許。皆是古人之短。

委談又云。琵琶記。正是此曲才堪聽。又被風吹別調間。用高駢詩話。昨夜箏聲響空碧。宮商信任往來風。

依稀似曲才堪聽。又被吹將別調中。發語曰正正是明謂引用古人也。此較前說爲近。然謂此處正是發語。爲明謂引用古人。亦未必卽柔克意。須知此類發語。正傳奇說唱家詞頭。便卽用之。無甚措意。不煩後人爲之實也。

詞場奇話

靜志居詩話云。聞則誠填詞。夜案燒雙燭。填至喫糠一齣。句云糠和米本一處飛。雙燭花交爲一。洵異事也。按此與舊說湯義仍製還魂記事大略相同。大抵文人附會。彷彿其辭。然不妨姑存之。以爲詞場中增一奇話也。

高氏之詩

元顧仲瑛輯耆舊詩爲玉山雅集。中錄高則誠作。稱其長才碩學。爲時名流。可知則誠不專以詞曲擅美也。亦見靜志居詩話。又胡氏委談亦云。高詩律尚散見元人選中。如題岳墳采蓮曲等篇。雖格不甚超。要非傳奇中語。文則烏寶一傳。見輟耕錄。小詞若琵琶諸引。亦多近宋。蓋勝國才士涉學者。又云高則誠在勝國詞人中。似能以詩文見者。徒以傳奇故并沒之。按今傳柔克佳篇。如宿訦公房曉起偶成云曉雨池上來。微風動寒綠。幽人睡初起。開窗見修竹。西山帶層室。隱隱出林木。境寂塵自空。慮淡趣常足。獨坐無晤言。流泉下深谷。又賦幽慵齋云閉門春草長。荒庭積雨餘。青苔無人掃。永日謝軒車。清風忽南來。吹墮几上書。夢覺聞啼鳥。雲山滿吾廬。安得嵇中散。尊酒相與娛。見元詩選。惟不知曾收顧氏耆舊集否。至其所製曲子。琵琶外所傳他詞甚鮮。明秣陵陳氏輯南宮詞紀。收秋懷套詞。可以參證。亦讀琵琶者之所不

廢也。陳紀題元高則成不作誠當由傳寫失檢明人刻書原乏精校

附高則誠秋懷套曲 南宮詞紀卷三之十八十九

（商調二郎神）人別後。正七夕穿鍼在 畫樓暮雨過紗窗涼已透。夕陽影裏見 一簇寒蟬衰柳。水綠蘋香人自愁。況輕折鸞交鳳友。合 得成就眞箇勝似 腰纏跨鶴揚州。

（又）風流恩情怎比墻花路柳。記待月西廂攜素手。爭奈話別。匆匆雨散雲收。一種相思分做 兩處愁。雁來時音書未有。合前

（集賢賓）西風桂子香韻幽。奈虛度中秋。明月無情穿戶牖。聽寒蛩聲滿床頭。空房自守。暗數盡譙樓更漏。合 如病酒。這滋味那人知否。

（又）功名未遂。姻緣未偶。共簇個眉頭。惱亂春

心卒未休。怕朱顏去也難留。明珠暗投。不如意十常八九。合前

（黃鶯兒）霜降水痕收。迅池塘已暮秋。滿城風雨還重九。白衣人送酒。烏紗帽戀頭。思憶那人一似黃花瘦。合强登樓。雲山滿目。遮不盡許多愁。

（又）惟酒可忘憂。奈愁懷不𦆅酒。幾番血淚拋紅豆。相思未休。凄涼怎守。老天知道和天瘦。合前

（琥珀猫兒墜）綠荷蕭索。無可蓋眠鷗。淺碧粼粼露遠洲。羈人無力冷颼颼。合添愁。悄一似宋玉賦高唐。對景傷秋。

（又）一簇紅蓼。相映白蘋洲。傍水芙蓉兩岸秋。想他嬌艷倦凝眸。合前

（尾聲）一年好景還重九。正橘綠橙黃時候。强

把金尊斷送秋。

路史青藤山人據通俗編引云。高則誠琵琶有第一齣第二齣。攷諸韻書。並無此字。必齝之誤也。牛食吞而復吐曰齝。以優人入而復出也。翟晴江灝云。齝音笞。又音師。無讀作折音者。豈其字形既誤。而音讀亦因之誤耶。通俗編三十

按齣字字書中始見吳任臣字彙補云。傳奇中一迴爲一齣。俗讀作尺。或云本是齝正韻同齝字譌作齣也。蓋齝乃食之已久復出嚼之。今傳奇進而復出。故有取於齝云。此亦謂齣爲齝訛。以俗讀尺證之。自爲近理。然北語謂折。南語謂齣。疑皆出坊肆。不必有出處。如謂以齣爲齝。齝又卽齝。據說文云。吐而復噍也。爾雅釋獸。牛曰齝。郭注。食之已久復噍之。義甚古雅。恐非事實。雖俗語中往往有原本經典者。第以雅

證俗。固可考見語源。而琵琶當時選名。實沿俗以爲用。固不必稟經酌雅。自詡淹博也。翟氏又以北劇之折爲疑。又過泥耳。今傳奇中無不用齣者。青藤之說若信。則創始則誠。詞場典故。何可志耶。予得舊抄沈寧庵一種情傳奇。則用出字。或緣音轉。其實義亦非無可說。特此類詮釋。不得實事爲證。終嫌鑿空耳。

翟又云。蔡邕父名稜。字伯直。見後漢書注。其母袁氏。曜卿姑也。見博物志。琵琶記作蔡從簡奉氏。其故爲謬悠歟。抑未攷歟。（通俗編三十七）按後漢書注。博物志。非僻書。若必以爲未攷。則伯喈生平。又何嘗狀元及第耶。

頃閱蕉窻述奇。（清涼道人）曾記一事云。辛亥仲冬朔日。吳門松秀部於慈相寺前演琵琶記辭朝一折。曲調規模。可稱雙絕。觀場者贊不容口。有名士某者。拾楊升庵之唾餘而言曰。蔡中郎之父名稜。字伯直。見後漢書注。而劇中稱爲蔡從簡。乃製曲者失考故也。予按琵琶記爲永嘉高則誠撰。記中所云。皆非中郎實事。如狀元之稱。始於唐玄宗。漢朝尚無其名。而東漢靈獻之世。丞相亦無牛姓者。此曲蓋借蔡邕二字以寓作者製曲之意。其餘盡屬空中樓閣也。則誠舉元至正進士。隱居不仕。與貫酸齋吾子行輩齊名。豈後漢書尚未之讀。而煩後人指摘耶。彼名士者見楊升庵丹鉛錄中曾有此論。故竊取其言而自矜爲博學創見。殊不足供識者一粲也。予欲辨而析之。恐彰名士之短。歸而記之。以戒輕妄。（述下第十則）是丹鉛錄所論。又在翟前蕉窻按語。頗與鄙說相符。因並錄之。惟所述名士。不知何人。又簪雲樓雜記。陳尚古剔奸一則。謂

止於書館相逢

琵琶精處

陳幼學筠塘梁溪人。音曲妙天下。方都門春宴。或向主司言之。酒半歡甚。主司以請。公自顧綠袍烏帽。非可更衣作伎儈伎倆。恐重違其意。遂演伯喈辭朝及登場。態既韶令。辭旨調暢。四座莫不心折。公之風流都雅。殆俊人也。第十九則附記 亦琵琶談助。以辭朝類錄。

臧晉叔謂則誠元本止書館相逢。又謂賞月掃松二闋。爲米教諭所補。王元美以爲好奇之過。非實錄也。予謂臧說或有所本。無妨存以傳疑。未可悉抹。元美又云。則誠所以冠絕諸劇者。不惟其琢句之工。使事之美而已。其體貼人情處。委曲必盡。描寫物態。彷彿如生。問答之際。了不見扭造。所以佳耳。至於腔調偶有未諧。譬見鍾王墨跡。不得其合處。當精思以求詣。不當執末以議本也。見藝苑巵言。

善本詞句

曲藻云。嘗見人歌淚煖桃香欲化魚。親逼春闈。詔赴春闈。郡中空有解賢書。心戀親闈。難捨親闈。頗疑兩下句意各重。又曰詔曰書。都無輕重。後得一善本。上下句作期逼春闈難捨親闈。下下句作心戀親闈。難赴春闈。意既不重。而與上句各相呼應。益見作者之工。李調元雨村曲話上引

借用成語

琵琶借用成句甚多。不止如胡氏委談所記。翟晴江云。一齊分付與東風。高則誠琵琶曲用此語。按五燈會元。天衣哲云。一齊分付與西風。通俗編一 又李童山云。琵琶燒夜香句云。樓臺倒影入池塘。綠樹陰濃夏日長。一架荼蘼滿院香。寫景俊語也。雨村曲語上 按樓臺之語。亦本宋人詩。

高明與高拭

則誠在元世負重名。且通籍。其箸作又行於時。而傳

校南九宮譜

之者。往往舛誤。如百川書志。以琵琶爲宋永嘉先生作。（雨村曲話引）堯山堂外紀（蔣仲舒）謂作琵琶者乃高拭。其字則誠。（靜志居詩話引）藝苑巵言云。南曲拭則誠。遂掩前後。而靜志居詩話亦云。涵虛子曲譜。有高拭而無高明。則蔣氏之言。或有所據。既誤元而爲宋。又混拭以當照。前已謬於傳聞。後又疏於考證。幸其字不譌。猶得據而正之。然詞場作家。以得名而反埋沒者。又不知凡幾。豈不可歎。高拭燕山人。元刊張小山北曲聯樂府題詞所署如此。可以判然於二高矣。

沈寧叟南九宮譜。收琵琶諸曲。有與汲古本異者。蓋古本也。第五齣鷓鴣天。汲古本桑榆暮景。沈譜作親闈暮景。第十三齣勝葫蘆。肯與諧姻眷。作肯諧繾綣。第二十二齣月雲高。路途多勞頓。作無多字。未到洛陽城。到下襯得。盤纏多使盡。作亦無多字。空教奴奴作我。俺這里誰投奔。誰上襯將字。第五齣臘梅花。但願魚化龍。魚上多得字。第三十六齣醉扶歸。有緣千里能相會。作有緣結髮曾相共。鳳枕鸞衾也曾共。作我鳳枕鸞衾也和他同。我也二字襯。到憑着無着字。畢竟上無休休二字。把往事。事下襯也字。第七齣八聲甘州歌換頭。遙瞻霧靄紛瞻作望。古樹昏鴉昏作寒。第十五齣桂枝香。想他每就裏。第二句少想字。而第一想字襯。怕被人傳。則襯怕字。第二十六齣一封書。我在家中常念你。無在字。第三十七齣解三酲。我只爲其中自有黃金屋。其上多襯你字。反教我。反作却。換頭做個負義虧心臺館客。個作了。其中自有顏如玉。其上亦多襯你。反亦作却。沈注云。此曲之病。在欲用黃金屋顏如玉兩句成語。遂成拗體。而香囊記沿而用之。今遂牢不可破。第六齣齊天樂。鳳凰池上歸來環佩。無來字。第九齣破齊陣。親在高堂。親作人。按沈譜翠減香消二句。是破陣子頭。楚館秦樓三句。是齊天樂。目斷以下。是破陣子尾也。汲古本標題破齊陣。三字括弧。曲文則翠減句。翠上多出一引字。疑誤格弧外。致與曲混。遂增一字耳。又汲古本第二齣瑞鶴仙賦之天也。沈譜賦作付。第二十三齣四邊靜。途中好承值。中下多襯須字。福馬郎。只恐傍人聞之把奴責。無只恐之三字。第三十九齣一撮棹。頻頻寄郵亭上多襯但字。須是好看承。無是字。各願保安寧。各作只。返神京作到京城。第十四齣雙鸂鶒換頭。千不肯萬推辭這話頭不惹些兒。此三句無。縱有花容

月貎休提。無容月二字。他罵相公。無他字第十七齣
洞仙歌。苦家私沒半分。苦字不襯。第二十四齣鴈魚
錦。第一段。臨期作臨歧。見我信音。無我字。標題鴈魚
錦作鴈過聲。第二段。我衷腸。無我字。羞字多襯的字。
不覩親親作事負心的薄倖郎。無的字。標題前腔作。
二犯漁家傲。第三段。鴛行作鵷行。怎如那少襯那字。
慈烏。作烏烏。斑衣罷講。講作想。又恐怕無恐字。只爲
那。那作他。淚雨如珠。如作似。標題前腔作二犯魚家
證。第四段。新人鴛幃鳳衾無鴛幃。被他被作和。標題
前腔作喜漁燈。第五段。悒怏。怏作快。翻成翻作都。掛
名金榜。名下多在。歸家。歸作在。猿聞。猿作人。標題前
腔作錦纏道。犯。按此集曲當以譜題爲當。譜注云。人
但知只恐猿聞也斷腸。而不知江邊可說猿聞。在家

不可說猿聞覷事上去聲。或作覷親非也。不撐達。不
覷事。皆詞家本色語。據此則毛刻底本已爲寧庵所
及見者。陳眉公評本悉與毛本同。惟第五段不題前
腔。悒快作悒怏。略異耳。第二十一齣雁過沙。苦沈沈。
苦作他。不能彀。無彀字。怎生下。多襯便字。割捨得。無
得字。第二十八齣念奴嬌引。標題無引字。玉輪作氷
輪。笙簫作笙歌。庾樓作小樓。念奴嬌序。第三換頭。乘
鸞作驂鸞。風露作何處。譜注云。引子是念奴嬌。而此
曲卽念奴嬌序。故曰本序。按此則毛本前曲念奴嬌
引標題亦自可用。第七齣滿庭芳。衣襟作衣巾。故園
入望。入作人。還。又隔幾座城闉。作又還幾箇城闉。譜
注云。巾或作襟。人望或作入望。皆非也。第三十齣菊
花新。封書遠寄。寄作自。爭似作還如。譜注云。自或作

遠。非也。第二十六齣駐馬聽只說道。作只說他日。四字俱襯。第二十八齣古輪臺清明作清冥圓缺陰晴。缺下襯與字。人世上。無上字。餘文未罄。作未聽他。幾處他作襯。上多襯却笑二字。第三十四齣縷縷金。敢天教我。無我字。都因這佛念多疊一句。第五齣犯尾序此去上無你。水遠水作路。換頭我何曾無我字。日爲我。作只得替著我。只得二字襯。譜注云路遠替著我。俱依古本。第四十二齣永團圓從教何所愧。作從教管領無所愧。帝畿作京畿。皇恩作君恩。院宇作庭宇。說孝男上多共字。玉燭調和歸聖主。作玉燭調和聖主垂衣。自顯文明以下。譜題尾聲。不另行。譜爲是。第十齣山花子車馬已同馬作書。譜爲是。第三換頭。一舉能高中。譜注云。一舉二字。只作襯字。不可點板。

據此則襯字不點板。曲中定例。予友桂白亭成詩嘗謂襯字亦有點板者。疑可隨意增減。至使曲無定格。觀於此語。可以釋然矣。紅繡鞋日朦朧。作日曚曈。末句沸笙歌。引紗籠。作沸笙歌影裏紗籠紗籠。譜注云。末句依古本。今人皆改作沸笙歌引紗籠。相沿已久。不知此調矣。第二十二齣一枝花悶來把湘簟展悶作困。第三十八齣虞美人青山古木。作青山今古連塚作隣塚。吹送紙錢遶。作時送紙錢來。譜注云了少一韻。若來一韻。一調二韻。引子中之最有古意者。按虞美人詞曲同用。此格無不換韻者。譜作爲合。陳眉公評本亦同毛作非是。第三十齣意難忘眉顰知有恨。眉作長。何事苦相防。作苦思量。只怕你。你作伊。第三十一齣稱人心。他要同歸。無他字。怎麼。怎作肯。我料想他。無我想二字。爭奈下多你字。換頭我見差我。
作他。第二十齣薄倖力枯形憊。憊作瘁。將誰荷賴。荷
作倚。第二十二齣滿江紅。新涼華屋。新作清。炎蒸上
多是字。第二十二齣梁州序。譜標題梁州新郎。自新
篁至晝眠。是梁州序。自金縷至人見。是賀新郎。注云。
舊譜作梁州小序。亦非。當依沈譜題爲正。寒飛漱玉
譜作空飛。自覺作只覺。向冰山雪巘排佳宴。巘作檻。
排佳作開華。幾人見上襯有字。節節高把露荷翻。無
露字。神清健。神作人。第三十齣紅衲襖。這意兒教人
怎解。意作話。解作猜。常掛懷。作不放懷。第二十五齣
梅花塘。那堪作那更。這飢荒。上多襯若論二字。恁狠
狽。恁作這。第三十九齣古女冠子換頭相上無我字。
慮着無着字。况已上多既字。唱作先。今日裏船到江

心補漏遲。作今日到海沉船補漏遲。合　說起。說作想。此題譜標女冠子。注云。舊譜多一古字。非也。據此知毛本亦沿舊譜之誤。第十五齣大迓鼓第二曲埋怨作埋冤。休把嫦娥强與少年。作休强把嫦娥付與少年。第四齣繡帶兒正當作正是落後下多襯了字。五綵。五作戲。紛紛的都是大儒作紛紛大儒方去求試。作孩兒方去。換頭休迷。作休疑。上無你字。枉捱下無過字。休故拒上無你字。那些上有你字。百年上無我字。注云。正是或作正在。亦通。戲綵或作五綵。非也。拒或作推。亦非。按拒作推本未見。毛本亦正作拒。太師引我也難提起。無我也字。只怕誤了你鵬程鶚薦消息。作多誤了鵬程鶚薦的消息。的字襯。第二十七齣太師引。怎的這般凄涼形狀。無的字。有誰來往。無有

字。須知下不襯道字。陽虎上不襯和字。換頭敢是個
無個字。須知道毛延壽誤王嫱。作須知漢毛延壽誤
王嫱。須知二字襯。注謂此犯他調。今不可考。惟知末
一句。是刮鼓令耳。第十二齣鎖窗郎。不曾許與公卿。
作公與卿。昨承聖旨。聖作帝。招選書生。作選個書生。
說道作若是是字襯。吾家主爲聘。譜注瑣窗寒。姻緣
至歡慶。注賀新郎。第四齣宜春令春闈。春作親。對誰
語。對下多着字。三學士扶持扶作維。怕雙親作雙親
的。第二十齣鑼鼓令。譜作羅鼓令。終朝至安排爲刮
鼓令。思量至難捱。爲皂羅袍。教人只恨蔡伯喈爲包
子令。注云末句不似包字令。不可曉。況蓋據舊譜如
此。毛本作鑼鼓令。而饞態佈擺。伯喈劃爲三段。則又
後人求其故不得而逕改耶。後如至是夕。毛本作前

腔。第四段。他和至如柴。作前腔第五段。出沈譜羅鼓令之外。按此二段。以沈譜羅鼓令較之。如今至如柴。與終朝至安排。句格大略相同。疑羅鼓令頭之刮鼓令也。姑記於此。待考。終朝下。譜多裏你將來的教我可忙我諸字。皆作襯。你看他無你。看他二字襯。好茶飯去亦皆襯字。每下多襯也字。待奴家無家。待奴二字襯。將去作卻得。第二十五齣香羅帶。粧臺懶臨。作不臨。怨只怨作只怨着。第十八齣三換頭先是作先自。這斷作這段。名轀至摧挫。譜作第一段。鸞拘至看花。作第二段。閃殺至奈何。作第三段。注舊譜云。前二句是五韻美。中四句是臘梅花。後四句是梧葉兒。今按前二句後二句俱近似矣。但中四句不似。而閃殺二句亦不似梧葉兒。姑闕疑可也。此自是沈之矜慎。

然集曲不得主名。但稱某某換頭者亦屬恆例。惟譜有宮調可歸。即有同名。不虞錯雜。毛本不標宮調。殊費考究耳。第三十一齣紅衫兒也只爲無也字換頭擔擱了兩下。了作你。第十九齣女冠子。金花帽簇。金作宮。坦腹作乘龍。換頭彩扇作嬌面。注云。此曲皆用入聲韻。而乃用龍字者。龍隴弄亦可轉入聲也。乘龍或作坦腹。嬌面或可彩扇。皆非也。第十六齣滴溜子。天憐念作天應念。俺和你會合分離。無俺和你。注云。應字從古本。神仗見多應是。是作哀。第十九齣雙聲子。娘萬福。萬福萬作分。豈非福作豈反覆。注云分福或作萬福。介福。皆通。第三十五齣啄木鸝讓他作待他。教人望得眼巴巴。無望得二字。聽言至他下。譜注啄木兒。只愁至巴巴注黃鶯兒。第十六句齣三段子。與他作與你。皆襯字。偏不是好。無是字。做官以下。譜不作換頭。注云。偏不好古本原無是字。歸朝歡。冤家至餓殍爲前段。譬如至憚勞爲後段。譜不分。注云。今人見四方三句似尾聲。多作尾聲唱之。則是歸朝歡只有半曲矣。據此則毛本之分歸朝歡爲兩段。正沿其誤。曲格之爲唱家割裂。多由於此。又可知毛刻之爲當時唱家傳本也。第三十一齣獅子序孩兒次妻。次作的。注云。或作次妻。非也。牛氏在其父前。豈可就認次妻耶。今依古本用的字。後人不知的字是上聲。故妄謂難唱而改之耳。太平歌。爹爹作你。他事急。無他字。注云。你字正是人家女兒在父親膝前稱你稱我。骨肉無文處。今人必欲改作爹爹二字。遂使襯字太多。今從古本改正。即如親須望孩兒榮貴。乃是對他親

說。故言孩兒。而今人必改曰解元。皆是欲改他人之
不通。而不知自家反不通也。又云近日唱曲者。或將
此調唱作東甌令。或謂此調卽東甌令。此予所未解
也。據此則當時唱此曲已有歧異。惟唱法或改。曲本
仍舊。寧叟尚可考正。其他因誤唱訛傳。無從訂定者。
不知凡幾。校曲之難於校經。豈外人所能喻其甘苦
乎。賞宮花身到鳳凰池。到作在。注云在字依古本。又
毛本第二十三齣霜天曉角換頭。神散魂飛。沈譜作
悄然魂似飛。我縱然。無我字。注云此調用換頭。正與
詩餘相似。而不知者將悄然魂似飛。魂作襯字。極可
笑。正如憶秦娥亦有前後段之不同。何足疑也。按此
則神散魂飛。當由誤襯似字。後又刊落。然散音近。因
而訛傳耳。此段既爲霜天曉角後段。依毛書例則應

難捱一段題當加先字此段加後字。正如第十一齣憶秦娥先後第二十七齣卜算子先後之例。此不加分別。是亦一疏略處也。第十八齣金蕉葉攏不脫。脫作去。第三齣祝英臺近毛與沈合。沈譜注云。舊譜尙字下增一然字。今人於氣字下增正是二字。皆非也。據此則琵琶別本。戾古者不一而足。安得一一正之耶。注又云。凡引子皆曰慢詞。凡過曲皆曰近詞。此當作祝英臺慢。但此調出自詩餘。原作祝英臺近。不敢改也。按近慢之別。此語最明。然此格既本於詞。則於詞爲近。於曲爲慢。且以慢曲而仍蒙近詞之名。此中轉變。又不知如何。文獻無徵。難言之矣。方叔章表爲予言。聞諸長沙葉氏。中國金石劇曲之學。最爲難治。此甘苦之言。蓋於古今人所不屑經意而搜討於叢殘放佚之餘。甚或並其餘而亦不可得。音律之學。尤難之又難者也。寧叟注譜。時見鱗爪。當別摘出。以餉來者。第三十七齣小桃紅譜作山桃紅。蔡邕至漢朝是下山虎頭。你爲至報也是小桃紅中。又道至怎逃是下山虎尾。把父母。無把字。聖朝。聖作漢。二葬字皆作送。做不得。作又道是。第二十三齣羅帳裏坐。擔誤了伊。無了字。教你又作又教你。更與甚麼生人做主。毛與沈同。沈譜注云。古本作與甚麼。近作有甚麼。非也。據此則毛刻尚有依古本處。後此當益歧矣。第三齣祝英臺序譜題無序。我花貌。我作把。第二換頭燕成雙。作雙飛。繡房中無中字。我待。我作也。尋一個無個字。我終身。我下多襯的字。第三換頭。縱有千斛悶懷。無縱有字。第二十三齣青歌兒。譜題青爲望。注云。

刻本皆作歌兒待欲作欲待。我做。無我字。媳婦上多兒字。蔡伯喈作蔡邕。換頭我一怨。無我字。多尋思二字。身死。無身字。有誰來祀。來作祭。三年間。無間字。譜注云。此曲刻本名歌兒者誤也。又按此曲非青歌兒。崑山琵琶記增一青字。又引中原音韻所謂。句字可以增損者以實之。不知彼乃謂北曲青歌兒也。何其謬哉。據此注可得二說。一琵琶記有絃索崑山兩本。二毛刻是崑山本。蓋晚元中明以前無崑腔。自魏良輔興。始變絃索官腔而備衆樂。以成崑曲。所有從前戲文移入崑山節奏之中。自不免有所改易。沈譜所謂古本。殆即絃索舊本。絃索廢而古本亦遂隨之以士矣。絃索官腔雖無確名。大抵海鹽弋陽兩調皆是。再以宮調京腔譜（卽弋陽腔譜）所收琵琶證之。自然明白。

崐曲未興以前．南曲衹用絃索官腔．此說得之絃索辨訛．第二十九齣憶多嬌倚託。託作着。舉目蕭索。多疊一句。鬬黑麻便相允諾。作便辱許諾。病染災纏。衰力倦脚。作病染孤身。力衰倦脚。兩處堪悲。亦多疊一句。第三十七齣入賺。我兒夫。無我字。是誰忽叫。下多姐姐字。陳留郡。無郡字。我兩三人。無我字。兩口顛連相繼死。無顛連字。送伊上。多來字。怎不痛傷噎倒。作教我痛殺噎倒。譜劃聽得至不保爲前段。從別至噎倒爲後段。注云或無姐姐二字。題詩下或無句字。陳留下或有郡字。第十二齣入破第一之職作官職。蒙恩作愚蒙。破第二婚賜作婚以。臣草茅疏賤。無臣字。況臣親老。況作但。衮第三但臣親老。作那更老親。鬢髮白髮作垂。兄弟作弟兄。中衮第五挂朱紫。挂作紆。惟念惟作獨。朱買臣守會稽。

買上無朱字。守上多出字。伏望。望作惟。無比。無作怎。譜注云。又幾或作有幾。髩垂或作髩髮。弟兄或作兄弟。皆非也。或作朱買臣守會稽。非也。第二十六齣鳳凰閣。毛與沈同。沈譜注云。此調本是引子。今人妄作過曲唱之。卽如打毬場本過曲。而今唱作引子也。據此則本齣引子打毬場幾年間一曲。與鳳凰閣互易也。唱家旣誤。卽難改正。寧叟若不拈出。數百年後。誰知此等變遷乎。因亟標記。俾談曲者不至以毛本琵琶爲前例。而以訛傳訛也。注又云。舊譜將第二句改作五箇字。又將家山改作家鄉。又去了和那二字。遂不成調。況想鏡臺云云。乃因思親而思妻也。妙在一想字上。舊譜乃改作粧鏡。卽是五娘自唱之曲。非伯喈遙想之意矣。此皆舊譜之誤也。何怪後人誤以過曲唱之哉。又毛本第十三齣高陽臺。夢遠沈譜作夢繞。那堪作那更。庾樓作小樓。悲咽。咽作切。注云。古本及舊譜。俱作夢遠。正與深字相對。崑山本以爲不如遶字非也。據此注又毛刻是崑山本之確證。遶繞或體。殆又毛刻之變耳。注又云。玉簫句乃用小樓吹徹玉笙寒之意。或作庾樓無謂。第十一齣憶秦娥。題下標先後。後卽換頭也。毛刻特出此例。實則他處前腔多卽換頭。不應此處特異。第三十五齣遶地遊。沈譜地作池。注云。或作地。謬甚。風餐水宿譜作水臥。近來作教來。毛本以梳粧下三句劃爲第二段。題前腔。譜不分。譜爲是。十二時悶也。譜作悲也。注云。悲或作悶。愁或作怨。放或作撇。今俱從古本。按愁放毛俱與沈同。第十三齣高陽臺家山作家鄉。換頭秦樓。秦作紅。

第二十一齣山坡羊。苦衣盡典。衣上不襯苦字。拚死作要賣。賣字襯。看取。看作管。注云。或將捱字唱作去聲。則拗甚矣。疑捱或是推字之誤。然未敢改也。第三十五齣二郎神他金雀釵頭雙鳳朵。他譜作這。朵作髯。可不羞殺人形孤影寡。無可不二字。換頭只爲。只作你。承奉。上多襯得字。囀林鶯第二曲久別。人上譜多襯亦字。他要辭官家去。無他家去三字。怕不似恁會看承爹媽。恁譜作您。看上無會。教人去請。作漫取去。途路上無途字。注云您吟上聲。或作會看承。或作路途上。皆非也。按您恁二字傳奇每每互訛。亦由形與音皆相近也。恁音飪。正韻俗言如此也。徐鍇說您俗你字。篇海類編沈音吟上聲。蓋必俗稱於你下尚有何語。急讀之如吟上聲。因而有您字耳。第五齣謁金門何

限。何作無。第二一齣寶鼎現。最喜作幸喜。下多得字。春
酒作新酒。如繡作似繡。注云。坊本於巷下增裏。幸喜
下去得。似繡改作如繡。卽非寶鼎現音調矣。第二十
五齣。金瓏璁解盡。譜作典盡。只得翦香雲。香作春。無
只得二字。第十七齣搗練子忍淚作和淚。猶恐作只
恐。第三十七齣夜遊湖猶恐作惟恐。暗裏相嘲作暗
中指挑。闘心作開心。注云。暗中指挑。或作暗裏相挑。
今從古本。舊譜九宮十三調俱無此調。而琵琶記俱
刻此名。細查與夜行船字句皆同。惟第一句雖七字。
而句法稍異耳。若果是夜行船。反當依坊本作暗裏
相挑矣。第三十九齣五供養親墳。譜作墳塋。神京作
宸京。且商量。無且字。參行行作心。他不肯。肯作從。難
說道君王有命。作只索向君王請命。第四十一齣梅

花引無聲。作無由。餘毛沈悉同。沈譜注云。高則誠慣於借韻。此調守之惟謹。正自可喜。而舊譜又改郊墟爲郊野。是使則誠必每曲不韻而後已也。然則琵琶記之多不韻者。豈皆則誠之過哉。第二一齣錦堂月簾幙至一憂譜注畫錦堂。惟願至眉壽注月上海棠。毛本親在高堂譜親作人。注云。或作親在高堂。陋甚矣。香囊記學琵琶者。故亦曰高堂有人孤獨。醉翁子翁譜作公。注云。坊本作翁誤矣。歎瞬息歎作看。餘同注云。末後四字。謂更祝眉壽 或作更復可求非也。第十七齣瑣南枝一餐飯。一作得年老無年字。換頭是我譜作這是並襯字。注有云。細查舊本戲曲全錦皆如此。按譜二十一泛蘭舟題下注。又有百二十家戲曲全錦之名。此本今無聞者。因亟幟之。第二十二齣孝順歌第二曲。譜自糠和至見期標孝順歌。半在至甘旨標江兒水。毛本作孝順歌前腔。依譜則並前一曲亦皆誤也。相依倚。譜作兩倚依。被簸揚作兩處飛。作誰人簸揚做兩處飛。與夫壻與作共。把糠來無來字。供饍作供給。注云誰字舊作被字今查正。向因坊本刻作孝順歌。人皆捩其腔以湊之。殊覺苦澀。今見近刻本改作孝順兒。乃暢然矣。第三十齣江頭金桂。我怪得你。無我字。此三字襯。終朝嚬喑作擷喑。你瞞我則甚。無你字。撇了了作下。笑伊家短行。無疊句。未可作不肯二字襯。終朝至處尋譜注五馬江兒水。共枕至信音注柳搖金。笑伊至片心注桂枝香。注云笑伊家短行。重疊一句。亦可。但無情忒甚。下比書生愚見等曲。少一句。想是高則誠因此曲乃三曲集成。或嫌其煩而刪去之耳。又云。攧窨二字。原出詩餘。或作迭窨。或作迭喑。蓋窨喑二字同音也。至於北曲。或云攧窨。或云迭窨。而攧字與跌同。恐跌字譌而爲迭字。然攧字俗師不甚能識。因而譌作顛字。今人言及顛窨。則皆知出於琵琶記。言及攧窨。則或駭而笑矣。第九齣風雲會四朝元瞑子裏。作酩子裏也。須須作索。春闈至淚漬譜注五馬江兒水。寶瑟至尋思注柳搖金。妾意至般若注一江風。君還至回顧注朝元令。注云。漬字借韻。高先生專以漬字用在魚摸韻中。觀音偏滿曲及蘇慕遮詞可見矣。第三十四齣江兒水譜題古江兒水。注云。從古琵琶。聽蔡邕啓。譜作鑒茲邕啓。護持着。着作他。注又云。今人欲以膝下嬌兒去之。江兒水腔板唱之。大不通矣。第四十二齣六么令料天也會相憐憫譜多疊一句。第三齣鴈兒落譜作鴈兒舞。末句一處裏雙雙鴈兒舞。譜注云此調本名鴈兒舞。郎用此三字在曲中。古人多用此體。今人不能知也。按落應作舞。依譜爲是。第二十六齣打毬場幾年間。間作價。脫空說謊爲最。作是人都理會得我名兒。俏作逋峭。圈套作圈禶注云。禶音諱紐也。幾年價遮莫逋峭北曲中常用之。或改價爲間。或又改爲假。或改第二句爲脫空說謊爲最。或改遮莫爲者末。或改爲者麼。或改爲折末。或改爲折莫。或改爲者莫。或改爲逋峭爲俌俏。皆非也。所謂痴人前不可說夢。正是此類。第三十八齣風入松你不須。無你字。忒歹。忒作哏。雙親。下有的字。背地。背作魆。反疑猜。反作倒雙雙痛倒。作雙雙死。無錢斷送。送上無斷。裙包土。上有把字。

珍倣宋版印

逕往作直往。他彈着琵琶。無他字。疾忙便回。無疾忙。說我。無我字。元來他也是無奈。作他原來也只是無奈。好似。上多襯恁地二字。這是他爹娘。這作只娘下多的字。譜注云。哏字狠平聲。此字從古本。或作這一帶搏頭。非也。或作反疑猜。今從古本。或作也往。或作逕往。皆非也。如今。下或增疾忙二字。或作疾忙去到京臺。或作拜別人做爹娘。皆非也。按此曲毛本自你不至中埋爲風入松第一曲。一從至疑猜爲前腔第二曲。他公婆至墳臺爲前腔第三曲。他如至修齋爲前腔第四曲。你如至安排爲前腔第五曲。沈譜不須至中埋爲風入松第一曲。一從至疑猜爲第二曲。靚看至棺材爲第二曲後第一段。空山至墳臺爲第二曲後第二段。如今至修齋爲前腔第三曲。你如至伯喈爲第三曲後一段。拜別至一拜爲第三曲後第二段。他元來至命安排爲前腔第四曲。注云。細查舊譜凡風入松或一曲或二曲。其後必帶二段。今人謂之急三鎗。未知是否。未敢遽題其名也。末後一曲。則止用風入松。更不帶此二段。不知何故作此曲者。如事情多。不妨再增幾曲。但每一曲或二曲風入松後。必帶二段。末後須止用風入松本調耳。此曲不可不知也。又題注云。舊譜又收風入松。犯即此曲全套也。適讀舊抄本虎口餘生記第二十九步戰齣用風入松調。共五曲。第二第三兩曲後。皆帶急三鎗。正如沈譜所注。起一曲與後四五兩曲。皆僅風入松本調。可備一證。並記。第五齣沉醉東風地又道。道作只。將伊伊作你迷。戀下苦字。其間下教人字俱無。掛牽作意牽。

注云。或作掛牽。非也。園林好須早把信音傳。譜多疊一句。江兒水合前。頻寄作寄箇。五供養譜題五供養犯。俺爹娘。譜俺下多的字。倒教。無倒字。自公公至珠彈是五供養本調。合二句骨肉分離寸腸割斷。按譜注是犯月上海棠也。玉交枝又未知何日再圓。譜作不知。注云。不字入聲。可作平聲唱。或卽用平聲亦妙。若改作未字。卽拘矣。卽如江頭金桂第二曲內存士不審。不字亦然。今人改作未審。文理未嘗不通。但音律欠調。不可入弦索耳。按此不未之別。嚴於平去。可以知製曲之不可徒尚詞藻逞才華。若以語於文章之家其掉頭不顧也必矣。第四十一齣玉雁兒譜作玉雁子。注云。子或作兒。非也。擔擱了。作誤了。都緣是作都是。先歸作歸到。悲咽作悲憶。自孩兒至黃土譜

注玉交枝頭。乾坤至祭祀注雁過沙中。對眞至痛苦
注玉交枝尾。第五齣川撥棹不由人不珠淚漣。人下
無不字。漣作彈。換頭你寧可將我來埋怨。多疊一句。
怨作冤。冷眼看。無眼字。譜注云。今人或誤認此換頭
爲嘉慶子。謬矣。爹娘冷看。從古本也。第二十二齣燒
夜香滿院香。多疊二字。飲霞觴。飲作捧。納晚涼。作傍
晚二字。珠簾作簾兒。注云。夏字下或無日字。亦通。按
日字譜作襯。第二十三齣犯胡兵調藥調作挑。飯食。
上襯這字。第二十九齣三仙橋未描先淚流。描作寫。
描不出他苦心頭描作寫寫。而上寫字作襯。描不出
他饑症候。描上亦多襯一描字。描不出他望孩兒的
睜睜兩眸。描作畫畫。上畫字亦襯。第四十齣風帖兒
逢着。無着字。喪了。喪作死。柳穿魚毛與沈同。譜注云。

坊本琵琶記或無此曲。沈譜二十又收琵琶記朝
元令一套云。晨星在天。早起離京苑昏星粲然。好向
程途趲。水宿風餐。豈辭遙遠。要盡奔喪通典。血淚漫
漫。天寒地坼行步難。回首望長安。西風夕照邊。合洛
陽漸遠。何處是舊家庭院。舊家庭院前腔第二換
頭。五馬江兒水凜凜風吹雪片。朝天歌彤雲四望連。
行路古來難。相看。淚眼血痕衣袖斑。朝元令本調請
自停哀消遣。幸夫婦團圓。把淒涼往事空自嘆。曲澗
小橋邊。梅花照眼鮮。合前前腔第三換頭。念我深
閨嬌眷。麻衣代錦鮮。崎嶇不慣。萬水千山。索羅鞋不
耐穿。誰與我承看。老親衰暮年。有日得重相見。珠淚
暗彈。何處叫哀猿。饑烏落野田。合前前腔第四換頭。

好向程途催趲。漁翁罷釣還。聽 山寺晚鐘傳。路逐溪流轉。前村起暮煙。遙望酒旗懸。且問竹籬茅舍邊。舉棹更揚鞭。皆因名利牽。合前 注云。按此一套。古本琵琶記無之。恐非高則誠所作。故予考正琵琶記。不敢收入。然音律與荊釵記相合。而更覺和協。亦非淺學所能撰也。云云。按此套語意。當是歸林途中之詞。毛本無此。不知寧叟所見是何本也。又按譜注。則寧叟尚有考正琵琶記。惜今無傳本。沈譜又收玉山供云。玉抱肚 公公尊賜念天寒特來問吾。我雙親受三載饑寒。我 怎不禁一旦淒楚。五供養 心中想慕。漫有這香醪難度。合 感此恩情厚。酒難辭。念取踏雪也來沽。毛本亦無此曲。當似風木餘恨齣中詞也。

茂苑王氏停雲館十二律京調譜所收琵琶諸曲。與毛沈亦互有出入。蓋沈譜崑。王譜弋。其用字容有隨腔改易者。然毛亦崑山曲本。而與沈異者或與王合。王譜之與沈合而與毛異。或與沈毛俱同俱異者。亦往往有之。因并詳校。備錄參考。孰得孰失。以待識者。王譜林鐘慢詞臘梅花。但願得魚化龍。與沈同。毛無得字。（毛五齣沈仙女過曲）林鐘兼用曲醉扶歸。有緣千里曾相共。鳳枕鸞衾和他同。亦同沈譜。有緣上毛多我字。曾相共。和他同。毛作能相會。也曾共兔毫上沈多到憑。毛多到憑着。一齊上沈毛均多畢竟。把往事下不襯也字。又與毛同而與沈異。（毛三十六齣沈同上）應鐘慢詞桂枝香。慢下無自。與毛沈異。第二他每就裏上無想字。沈同毛仍有想字。惟第一想字沈襯。此不襯耳。被人上無怕字。相府上無你道是。不能下無穀字。與毛沈異。沈於此七字作襯。末句疊。毛沈均否。（毛十五齣沈同上）太簇

引齊天樂。鳳凰池上歸環珮。無來字。毛異。沈同。毛六齣沈

正宮引子無射引瑞鶴仙。怎下離無却字。與毛沈異。沈作

襯。付之天也同沈。毛作賦異。毛二齣沈同上姑洗緊詞曰邊

靜。陳留上無你去二字。沈毛均異。途中下不襯須字。

毛同。你去沈係襯字。捷旌旗同沈。毛作旌捷旗。毛二十三

齣沈正宮過曲南呂慢詞一撮棹。寬心上無你字。伊家下無

須是字。亦不襯須。全無上無死別。亦不襯。均與毛沈

異。須死別沈俱襯字。何日上無未知。與沈同。毛三九齣沈同

上夷則慢詞雙鸂鶒。匹與沈同。毛作求何言語上毛

多有字。沈亦襯。毛十四齣沈同上夾鐘慢詞洞仙歌。家私上

不襯苦字。公婆上有取字。均同沈。可憐不作誰憐。與

沈毛異。毛十七齣沈同上應鐘慢詞雁過沙。沉沉上無苦字。

亦不襯他字。耳邊上無我字。亦不襯。與毛沈異。他我

沈皆襯字。不能上不襯我。與沈異。下不襯彀。與毛異。奉侍毛沈作奉事。翻教同沈。毛作反教。爲我上無你字。人道上無教字。均異毛沈。割捨下無得字。同沈。怎生上不襯你。下不襯便。同毛。毛二十一齣沈同上中呂引念奴嬌。標題無引字。沈同。笙歌不作笙簫。小樓不作庾樓。同沈。玉輪不作冰輪。同毛。毛二八齣沈大石引子中呂聯套曲念奴嬌。原注卽九宮之念奴嬌其三換頭。按王謂九宮卽沈譜也。後同。乘鸞不作驂鸞。風露不作何處。均同毛。目下上無似字。亦不襯。與毛沈異。似沈作襯。難並與毛沈堪並異。末句疊毛沈均否。按此曲依沈譜是念奴嬌序第三換頭。毛標前腔正合。王僅題念奴嬌。與引子念奴嬌無別。蓋欲別於本序。故不能不如此題。又按沈譜云。第三換頭與第二換頭不同。第四

換頭與第三換頭同。據此則王之離爲別一曲。亦非
無故。要不若仍舊合之爲得耳。毛二八齣大石過曲 沈 太簇引
滿庭芳。衣巾不作衣襟。同沈。毛七齣中呂引子 沈 姑洗引菊花
新。封書自寄不作遠寄。還如不作爭似。均同沈。毛三十齣
沈中呂引子 中呂聯套曲古輪臺。萬里上無況字。亦不襯。
與毛沈異。況沈襯字。清冥不作清照。同沈。清光上無
把字。酒杯上無與字。亦不襯。與毛沈異。把與沈俱襯
字。寶鼎毛沈俱金鼎。換頭圓缺下無與字。與毛同。沈
襯與字。人世下無上字。同沈。毛二十八齣沈中呂過曲 蕤賓慢詞
尾犯序。此去上無你字。同沈。水遠不作路遠。同毛。換
頭。何曾上無我字。同沈。替着我不作且爲我。同沈。沈
於替着我上襯只得二一字。亦異。割捨下無得字。與毛
沈異。割捨得沈俱襯字。毛五齣沈同上 太簇兼用曲曲永團

圓。從教管領何所媿。毛作從教何所媿。沈何作無亦異。帝繼皇恩院宇。沈作京繼君恩庭宇。末句毛沈均不疊。毛四十二齣沈同上中呂過曲舞霓裳。莫負毛沈均莫報。一封上無惟有。玉拄上無看。亦不襯。與毛沈異。惟有看沈均襯字。毛十齣沈同上姑洗聯套曲山花子。五百下無名字。與毛沈異。沈襯名字。車書不作車馬。同沈。換頭。飛。翀不作沖。同沈。毛十齣沈同上南呂引一枝花。困來不作悶來。同沈。翠竹上無又被二字。亦不襯。與毛沈異。沈襯此二字。毛二十二齣沈南呂引子蕤賓引玉美人。原注九宮誤作虞美人。按沈譜正作虞。王謂沈誤。亦未證明。沈謂與詩餘同。必有據。今古蒼苔鄰冢錢來。均不作古木荒苔連冢錢遶同沈。毛三十八齣沈同上南呂引意難忘。長顰思量恐伊均不作眉顰相防怕你同沈。毛三十齣沈同上無

射慢詞稱人心。要同歸上無他字。沈同。肯麼料他均
同沈。毛作怎麼我料想他。緣何上無你字。亦不襯。與
毛汲均異。沈襯你字。爭奈下無你字。毛同。末句疊。毛
沈均異。毛三十一齣沈同上 中呂引薄倖。形瘁倚賴同沈。毛作
形傭荷賴。毛二十齣沈同上 姑洗引滿江風。原注九宮誤作
滿江紅。按沈譜正作紅。云與詩餘同。但無換頭。亦非
無所據而云然。證之詩餘。句格亦無舛錯。王謂爲誤。
不知何指。清涼不作新涼。同沈。是炎蒸亦同沈。毛無
是字。毛二十二齣沈同上 太簇兼用曲梁州序。原注琵琶之新
篁池閣一體。乃梁州序正格。通行可用。九宮謂之梁
州新郎。謬矣。夫琵琶爲南曲之祖。而犯調曲後豈有
反用整曲之節節高者乎。今較正此名。方可聯以節
節高之一套矣。其荆釵之家私迭等一體。乃古梁州。

今歸於本律慢詞。按沈譜正作梁州新郎。又注舊譜作梁州小序。亦非也。又注新篁至晝眠爲梁州序。金縷至人見爲賀新郎。又注以後換頭皆與梁州序本調同。是沈明正舊譜之誤。以爲集曲。王又譏沈。豈非欲復舊譜之故步耶。沈譜收荆釵之家私送等爲梁州序。注一名梁州第七。又注此梁州序本調。歷考八義教子江流諸舊詞皆然。琵琶記乃犯賀新郎者。而刻本仍作梁州序。故今人但知琵琶四曲爲梁州序。而謂此調爲古梁州矣。據此則沈所題正非夢夢。惟王謂犯調曲後不能用整曲之節節高。又似聯套自有一定義法。因而王沈兩說。不能直判。當懸爲疑案。俟博證諸曲再爲論定。寒飛漱玉與毛同。沈作空飛。香肌上毛有自覺。沈襯只覺。均異合前。冰山上毛沈俱有向字。雪檻不作雪巘。沈同。排佳宴不作開華宴。
毛同。幾人上不襯有字。毛同。末句疊。毛沈均異。毛二十二
齣沈南呂過曲 太簇兼用曲節節高。露荷翻與毛把露荷翻。
沈把荷翻均異。神清健不作人清健。毛同。毛二十二齣沈同上
無射引大聖樂婚姻事事不作襯。毛同。論高低上無
若字。沈同。休嫁與上毛多何似。沈襯何如。沈異。假饒
不作假如。毛同。親生上毛多奴須是他四字。沈襯奴
是他三字。均異。他是何人上毛多難道。沈亦襯。均異。
何人不作誰人。同沈。傷風上無着。言語上無的。與毛
沈異。的沈作襯。毛三十一齣沈同上 應鍾聯套曲梅花塘。那更
不作那堪。同沈。毛二十五齣沈同上 應鍾兼用曲香柳娘。這飢
荒上不襯若。論同毛。教我上無怎字。脚兒上無我的
二字。與毛沈異。沈均襯。毛沈均同上 大呂慢詞女冠子。題

與沈同。毛作古女冠子。相公上無我字。沈同。外向不作向外。况既已不作况已。夫先不作夫唱。均同沈。藍田上毛多這是。沈亦襯。到海沈船不作船到江心。同沈。到海上無今日裏。襯沈今日合前。想起不作說起。同沈。毛三十九齣沈同上又同上詞大迓鼓。多因毛沈均作多應。下無他字。與毛沈異。他沈作襯。強把不作休把。同沈。沈強把上又襯休字。付與毛作強與。沈作付。沈付下又襯與字。均異。毛十五齣沈同上無射兼用曲繡帶兒。正當不作正是。同毛。不然上毛沈均有終字。爲領藍袍毛作爲着一領藍袍。沈一領上襯爲着。均異。落後上毛多却字。沈亦襯。下不襯了字。同毛。戲綵不作五綵。同沈。榮貴上毛多得字。沈亦襯。大儒。紛紛下無的都是三字。同沈。難道下毛沈俱多是字。沒爹娘孩兒方去。沈娘字襯。娘下並襯的字。毛作沒爹娘的方去求試。均異換頭休迷不作你休疑。同沈。乾費了毛作可不干費了。沈亦襯。可不均異。枉捱下無過字。同沈。此行下毛多是字。沈亦襯。休固拒上無你字。同沈。那些箇上不襯你字。同毛。百年事上無我字。同沈。毛四下毛多是字。沈亦襯。均異雙親的不作怕雙親。同沈。

齣沈同上　應鐘兼用曲三學士。維持不作扶持。同沈。難道

毛沈均同上　林鐘慢詞鑼鼓令。沈譜自終朝至安排爲刮鼓令。思量至難捱爲皂羅袍。末教人句爲包子令。注末句不似包子令。不可曉。王譜注查。九宮首句至第十句注爲刮鼓令。然係整曲矣。十一句至十五注爲皂羅袍之五至終。然終句不協。末句注爲包子令之末句。亦未見其允當。予謂南曲互犯。從無整曲之後。

再加雜犯者。此必訛傳其名。久而漸失其實耳。今宜較正爲羅鼓令。而存於本律。不得擬爲犯調。按沈注自屬未協。然沈已注明疑義。王因南曲互犯。無整曲後再加雜犯之例。逕以爲羅鼓令本調。名曰較正。實近武斷。姑兩存之。以俟博證。終朝上毛多我字少裏字。沈亦襯我字。你將來的飯怎吃。飯下毛多教我。沈雖無教我字。又以你將來的四字作襯。均異。可疾忙便撞可忙不襯。非干是我我不襯。均同毛。看他衣衫上毛多你。沈亦無你而襯看他。均異。好茶飯將甚去買好茶飯去四字不襯。同毛。也難佈擺毛無也字。沈襯也。均異。待奴耍時却得再安排同沈。惟沈襯待奴二字。毛作待奴家。却得作將去。那伯喈毛沈均蔡伯喈。毛於此曲題鑼鼓令。而饞態佈擺伯喈劃爲三段。

均題前腔。後又題前腔二段。爲王沈兩譜所未收。以其句格較之。後二段自如今至如柴。與前三段終朝至安排。句格相當。於沈譜所注刮鼓令合。然俱與刮鼓令本調有出入。而如柴後卽無曲文。皂羅袍包子令兩截。或被刪節。亦未可知。毛本蓋當時流傳伎人所習者。與王沈兩說。均可相參也。毛二十齣沈同上

應鐘兼用曲香羅帶。妝臺不臨不作嬾臨。同沈。釵梳上無那更。與毛沈異。沈係襯字。如今下無又。資送下無老。亦與毛沈異。沈亦襯字。只怨着同沈。毛作怨只怨。毛二十五齣沈同上

無射兼用曲三換頭。將人摧挫上毛多先是。沈多先自。鸞拘鳳束上毛多況。甚日下毛多得。休怨上毛多我。閃殺下毛亦多我。況得二我字沈均襯。這段姻緣同沈。毛作斷誤。如之奈何同毛。沈襯之字。毛十八齣

沈同上大呂引女冠子。宮花乘龍彩扇均同沈。不作金花坦腹彩扇。毛十九齣沈黃鐘引子太簇引仙女傳音。原注九宮誤作傳言玉女。毛沈皆同作傳言玉女月下鸞鳳毛沈皆同作鸞鶴。毛沈均同上又同上兼用曲滴溜子。天憐念同毛。不作天應念。會合分離上無俺和你二字。同沈。毛十六齣沈黃鐘過曲又同上聯用曲雙聲子。兩意篤句不疊。毛沈均異。豈非福句與毛同。沈作豈反覆。此句亦不疊。毛沈均各依本句疊。文鸞同沈。毛作紋鸞。毛十九齣沈同上又同上曲三段子換頭。做官上無你字與毛沈異。沈是襯字。改換上毛多與他。沈襯與你。偏不是好同毛。沈無是字。毛十六齣沈同上又同上曲歸朝歡。爹娘做溝渠餓殍毛沈爹上多俺。做上多怕不。餓上多中。俺怕不中四字沈作襯。戰爭上毛沈均多四方。沈以

譬如作襯。征討毛沈均作征調。爲國上毛均沈多也
只是。沈此三字襯。末句毛沈均不疊。毛沈均同上無射引
獅子序是。他上毛沈均多須字。沈作襯。的妻同沈。毛
作次妻。又道卜毛沈均多是字。沈作襯。末句毛沈均
不疊。毛三十一齣沈同上又同上引太平歌。求科舉上毛沈多
他字。沈作襯。不想下毛沈多道字。你沈襯。毛作爹爹。
埋怨上毛沈均有他字。沈襯。事急且相隨同沈。毛上
有他字。此句疊毛沈均否。毛三十一齣沈同上又同上兼用曲
賞宮花。終朝上毛沈均多他字。如何上毛沈均多我
字。數載上毛沈均多他字。十年上毛沈均多枉了字。
此五字沈均襯。須是共歡娛同毛。沈襯須是二字。毛三
十一齣沈同上南宮引霜天曉角換頭。悄然魂似飛同沈。與
毛神散魂飛異。縱然上無我字。沈同毛異。毛二十三齣沈越調

引子夾鐘慢詞祝英臺近。末句清明時候疊。毛沈異。毛三齣沈同上南宮兼用曲鏵鍬兒。伊家富豪毛沈均不疊青春上毛多那更字。沈亦襯你紫袍掛體沈襯你字。毛則云看你紫袍掛體。休棄同毛。沈作休去。末句疊。毛沈均否。毛三十七齣沈越調過曲夾鐘慢詞祝英臺。毛作祝英臺序。把幾分春月景月上毛沈均多二字。婦人下毛沈均多家字。沈作襯。怎去同毛。沈襯。把花貌同沈。毛作我花貌換頭。燕雙飛不作燕成雙。同沈。毛沈上均多只見。沈係襯字。柳外毛沈均多那更沈亦襯。字繡房下。無中字。沈同毛異。也待沈作襯。毛作我待。終身上毛多我字。沈襯我的二字。不配毛沈同作休配。沈並錄換頭第二。以與前換頭不同。王不收此亦可互參。毛三齣沈同上中呂慢詞望歌兒。題與沈同。毛作青歌兒。沈

別有辨。己錄見前。奉侍毛沈皆作奉事。你深恩你下
毛沈多的字。沈作襯。來生我做同毛。沈無我字。你兒
媳婦毛沈你下俱有的字。沈亦作襯。蔡伯喈與毛同。
沈作蔡邕。末句疊。毛沈均否。毛二十三齣沈同上　南呂聯套曲
鬬黑廝。深謝上毛沈均多奴字。沈作襯。便承允諾毛
作便相允諾。沈作便辱許諾。路途上毛沈多只怕。沈
作襯。孤身沈同。毛作災纏。力衰沈同。毛作衰力。兩處
堪悲句疊。沈同毛異。毛二十九齣沈同上　大呂聯套曲入破第
一。議郎職職上沈多官。毛多之。婚賜沈同。毛作賜婚。
愚蒙沈同。毛作蒙恩。破第二。婚賜沈同。毛作婚以。但
臣沈同。毛作況臣。中衰第三。沈毛均無中字。那更老
親沈同。毛作但臣親老。髩垂白沈同。毛作髩髮白。無
兄弟毛同。沈作無弟兄。生死存亡毛沈皆不疊。歇拍

第四。不告父母毛沈皆不疊。後衰第五。原注九宮誤作中衰第五。按毛沈均同作中衰第五。臣享厚祿毛沈皆不疊句。紆朱紫沈同。毛作挂朱紫。獨念沈同。毛作惟念。憶昔先朝毛沈均不疊句。買臣出守會稽沈同。毛作朱買臣守會稽。煞尾遭遇上毛沈皆多他字。沈作襯。伏惟沈同。毛作伏望。怎比沈同。毛作無比。（毛十六齣沈同上近詞）無射引高陽臺。那更沈同。毛作那堪。（毛十三齣沈商調引子）南呂引遶池游沈同。毛題繞地遊。水臥沈同。毛作水宿。堪描上毛沈均多看手姿三字。沈作襯。教來沈同。毛作近來。（毛三十五齣沈同上）南呂引十二時。悲也沈同。毛作悶也。（毛沈均同上）無射慢詞高陽臺換頭。紅樓首肯沈均同。毛作秦樓肯首。（毛十三齣沈商調過曲）黃鐘聯套曲囀林鶯。丈夫久別雙親下毛沈丈上多我字。久上沈多亦字。我亦沈俱襯字。要辭官我爹蹉跎。我上沈襯被字。要上毛多他。我上多家去被三字。妻雖有麽妻上毛沈襯。俱多他字。沈作襯。不似您看承爹媽沈不上襯怕字。毛作怕不似恁會看承爹媽。漫取去沈同。毛作教人去請。路上沈同。毛作途路上。毛三十五齣沈同上

又林鐘引謁金門此情無限不作何限同沈。毛五齣沈雙調

引子夾鐘引寶鼎現。最喜春酒如綉不作幸喜新酒似繡。喜下亦無得字。均同毛。毛二齣沈同上林鐘引金瓏璁。衣衫上無我。典盡不作解盡。剪香雲上無只得。均同沈。毛二十五齣沈同上姑洗引夜游湖。惟恐不作猶恐。同沈。題詩上毛多教他。沈亦襯。暗裏相嘲不作暗中指挑。鬬心不作開心。強如如字不襯。均同毛。毛三十七齣沈同上黃鐘引玉井蓮云。忍冷擔飢未知何日是了。只二句。沈譜所

收亦同。惟沈題下注後字。且云不知全調幾句。沈又云舊譜忍字上有終朝二字。按今毛本無此曲。惟第二十齣夜行船起句忍飢擔餓何日了。語意略同。曲調迥非。殆後人以夜行船隱括玉井蓮耶。毛缺沈雙調引子

林鐘引五供養。心疼墳塋宸京不作心疼親墳神京。同沈。只得係正字。不作襯。同毛。商量上無且字。同沈。箇正字。不作襯。同毛。爹心不作爹行。若是他不從從不作肯。只索向不作難說道。均同沈。毛三九齣沈雙同上

無射引梅花引。無由不作無聲。同沈。聽得上。無還字。與毛沈異。沈係襯字。毛四十一齣沈同上

夷則聯套曲錦堂月。親在不作人在。同毛。春酒下無看取。難主上無怕。毛沈均異。沈怕作襯。毛二齣沈雙調過曲

同上慢詞朝元令地拆與沈坼異。依沈爲是。舊家上多我字。沈異。毛無此曲。說已

見前。毛缺沈仙呂入雙調過曲無射緊詞六么令。皇恩下無若字。毛沈均異。沈襯也不上無我字。亦與毛沈異。合末句疊。沈同毛異。毛四十二齣沈同上中呂緊詞字字雙。妖嬌不作妖嬈。都妙不作都好。假做上無只怕。均與毛沈異。沈襯只怕二字。毛六齣沈同上林鐘兼用曲好姐姐。獨自上無奈字。要不作襯。同毛。末句疊。毛沈均否。毛二十七齣沈同上又同上曲玉胞肚。不作抱肚。棺槨不作棺材。均同沈。相看到此淚珠流。淚珠上毛多不由人不。沈亦襯不由人。毛二十一齣沈同上又同上慢詞玉山頽。不作玉仙供。三載上不襯受字。怎不上不襯我字。均與沈異。毛無此曲。說亦見前。毛缺沈同上沈注云。此調本玉抱肚五供養合成。故名玉山供。自香囊記妄刻作玉山頽。使後人不惟不知玉山供之來歷。且不知五供養末後一句。只當用七個字。凡見五供養後有用七字句者。反以爲犯玉山頹矣。今唱香囊記者。又將中間四個字的一句。只點兩板。竟併五供養舊腔而亦失之。尤可恨可慨也。急改之。據此則供作頹。王譜蓋沿舊失。沈改而王不從之。抑別有說耶。毛缺沈同上 又同上聯套曲川撥棹。一身上無的字。埋冤上無來字。與毛沈均異。沈的來俱襯字。冷看不作冷眼看。與沈同。合前不由人珠淚彈珠上無不字。與沈同。毛三齣沈同上 南呂慢詞犯胡兵。挑藥不作調藥。沈同。飯食上不襯這字。同毛。毛二十三齣沈

失宮調過曲 應鐘慢詞三仙橋。他們不作他每。與毛沈異。們每雙聲通借。舊曲往往如此。此等語本無正字也。除非下多是字。毛沈均異。若要描若不作苦。與沈同。我未寫先淚流我上無教。毛沈均異。沈係襯字。未寫

不作未描。同沈。寫不出他苦心頭毛作描不出。沈疊一寫字。前者者作襯。描不出饑症候。饑上無他。毛沈均異。沈他亦襯字描不出上。沈亦多疊一描字仍以前者作襯。畫不出望孩兒睜睜兩眸。描毛作畫。望上有他。兒下有的。沈畫亦多疊一字。仍襯前畫。望上他兒下的均係襯字。畫得他髮颼颼畫上無只。毛沈均異。沈係襯字。他作正字。不襯同毛。倣垢下不襯休休。同沈。（毛二十九齣沈同上）夾鐘緊詞風帖兒。到得上無我字。同沈。逢下無着。同沈。一下無個。毛沈均異。沈係襯字在下無他。毛沈均異。死了不作喪了。沈同。（毛四十齣沈同上）林鐘緊詞柳穿魚。不餌不作不食。與毛沈異。（毛沈同上）餘若黃鐘慢詞柳梢青云。丈夫出去多年。聞說尊師已曾見。若還見時賜奴一言。免使我意懸懸。二位尊師廣行方便。廣行方便。毛本查無此曲。亦不審應隸何齣。大呂緊詞水底魚。毛作水底魚兒。狀元上無道。陪上無去。末句疊。均與毛異。毛第十齣太簇聯套曲畫眉序。起結疊句。毛均無之。毛十九齣同上曲梁州小序。毛無小字。合前冰山上毛多向字。當檻作雪巘。毛二十二齣姑洗聯套曲大和佛。香醪上無縱有。難下上無欲飲。寂寞上無他。菽不作淑。誼不作喧。沖沖不作忡忡。均與毛異。毛第十齣中呂兼用曲普天樂。爹和媽上無年老二字。閨門上無得不出三字。門下無的字。不敢上無我字。榷不作折。均與毛異。毛十七齣夷則聯套曲僥僥令。毋下無共字。毛異。毛第二齣南呂引金蕉葉。去不作脫。毛異。毛十八齣又同上慢詞催拍。雙上無為字。辭上無今字。岳上無感字。深恩不作慇懃。欲待不歸不作痛父母恩深。久負不作負却。毛異。毛三十九齣 無射兼用曲降黃龍換頭。教他上無怎字。把奴上無縱字。擔閣上無比字。逐雞下無飛字。毛異。毛三十一齣 同上曲醉太平。牢落不作牢絡。老死上無我字。勾罷上無都字。末句疊。毛異。毛三十一齣 同上緊詞雁兒舞。舞不作落。毛異。毛第三齣 以上皆沈譜所未收者。以外南詞定律康熙庚子呂士雄等 九宮大成清乾隆中莊親王 異同處尚多。均宜一一校出。音律之作。一字得失。過於千金。其所異同。雖若於文章無關。然曲家所爭。正在此處。況琵琶南調古曲。多爲後人依據。故不厭求詳。世之治曲者。其許我乎。

李元玉一笠庵北詞廣正譜。附南戲北詞正謬。琵琶北仙呂混江龍官居宮苑一闋與毛本亦頗不同。如每日家。毛家作間。隨着那。毛無那字。倒先做。毛作先隨着。算來下毛無兀的二字。而李譜漫道是每日家去上隨着那做不得倒先做不得皆襯。毛作正字。李注又云。混江龍一曲。雜中原音韻謂其句字可以增損。然博觀元人北曲。此調末後必用八箇字相對。今此曲用七言詩二句在後。非體也。豈可篤言於不尋宮數調耶。又南趙氏孤兒混江龍末二句云。皇朝有道。與民同樂太平時。李注云。末句單句開琵琶之漸。

按元玉名玉。吳人。所撰北曲譜考核最精。著有南傳奇三十餘本。而一捧雪。人獸關。占花魁。永團圓。四本今尚傳刻。其博通諸家。極嫻南曲可知。惟未聞於南詞有所論著。當徐訪之。南趙氏孤兒今無傳本。以李所見。在琵琶之先。然則南曲不創始琵琶。且不只幽閨一本。足為元前。可以證胡應麟諸人之謬。以此推之。南詞古曲不傳者。更不知凡幾。安得一一考見耶。

莱猗室曲話卷二終

李日華

家門及詩

菉猗室曲話卷四

清貴筑姚華撰

毛刻籤目

南西廂

明李日華撰。日華字君實。嘉興人。萬曆壬辰進士。官至太僕寺少卿。

家門水調歌云。大明一統國。皇帝萬年春。五星奎聚。偃武又修文。託賴一人有慶。坐見八方無事。四海盡歸仁。如此太平世。正是賞花辰。　遇高人論心事。按今古。移宮換羽。氣象一回新。惟願賢才進用。禮樂詩文。一腔風月事。傳與世間聞。　沁園春云。西洛張生。博陵崔氏。一雙白璧兩南金。寄居蕭寺。無計達佳音。

崔時佩筆

會真六幻

忽遇孫彪作耗。君瑞請兵退賊。當許下成親。豈料功成後。老母背前盟。托紅娘傳密意。遂初心喜登黃甲。鄭恆何故更相尋。終藉蒲東太守。重諧伉儷傳說到如今。 詩云老夫人路阻兵圍。小紅娘書傳簡遞崔鶯鶯月下聽琴。張君瑞春闈及第。

明閔遇五云。梁伯龍謂此崔時佩筆。日華特較增耳。間有換韻幾調。疑李增也。崔劃王腴。李攘崔有。俱堪齒冷。

南詞定律云。西廂記曲本北調。李日華。陸天池。惜其詞句之佳。改爲南曲。顛倒互用。使詞章血脈斷續。已失元人本旨。且唱其句讀。終屬牽強。語詳凡例。按六幻西廂。並收李陸二本。六幻者。曰幻因。元才子會真記也。曰搊幻。董解元西廂記也。曰劇幻。王實甫西廂

陸攻李失

記也。曰賡幻。闕漢卿續西廂記也。附圍碁闖局。五劇箋疑。曰更幻。李日華南西廂記也。曰幻住。陸天池南西廂記也。附園林午夢。是謂會真六幻。歸安金鞏伯城藏有一本。宣統中。貴池劉氏暖紅室借刻李陸二本。並附王關後。今年鞏伯語余。祖本尚未歸也。家門水調歌。六幻本注。元本作嘉靖萬年春。則本傳是成於嘉靖朝。遂初心上。六幻本尚有聽琴賡和四字。陸本自序。於李頗有微詞。其曰李日華取實甫之語。翻爲南曲。而措詞命意之妙。幾失之矣。又曰退休之日。時綴此編。固不敢媲美前賢。然較之生吞活剝者。自謂差見一斑。第一齣提綱臨江仙亦云。是誰翻改汚瑤編。詞源全剽竊。氣脈欠相連。是南詞定律所譏應單爲李本而發。然其詞牽聯李陸。未能明也。

李童山云。改北調爲南曲者。有李日華西廂。增損字句以就腔。已覺截鶴續鳧。如秀才們聞道請。下增先生二字等是也。更有不能改字。亂其腔以就字句。如來回顧影。文魔秀士欠酸丁是也。本風欠。刪去風字。復成何語。蓋西廂爲詞宗。欲歌南音。不得不取李本。亦無可奈何矣。語在雨村曲話。按前輩於李作。都鮮佳評。然自陸天池即欲以己作易之。而詞場仍用李作。豈盡如攻者云爾耶。童山所指。毛本正如此作。固屬不詞。然六幻本步步嬌。秀才們聞道請下。即接却便似聽了將軍令。無先生二字。南詞定律九雙調犯調之十。收五雙至。即毛本第十七齣五供玉枝花。則仍作文魔秀士。風欠酸丁。不知何人於前曲妄加先生。而又於後曲截去風字。毛刻未加釐正。不得謂李

李創新調

古西廂

作元本如是也。童山所見未廣。又不加詳考。遂輕議古人。可云妄矣。六幻本五供玉交枝、亦只作文魔秀士欠酸丁、未解。北調西廂。自成血脈。李翻入南曲。又別爲李之血脈。如必執關王以議李。又何解於關王之翻董也。況宋元詞曲。隱栝古人遺篇者。不知凡幾。未聞有譏其非者。君實斯作。亦由其例。而議者不息。殆緣明人剽竊成習。羨夫李之居先。以享盛名也。因妒其遇。遂騰口說。後人相沿。無復爲之辨者。須知李作雖採舊詞。實多創新調。如漁鐙兒六曲聯套。古無此體。李實創作。爲後人開路。其音曲之妙。舊譜所稱。南詞定律七、小石調過曲之二、夫豈無功於詞場。特文章之家。僅騖詞華。不管音律。埋沒古人。大半由此。能不爲之訟冤耶。

九宮大成六十九收瑞雲濃春容漸老一曲。題云古

古西廂被改竄割裂

西廂。注。按前人另有西廂。其全帙失考。僅傳月下聽琴一套。即瑞雲濃。絳都春序。出隊子。鬧樊樓。滴滴金。畫眉序。啄木兒。三段子。滴溜子。下小樓。耍鮑老。尾聲。數闋也。其詞載於雍熙樂府。南音三籟。及摘採於嘯餘譜。南詞定律等譜。賞音者謂是元人手筆。蒼老處自非後人所及。南音三籟注爲古西廂。今仍其舊。以別於六幻西廂記云云。據此則南調西廂。元人曾有舊撰。惟不知與幽閨琵琶孰先後耳。

明沈寧庵南九宮譜。收西廂瑞雲濃。絳都春序。下小樓。耍鮑老。畫眉序。滴滴金。滴溜子。六曲。即九宮大成所謂月下聽琴套中詞也。然沈譜於此六曲外。更收河傳序。聲聲慢。亦題西廂。注謂古曲。非李日華。而南詞定律則出隊子。鬧樊樓。啄木兒。三曲。與李作雜收。

南西廂之淵源

以九宮大成對之。亦卽古南西廂月下聽琴套中詞。及檢雍熙樂府卷十六。則月下聽琴套曲在焉。而河傳序巴到西廂曲。亦於同卷中得之。題曰投宿。然無換頭先世紅絲以下。而聲聲慢只將非雨一曲。投宿套中亦無此語。又雍熙情寄小詞中一套。題曰寄情。亦似古南調西廂也。大抵古曲零落。雖或流傳。旣失主名。又經俗工改竄割裂。至難搜討矣。

古南詞西廂月下聽琴套。文章音律。至關考據。不可不錄。惟雍熙所收失瑞雲濃一曲。太古傳宗宮調譜。收雍熙此套。亦然。今以九宮大成瑞雲濃注所引目次爲據。以諸譜所收曲文互足之。並錄河傳序聲聲慢數闋。而附寄情套詞及滿庭芳小桃紅諸曲於其後。毛刻卯集中。亦收北西廂。然上錄諸曲。必附於此者。以其皆南曲也。南北異聲。淵源各別。此紙所錄。可謂南西廂之淵源。言西廂者。宜如何典重之耶。

月下聽琴　南西廂古曲　荭父考定本

〔瑞雲濃〕春容漸老。綠遍滿堦芳草。獨守孤幃病成了。衾寒枕冷。爲一點春愁。縈惱懷抱。恨只恨離多會少。南九宮譜十四之一。南詞定律十一。黃鐘引子之一。九宮大成六十九之八。停雲館十二律京調譜四之二。九宮譜定之一。並收。

按此黃鐘引子也。凡套詞必先引子。而後過曲。故曲萬不可失。　標題南九宮譜及九宮譜定注。雲或作煙。

〔絳都春序〕團團皎皎。見冰輪晃然。初離海嶠。子細思量。怎不教人常不老。月過十五光明少。忍負我青春年少。滿懷心事。一春怨恨。有誰知道。南九宮譜十四之三。南詞定律一。黃鐘過曲之一。九宮譜定一之四。雍熙樂府十六之五十三。太古傳宗宮詞譜上之十三。並收。

按此黃鐘過曲也。引子別有絳都春。過曲是絳都春序。雍熙僅作絳都春。誤以過曲爲引子。絳都春又一體。外幽閨擔煩受惱。四喜池展荷葉。除第二句與絳都春序微異外。悉同幽閨第二句云。豈容易共伊得到今朝。四喜第二句云。聽高枝午蟬奏風聲咽。皆上三下六。與此第二句云。見冰輪晃然初離海嶠。上五下四。句讀自別。然同是九字。苟或不慎。自易誤讀。以此爲彼矣。見冰輪上傳宗譜有我字。常不老南九宮譜。九宮譜定皆如此。南詞定律。雍熙樂府。傳宗譜。皆作長月逢句。傳宗譜云。月逢則這月逢。十五。正是光明好。忍負雍熙傳宗譜作怎負。定律滿懷三句合。知道上。傳宗譜多嗳字。

〔出隊子〕是我幽幽居在古寺。景荒涼。人靜悄。怎禁晝長無奈夜迢迢。都只爲兩般兒教人心下轉焦。怕的是鐘送黃昏雞報曉。南詞定律一．黃鐘過曲之三．九宮大成七十之十四．雍熙樂府．太古傳宗譜．同前並收．

按此亦黃鐘過曲。是我幽幽居在古寺。定律如此。雍熙作我是大成作是我幽居在古寺。是我在。三字襯。傳宗譜二云是我幽居。是我幽居。幽居在古寺。幽居在古寺。景荒涼。傳宗譜景下多物。與他譜異。怎禁。定律如此。雍熙大成禁下多那字。而大成怎禁那三字俱襯。傳宗譜二云晝長無奈夜迢迢。怎禁那晝長無奈夜迢迢。都只爲兩般兒教人心下轉焦。定律大成均同。雍熙爲下多這。都只爲傳宗譜多疊都只爲兩般兒五字在前。兒下五字。大成作襯。怕的是。定律雍熙同大成。二云怕只怕。並襯字。雞報曉。傳宗譜二云。雞鳴來報曉。

〔鬧樊樓〕孤身先自添煩惱。夜永凄涼。眼前難熬。只見老樹啼烏遶。野寺哀猿叫。合 鴛鴦畔。滴溜溜敗葉兒飄。響噹噹咭叮噹 鈴兒再噪。南詞定律一．黃鐘過曲之十一．九宮大成七十之二十三．雍熙樂府十六之五十四．太古傳宗譜上之十四．並收．

按此亦黃鐘過曲也。眼前上傳宗譜多教我他譜異。只見。定律大成均同。並作襯。雍熙作見這。傳宗譜同雍熙。並疊老樹啼嗚遶在前。野寺哀猿叫。定律大成同。雍熙傳宗譜。野寺上有聽字。敗葉兒飄。兒字。定律亦襯。大成雍熙同。不作襯。咭玎璫傳宗譜疊末句云將風鈴兒鬬合聒噪。他譜異。

〔滴滴金〕窗前皓月偏來照。便是 鐵石心腸也瘦了。悶懨懨怎得眠一覺。恨緜緜空懊惱。病淹淹怎生捱到曉。此生怎逃。撲 簌簌淚拋。南九宮譜十四之六．南詞定律一．黃鐘過曲之十九宮譜定一之六。九宮大成七十之二十四。
雍熙樂府同前。太古傳宗譜上之十五。並收。

按此亦黃鐘過曲。便是鐵石心腸也瘦了。便是。九宮譜及定律。譜定。大成。均同作襯。雍熙否。心腸。九宮譜及定律。譜定。均同。大成雍熙傳宗同作人。怎得。雍熙傳宗作生。他譜均同得。悶上。傳宗多我恨緜緜。大成傳宗作悠悠。雍熙作攸攸。他譜均同緜緜。懊惱下。傳宗多情懷情懷悄悄。他譜無。病淹淹。大成。雍熙。傳宗均作病懨懨。他譜均同淹淹。病上傳宗多我字。此生二句。定律合撲。九宮譜及譜定均同作襯。定律則不襯撲。而襯第二簌字。大成雍熙。傳宗均入正文。淚拋。雍熙作淚澆。他譜均同拋。拋上傳宗多暗字。

〔畫眉序〕欲成 鸞鳳交。甚物將人夢驚覺。是誰家庭院。故把琴調。方纔待絃續鸞膠。誰想到風吹別調。靜聽句意十分妙。光風霽月逍遙。南九宮譜十四之五。南詞定律一。黃鐘過曲之□。雍熙樂府同前曲。太古傳宗上之十五十六。並收。

按此亦黃鐘過曲也。欲成襯字。依九宮譜。雍熙傳宗。入正文。下並多範字。意不可解。疑訛也。誰想道。亦依九宮譜。雍熙傳宗道作被。高駢詩話。昨夜箏聲響碧空。宮商信任往來風。依稀似曲才堪聽。又被風吹別調中。琵琶亦云正是此曲才堪聽。又被風吹別調間。殆元人習用之詞也。傳宗多疊末句。

〔啄木兒〕絃中正。指下高是餘音太古雅操。拍托剔打挑抹巧。泛聲清拂度好。輕如點水蜻蜓小。鬧如夜宿烏鴉噪。合小間勾語音揉。是仙音鶴鳴九皐。南詞定律一。黃鐘過曲之十四。九宮大成七十之十。雍熙樂府同前。太古傳宗上之十六。並收。

按此亦黄鐘過曲也。拍托剔打挑抹巧依定律。大成。雍熙傳宗皆作拍托勾剔打抹挑。拂度蜻蜓小。及小間勾語音揉。是仙音均依定律。大成。雍熙。傳宗。同作法度。蜻蜓遶。小澗涓輪音吟猱。似仙音。合在末二句。定律如此。大成則合在末一句。大成注。謂考南音三籟。詞林逸響。吳歈粹雅等篇皆爲集曲。據曲譜大成云。此係古格。元人套中極多。句法大異。查雍熙樂府亦作正曲。今從之。云云按南詞定律。與九宮大成。及雍熙樂府。曲末字數旣異。合亦不同。是否集曲。不可猝辨。據琵琶聽言語悽愴多一曲。題云啄木鸝。乃以啄木兒犯黃鶯兒也。然以此相校。末二句亦多參差。當再考之。

〔三段子〕夜深靜悄。此曲中有才調。指法更好。此琴中果奇妙。伊家怎曉。高山流水知音少。怎訴與相如知道。合 使文君春心蕩了。九宮大成七十之十一。雍熙樂府同前。太古傳宗譜上之十七。並收。

按此亦黃鐘過曲也。大成雍熙無異。傳宗多疊夜深二字。他譜未收。

〔滴溜子〕聽別院聽別院漏聲漸杳。香風靄靄。楚雲縹渺。告天天還知道。願逢冰上人。月下老。早 教我一雙雙團圓到老。南九宮譜十四之六。九宮大成七十之二十。雍熙樂府同前。太古傳宗譜上之十七。並收。

按此亦黃鐘過曲也。雍熙題雙聲疊韻。誤。告天。九宮譜如此。大成上襯我。這裏。雍熙襯我。這裏。傳宗亦云。告天。我這裏告天。早 九宮譜襯。大成雍熙傳宗均否。願逢以下。大成作合。

〔下小樓〕駕車嬌姿來到。似嫦娥下九霄。卑人無福怎生消。試把瑤琴一操。異日須會題橋。南九宮譜十四之四。南詞定律一。黃鐘過曲之十一。九宮大成七十之二十五。九宮譜定一之十六。雍熙樂府。太古傳宗譜。均同前。並收。

按此亦黃鐘過曲也。雍熙題上小樓。誤。駕車。雍熙傳宗疊他譜均否。無福。試把。各譜同。雍熙作福分。閑把。傳宗作福分。試把試把以下。定律大成均合。

〔耍鮑老〕夫人小玉都睡了。莫孤負此良宵。中天皓月光如洗。庭砌畔花陰繞。韶華易老。雙徑小亭花繡草。樓閣侵雲表。風清露皎。山隱隱。水迢迢。閃把湖山靠。羅韈鞋兒小。雲鬟金鳳翹。慢行休囉唣。只恐外人瞧。南九宮譜十四之四。又五。南詞定律一。黃鐘過曲之八。雍熙樂府同前。太古傳宗譜上之十八。並收。

按此亦黃鐘過曲也。九宮譜注。當名曰永團圓犯。

此良宵。雍熙傳宗作好良宵。九宮譜及定律同此。中天皓月光如洗。依九宮譜定律。月作魄。雍熙傳宗則云望天外月如洗。庭砌亭花。九宮譜定律同。雍熙作聽砌溪花。傳宗則庭砌溪花繡草傳宗作秀草閃。亦依九宮譜。定律傳宗作悶。雍熙作閑。鞋兒。只恐。九宮譜定律同。雍熙傳宗兒作弓只恐下多怕字。雲鬟下。傳宗多亂字。末句定律合。

〔尾聲〕潛踪躡足行來到。且莫使夫人知道。天與的榮華富貴到老。（雍熙樂府十六之五十五太古傳宗上之十八。並收。）

按此黃鐘尾聲。依雍熙所收。傳宗且作切。與下無的字。以第二句校之。上三下四法。似拜月之恩情怎比閑花草。往常恨更長寂寥。今夜只愁天易曉。九宮大成入三句兒煞又一體。然末句應上四下三。此似上三下四。以富貴作襯。否則爲六字句。以天與的作襯。查沈寧庵黃鐘尾聲總論。若用鮑老催二曲。其尾聲末句爲仄仄仄平平平仄。此套尾聲前爲耍鮑老。雖可引鮑老催之例。然只一曲。姑以天與的榮華富貴到老爲句。未敢信其有合也。總之古曲流傳。必多異節。或以之爲別一體可乎。

投宿套中南西廂古曲。

(河傳序)巴到西廂。把咱厮實落。教人埋怨到今。驀地潛過墻陰。荒唐錯認盤星。寂寞回歸何處。怎想詩中藏機倖。全不想琴中恨。某內心。把咱厮調引。使咱憔悴損。自迷做個無情鬼。落得甚。閻王行只得攀下您。問春花又那曾孤負東君。南九宮譜一之二十。二十一。南詞定律四。仙呂過曲之一。九宮譜定三之二十四。雍熙樂府十六之二十四。太古傳宗譜上之四十三。並收。

按此仙呂過曲。教我。雍熙傳宗均作教人。驀地。雍熙作其時。錯認盤星。雍熙傳宗認下盤上。多做了定三字。回歸。雍熙傳宗作羞歸。藏機倖。雍熙藏下多那個二字。全不想。定律。譜定。雍熙傳宗均作全不省。定律並均襯字。琴中恨。雍熙傳宗恨均作意。碁內心。雍熙心獨作情。自迷。譜定自獨作目。做箇。傳宗作做一箇。落得以下。定律合。落得甚。雍熙傳宗均二云。我便落那箇得甚閻王行只得二云二云。雍熙我到冥冥中好歹二云二云。傳宗則我便到冥冥中好歹二云二云。問春花。傳宗疊。又那曾。定律襯。

〔前腔換頭〕先世紅絲曾結定。陪了多少志誠。吃了無限顫驚。非是輕可緣分。不是容易到今。念汝相思得憐憫。休將做風中絮。水上萍。咫尺天可憑。亂軍中曾

許親。當時救活你一家命得寧靜。你娘行反目不記
恩。他失信。我每心下須准。南九宮譜一之二十一。南詞定律同前。九宮譜定同
前。太古傳宗上之四十四。並收。
此曲雍熙失載。南九宮譜曰。舊譜名聚八仙。又分
爲二曲。今查正按雍熙傳宗正同題聚八仙。而傳
宗不失換頭。獨雍熙奪去。不知何由。非是輕可上。
傳宗多細想二字。休將做定律襯字。天可憑定律
作天作證。亂軍中。定律襯中字。你一家。傳宗作你
全家。定律襯你字。得寧靜。上。傳宗二云我便教你得
寧靜。娘行下。反目上。傳宗多短倖二字。他失信。定
律襯字。傳宗疊得寧靜。以下。定律合。
雍熙以巴到西廂至孤負東君爲聚八仙。既奪換
頭先世紅絲一闋。又羼入拗芝蔴二云。崎嶇去路賒。

見疊疊幾簇人烟風景佳。遣人停住馬。扁舟一葉。丹青圖畫。一抹翠雲掛。遠霧罩汀沙。見白鷺數行飛。見人來也驚起入蘆花。小舟釣艇。收綸入浦。弄笛相和。動人萬般淒楚。離情怎躲。偶覩前村。水遶人家。畫橋風颭酒旗斜。好買三杯。消遣倦煩。西山日漸沉。此際當不過。暑氣炎。宜趲步早去尋安下。相將閉柴門。牧童歸草舍。古寺鐘敲聲。野水無人渡。又尾聲云綠楊影裏新月掛。孤村酒館兩三家。借宿今宵一覺呵。按拗芝麻尾聲。用韻均同。與巴到西廂一闋兩歧。而南九宮譜及九宮譜定。皆以拗芝麻爲江流記。此所以用韻不同。而意亦不貫串也。拗芝麻後尾聲。南九宮譜所收正聯接爲一。然則河傳序前後二闋。非投宿套中詞。無疑。不知自何處挪來。且其首尾。又不知截去多少。不可考矣。太古傳宗譜投宿套。與雍熙同。而河傳序且前後兩闋皆具。（即聚八仙）眉上注云投宿套係宮譜所載。聚八仙二闋。（即河傳序）拘芝麻二闋。及尾爲一套。及查南九宮。只有巴到西廂一闋。而無換頭。題曰古西廂。拘芝麻。係江流記曲。故韻亦兩韻。考雍熙樂府。其標題。並聯套。乃與宮譜相同。惟字句少有差訛。今照舊宮譜所定。以垂準則。據此。則此套羼雜。由來已久。雍熙傳宗。惟傳舊套。不題西廂。故可不加釐正。今既特爲南西廂證淵源。則不得不剔出拘芝麻二闋。及尾。惟既經離異標題。即有不符。然去此又無可附隸。故姑仍之。俾後之考者。亦知其爲舊宮譜投宿套中詞。是亦不獲已焉者也。（拘芝麻及尾·雍熙與南九宮譜．九宮譜定．太古傳宗譜．俱有異文．

失題南西廂古詞

〔聲聲慢〕只將非雨誰擬眞晴。天教好事從人。爲你薄情幾度淚彈珠粉被伊懊害煞。多好教人落魄消魂。便爲着牡丹花下。死也甘心。南九宮譜二之一．

按此仙呂慢詞也。僅見南九宮譜。題南西廂記古曲。注云雨字雙關與字。晴字雙關情字。他無可考證。

寄情套詞

寄情套詞　是否古曲。不可確定。抑亦南詞之詠崔張事者。其風格韻味。必爲元人之作。惟一套中而三易韻。則不可解。姑錄以備一說。據雍熙樂府十六之二十七二十八．

〔侍香金童〕情寄小詞中。人立西廂下。盼不到巫山楚峽。則這能對付紅娘迤逗咱。因相思害殺嬌娃。應呀呀的對月窗紗。一弄兒的淒涼沒亂殺。寒更正撤。曉鷄啼罷。戍樓中畫角品梅花。此何減東籬漢宮秋之作。

（傳言玉女）張生病久。漸婚鴛偶。金榜無名。青霄路有。送陽關滿斟別酒。未飲泪先流。厭此離別願相守。拋撇下西廂吟詠女嬌羞。相思病兩邊迤逗。奴懷憂悶爾懷愁。乍離別折盡郵亭柳。自從他去後兩泪盈眸。改盡容顏。怎禁憔瘦。此另一韻。較遜前闋。

（月裏嫦娥）淒楚情懷好教我珠泪盈腮。離情鎮日。愁深似海。幾時能夠兩處和諧。從他去後經多載。誰承望地久天長。只憑的放狂乖。歡娛相見。想着他便泪滿香腮。此亦另一韻。與前二闋意似不相蒙。而又複從他去後。亦無層次。

（尾）前生少欠相思債。但只願同歡相愛。且把眉兒展放開。此與月裏嫦娥韻同。語意亦類。因疑此必三套古詞。集而爲一耳。

西廂十詠

此亦元人之作也。據雍熙樂府十九之一二。

（滿庭芳一）張生俊雅。諸餘可愛。所事堪誇。吟詩和句在西廂下。引動嬌娃。一封書戰退了眼前士馬。七絃琴匹配上宿世冤家。登科罷。香車駟馬。夫婦享榮華。一封書。七絃琴。二語非元人不能如此作。起三句尤元曲中常語也。

（滿芳庭二）鶯鶯女娘奇花嫩蕊。軟玉溫香。天生俊俏嬌模樣。聰慧非常。待月處心懷粉郎。燒香時詩訴衷腸。成就了風流況。時殊事往。千古說西廂。

（滿庭芳三）紅娘艷質。能傳芳信。善做良媒。偷寒送暖將婚姻配。使盡心機。你教他操瑤琴包含着道理。寫花箋引惹出佳期。配合就鴛鴦會。非你做美。焉得做夫妻。

（滿庭芳四）夫人不乖。想當日遭危受困。怎生得脫難逃災。謝張生計策把賊兵退。情願要配與裙釵。既然你悔親盟宜離院宅。誰教你拜兄妹請入書齋。他私自成歡愛。非干事鶯鶯不才。單註着天地巧安排。

此闋襯字獨多。渾脫瀏亮。猶北曲之遺。蓋絃索官腔中南北調。猶非甚懸絕者。與崐曲異也。

（滿庭芳五）法聰老髡慈悲爲本。方便爲門。一堂經勾引的成秦晉。於理合尊守戒行。持心敬謹主婚姻。用意殷懃閑評論。似這等寬柔上人。當可報深恩。

（滿庭芳六）將軍杜確。能通虎略。善曉龍韜。全憑威武居津要。名播唐朝。則爲那一封書飛星到了。霎時間五千人風捲雲濤。除殘虐。如斯俊豪。不枉了做知交。

（滿庭芳七）鄭恆太魯。須知淑女怎配愚夫。當日箇軍圍普救誰扶助。多虧了君瑞呈書。你則待逞其志馮河暴虎。他怎肯從其心似水如魚。傷時務。你專一架虛。枉自敗風俗。馮河暴虎。似水如魚。似是學究語。正是元人真相。末三句亦然。

（滿庭芳八）孫虎恃強。不思燕雀。怎配鸞凰。硬圍普救驅兵將。敗壞綱常。你只待擄嬌姿朝歡暮賞。他怎肯順賊徒共枕同床。半霎兒將身喪。這廝心術不良。斬首正相當。

（滿庭芳九）多才漢卿。廣知故事。洞曉新聲。移宮換羽真堪聽。義理兼明。一句句包藏着媚景。一篇篇醞釀出深情。無疵病。不俗易省。萬載播芳名。關漢卿作。當在王實甫之前。今殆亡耳。後人謂關續王。豈可信哉。移宮換羽。謂翻董也。

（滿庭芳十）聰明實甫。胸藏錦綉。口吐璣珠。清新樂府真無數。壓盡其餘。翻騰就尤雲殢雨。顯豁出寄柬傳書。多佳趣。超今越古。堪與後人述。

又西廂十詠　此似翻前詞。亦元人作也。據雍熙樂府十九之二三四。

（滿庭芳一）張生不才。學成錦繡。喪與裙釵。嘲風詠月西廂待。眼去眉來。寫封書文學似海。害場病形體如柴。險把聲名壞。全不想賢賢易色。弄甚麼秀才乖。

（滿庭芳二）鶯鶯鬼情。麝蘭半勻。花月娉婷。結絲蘿不用媒和證。眼角傳情。聽瑤琴宵奔夜行。燒夜香膽戰心驚。家不幸。枉着你齊齊整整。弄出箇醜名聲。

（滿庭芳三）夫人不良。孤兒寡婦。幼女新喪。不將靈柩去安葬。暴露在僧房。做水陸搜尋出禍殃。改婚姻敗壞盡綱常。可不道消魔障。惹的那蜂喧蝶攘。不賢惠老尊堂。

（滿庭芳四）紅娘快趄。傳書寄柬。送暖偷寒。星前月下把鶯鶯賺。使碎心肝。伺候到更深夜闌。弄得那月缺花殘。粧科犯。左難右難。做了箇撮合山。

（滿庭芳五）夫人你聽。我爲官長。門戶先生。西房旣許成匹聘。已有賢聲。我怎敢和他同眠到明。止不過趕空兒半夜三更。或推些些病。潛潛等等。躡足鷺鷥行。嘲人懼內納寵。春泉作。按原注此語意不可解。或借十詠夫人一闋改爲嘲人。遂沿之耳。

（滿庭芳六）將軍不仁。擅離信地。難保黎民。怎做的於家爲國扶危困。輕舉三軍。輸時節滅了己身。贏時節好了別人。圖甚麼言而信。沒來由鬬狠。何處顯功動。

（滿庭芳七）髡郎法聰。不諳經典。不理禪宗。爲媒作證虛迎送。圖受此羊酒花紅。不爭將崔小姐窩藏着弄影。險把箇普救寺燒的精空。强兵動。枉施英勇。捨命去爭鋒。所詠與今本法本惠明分爲二人異。

（滿庭芳八）鄭恆發昏。不應撞死。怎得招魂。曠夫怨女何須論。成甚人倫。立志氣別尋箇主婚。仗家風另選箇名門。可不道名聲俊。沒來自殞。越顯的小哥村。

（滿庭芳九）漢卿不高。不明性理。專弄風騷。平地裏褒貶出村和俏。賣弄你才學。瞞天謊說來不小。拔舌罪死後難饒。着人道。虛空架橋。枉自筆如刀。

（滿庭芳十）王家好忙。沽名釣譽。續短添長。別人肉貼在你腮頰上。賣狗懸羊。既沒有朱文公肚腸。又沒有程夫子行藏。忒狂蕩。用心一場。上不的廟和堂。此闋即空觀主人五劇本西廂凡列引之。亦謂是元人之作也。又此謂王續關耶。

西廂百詠　此猶董解元西廂。當爲南傳奇之祖。亦元人作。據雍熙樂府十九之三十二至五十一。原註云。即武陵春。

（小桃紅一）生離洛陽　辭家曉出洛陽城。吟鞭裊敲金鐙。琴劍書箱擔隨定。赴神京。今番看把功名競。趁東風媚景。去上朝取應。從此奮鵬程。

（小桃紅二）生至蒲東　馬蹄香襯落花塵。二月東風信。綠映紅遮錦成陣。正芳春。經遊暫住蒲東郡。望長安去穩。向南宮奪俊。准備跳龍門。

（小桃紅三）生遊普救　客中適悶訪禪扃。散步穿松逕。金碧樓臺紫霞映。伴山僧。往來觀看添吟興。愛清幽勝境。把功名懶競。待聽講三乘。

（小桃紅四）生遇紅娘　淹淹潤潤走將來。舉止真堪愛。四鬢掙掙剪花額。本乖乖。低言多道夫人拜。使賤妾稟白。望尊師擇派。何日好修齋。中原音韻入作去。有額無額。疑一字也。白係入作平。

（小桃紅五）生見鶯鶯　給孤園裏遇神仙。掩映芙蓉面。縞素衣裳越羅扇。蹴金蓮。只疑南海觀音現。把花枝笑撚。向柳陰閑串。引得俺似風顛。

（小桃紅六）生私扣紅　暫辭長老出禪門。惹下漫天悶。特向小娘問一問。恁佳人。夜來見了心中印。咱先善文。更多手韻。倩你把情伸。

（小桃紅七）紅娘答生　咬文嚼字賣查梨。作耍無眞意。口是心苗暗越地。笑迷嬉。知書何故不知禮。若夫人得知。請小哥恕罪。閑話兒快休題。

（小桃紅八）鶯自嗟歎　悶來倚遍畫欄干。懶把花英看。手托香腮暗長歎。淚淹淹。尋春自恨逢春晚。盼到眼乾。引得魂散。蹙損遠春山。

（小桃紅九）生步月吟　花陰柳影過東牆。咫尺空凝望。迤逗的心春倍悒怏。賦詩章。雨雲夢阻陽臺上。
西廂月朗。中宵惆悵。想像賦高唐。
（小桃紅十）鶯和生詩　月明花影舞婆娑。來往空
篤抹猛聽湖山那邊磕。慢吟哦。依著韻脚將詩和。故
來撒科。咱先瞧破。一見了便情多。
（小桃紅十一）生看修齋　諠天鈸鼓鬧連朝。滿殿
香烟罩。和尚每齋聲念佛號。小妖嬈。可身穿領團衫
孝。那答兒立着。越顯的嬌俏。長老也偷瞧。
（小桃紅十二）軍圍普救　驚聞人馬鬧垓垓。密匝
匝鎗刀擺。鐵桶似屯圍寺門外。好傷懷。一箇箇臉如
蠟相魂離魄。你可甚賢賢易色。要鶯鶯壓寨。誰有解
圍才。中原音韻魄色均入作上。
（小桃紅十三）生自悲歎　鎗刀圍住古菩提。陣擺

長蛇勢。看看死無葬身地。枉傷悲。一時玉石俱焚毀。
當局者迷。走投無計。尋不見上天梯。
（小桃紅十四）夫人許親　可憐眼見老無歸。見兵據伽藍地。誰有出師退賊計。有能爲。與他小姐成婚配。若還事已。便招爲壻。衆和尚是監媒。
（小桃紅十五）張生答允　既然老母許爲親。小子有兵機運。至死合當往前進。寫篇文。登時便解咱危困。俺先上緊。恁休失信。看筆陣掃千軍。
（小桃紅十六）張生致書　恭修尺牘訴愚懷。賊見困黃金界。萬福仁兄杜元帥。莫推捱。可憐早離蒲東寨。領虎賁數百。救鯫生一厄。專望故人來。
（小桃紅十七）惠明發怒　權時袒了錦袈裟。騙上如龍馬。鐵棒一條手中架。咬穿牙。這賊無禮難干罷。

將咱惱發。非誇膽大。看把恁去活拏。恁當作您

（小桃紅十八） 惠明送書 從來劣性軟不欺見惡心偏氣。要使貧僧把書寄。不辭推。笑嘻嘻接在懷兒內。見如今事危。敢消停遲滯。一騎馬如飛。

（小桃紅十九） 杜確得書 故人書寄到轅門。看了心生憤。便索離營救危困。領三軍。搖旗吶喊連天震。兵臨外閫。擺成堅陣。施勇略蕩妖氛。

（小桃紅二十） 確退飛虎 你偏好勝遇咱敵。奮膽施英銳。疾走銜枚莫遲滯。運兵機。暗不察撞入賊營內。也不索安營下壘。交鋒對敵。平踏做一堆泥。中原音韻敵入作本

（小桃紅二十一） 生謝杜確 顛危性命在分毫。早是將軍到。細柳營中發嚴號。奮威豪。霎時盡把妖氛

掃。若不是故交。能扶危濟弱。安能有今朝。

（小桃紅二十二）　白馬回營　據鞍躍馬統精兵。閫外將軍令。賊寇勦除得乾淨。便回營。西風招颭旌旗影。沿岡驀嶺。鞭敲金鐙。齊和凱歌聲。

（小桃紅二十三）　夫人背盟　聊陳蔬酒表予衷。謝秀才多勞動。救俺全家德恩重。捧金鍾。豈非面譽將先生頌。才超孔融。量寬管仲。喚小姐拜仁兄。

（小桃紅二十四）　鶯鶯遞酒　揉眉揾眼捧金波。盞到難推托。老母機關怎猜破。道兒多。忘恩失幸誰之過。不知死活。沒些回和。教俺拜哥哥。

（小桃紅二十五）　生怨夫人　恰纔兵退得安然。又早消息傳。有始無終不曾見。悔前言。却爲兄妹將盃勸。小生分淺。夫人急變。阻隔斷好姻緣。

（小桃紅二十六）　生回書舍　滿懷鬱悶帶愁歸。無酒佯推醉。回到書齋把門閉。好傷悲。孤孤另另長吁氣。自嗟自悔。前緣前世。撞着箇女王魁。

（小桃紅二十七）　紅獻生策　先生何苦自傷懷。我有一奇策。教你今宵了愁債。得和諧。瑤琴彈動他偏愛。按別鶴數拍。奏孤鸞一派。俺姐姐自然來。

（小桃紅二十八）　張生彈琴　幽齋明月照黃昏。那有人偢問。靜裏焦桐遣孤悶。那佳人。必來聽這琴中韻。將金徽玉軫。瀉離愁別恨。訴與卓文君。

（小桃紅二十九）　鶯鶯聽琴　夜香燒罷月明中。滿耳清音送。此是何人把琴弄。響玎璫。聲聲彈出孤鸞鳳。未聽得曲終。早先咱心動。無語立花叢。

（小桃紅三十）　鶯鶯染病　紅稀綠暗總關愁。正是傷春候。染病擔疾為誰瘦。這根由。自從月下聽琴後。盼鸞交鳳友。懶描鸞刺綉。減了舊風流。

（小桃紅三十一）紅教生柬　聽明當鑒妾之言。特向郎君獻。小姐新來懶針線。病淹煎。命薄不遂風流願。你修封錦牋。我瞧些空便。替你把情傳。

（小桃紅三十二）生央遞柬　錦牋寫就鳳求凰。倩你通情況。倚靠似銀山鐵壁樣。對鶯娘。若還此去說合上奉酬勞重賞。板肩紅一段。至死也難忘。段當是段字。然此字宜韻。必有譌誤。

（小桃紅三十三）紅遞與鶯　此書莫怪小丫鬟。是君瑞傳華翰。使我將來姐姐看。意思間。度量必有蹺蹊斡。他的巧關。俺不瞧犯。埋沒着九疑山。

（小桃紅三十四）鶯得生書　封皮拆破自詳觀。靠定粧臺畔。滿紙情懷訴不斷。恨漫漫。顛來倒去乾沒亂。助相思數款。添新愁一叚。何日得團圞。（叚亦當作段。）

（小桃紅三十五）　鶯遺生書　就將束尾把詩題。回奉張君瑞。囑付叮嚀在心記。莫疑惑。今宵准備同歡會。離西廂月底。來後花園內。休要誤佳期。（中原音韻惑入作平。）

（小桃紅三十六）　生赴鶯約　月移花影上窗虛。靜院閑凝竚。洛浦神仙在何處。步階除。歡天喜地尋他去。休說尤雲殢雨。摶香弄玉。摟一摟也心舒。

（小桃紅三十七）　鶯鶯搶生　不達時務逞輕薄。無故因何到。半夜三更把牆跳。好不學。羸奸賣俏真強盜。恕尊兄這遭。若夫人知道。拏住怎輕饒。（中原音韻學入作平。）

（小桃紅三十八）　張生羞退　傳消寄信請咱來。啞謎兒誰能解。既得相逢又嗔怪。熱搶白。赧着冷臉將人曬。佯偢不採。是何相待。羞下楚陽臺。

（小桃紅三十九）張生自歎　誰知你個小冤家。走滚機謀大。不想今番變了卦。受白擦。這場風月乾休罷。恁故來調發。俺險此兒立化。尖擔兒兩頭滑。恁當作您。中原音韻無擦字。

（小桃紅四十）張生自縊　志誠空報尾生梁。好事無承望。白練套兒勒咽項。狠鶯娘。今番把俺殘生葬。算不的恁强。做這般模樣。這性命要他償。

（小桃紅四十一）僧勸張生　只因紅粉一嬌姿。把性命全輕視。一失人身萬劫至。欲何之。不知命無以爲君子。問你這懸梁鬼屍。怎做箇明經進士。可笑不尋思。不知命一語。正是元人書袋習氣語。

（小桃紅四十二）生答法聰　小生一一訴衷情。願啓尊師聽。他家子母忒心硬。把人坑。不合救恁全家命。雖六禮未行。諒一言已定。臨了也悔前盟。恁亦當作您。

(小桃紅四十三) 夫人問生 離鄉背井病淹煎。近日多清減。雖是聰明主張欠。病懨懨。男兒當把功名念。將鵬程奮颭。把鰲頭高占。休誤了去攀蟾。

(小桃紅四十四) 生答夫人 夫人你去自量度。這病因誰惱。則爲當時背盟約。悶無聊。夢魂兒孤枕上沒着落。瘦削沈腰。愁添潘貌。此恨幾時消。中原音韻度入作平。約入作去。落同。

(小桃紅四十五) 鶯探生病 尊兄何苦至於斯。妾背母來相視。保重將息自調治。莫嗟咨。從今少恁勞神思。悔殺當時。咱多不是。休要記心兒。

(小桃紅四十六) 生答鶯鶯 着床臥枕在他鄉。針灸都無當。滅了風流舊波浪。好難當。瘦得來不似人模樣。喜芳卿見訪。料小生微恙。今夜敢定寧康。

(小桃紅四十七)　鶯柬期生　情書寫就帶愁封。特遣梅香送。致意多才那張珙。把心通。今宵結末了鸞和鳳。海棠月朦。牡丹露重。雲雨會巫峯。

(小桃紅四十八)　紅娘不允　從今不惹這風聲。非是違尊命。送暖偷寒枉傒倖。事無成。驚心怕膽憂成病。這邊你撇清。那廂他瞀併。好着我兩下裏費精神。

撇清。瞀併。皆當時語。

(小桃紅四十九)　紅遞生柬　一天好事定今宵。特向先生報。鸞柬題情送期約。暗藏包。佳人有意郎君俏。說雲英等着。教裴航知道。早些赴藍橋。中原音韻約入作去。着入作平。

（小桃紅五十）生得鶯書　春寒惻惻掩重門。滿地殘紅襯。忽得青鸞寄芳信。到黃昏。書齋准擬成秦晉。病痊九分。心寬一寸。索整起舊精神。

（小桃紅五十一）生盼鶯鶯　鞦韆院落夜沉沉。孤館難成寢。映月樓臺似波浸。立花陰。玉人不至因爲甚。好着咱自審。他敢又撇佸。無處問佳音。撇佸亦當時語。

（小桃紅五十二）紅送鋪陳　一輪明月照南樓。夜色清如晝。想那酸丁把咱候。莫遲留。催逼姐姐疾忙走。珊瑚欹枕。芙蓉裀褥。俺先去報風流。此枕字不韻。中原音韻褥入作去。

（小桃紅五十三）鶯至書齋　有情怕甚隔年期。纔得文章力。投至相逢在今日。可知裏凄涼受了無碑記。心歡神喜。雨情雲意。攜手入羅幃。中原音韻力入作去。日同。

(小桃紅五十四) 雨雲歡會 高燒銀燭照紅粧低簇芙蓉帳。倒鳳顛鸞那狂蕩。喜洋洋。春生翠被翻紅浪。汗溶溶粉香。美甘甘情況。別是一風光。此粉字亦不韻。

(小桃紅五十五) 雲雨初歇 鬢雲斜嚲鳳釵垂。枕簟留春意。錦帕盈香沁紅記。蹙雙眉。侍兒扶起嬌無力。笑迷嬉語遲。困朦騰眼閉。風月此情知。

(小桃紅五十六) 紅促鶯歸 半窗花影月三更。悄悄穿芳逕。早離書齋便乾淨。噤聲。紅娘不是相督併。着姐姐快行。恐奶奶潛聽。瞧破恁私情。

(小桃紅五十七) 生送鶯歸 海棠枝上月兒斜。雲雨恰纔歇。蘭腦馨香散書舍。暫分別。莫教辜負千金夜。我叮嚀告說。你再休扯拽。明日早來些。

(小桃紅五十八) 紅貼鶯歸 燈花連夜爲誰新。來往相逐趁。戴月披星不辭困。送殷勤。東君有意傳芳信。紗窗夜分。翠衾春嫩。心事實溫存。

（小桃紅五十九）事聞夫人

清白相國重當朝。這妮子先不肖。潑賤奴才聽他調。往來挑。誰知養下家生哨。把咱氣倒。等他來到。粗棍打折腰。家生哨亦當時語。

（小桃紅六十）紅行鶯囑

若還你到母親前見責休埋怨。款裏慢把良言勸。問根源。覷此喜怒承機變。望姐姐可憐。替說些方便。善為我辭焉。用論語元人習氣。

（小桃紅六十一）夫人詰紅

叮嚀行坐守閨房。誰料你將心放。夜靜更深沒攔當。小花娘。勾引小姐同胡創。有何勾當。因甚狂蕩。實與我說行藏。

（小桃紅六十二）紅娘受責

家翻宅亂鬧啾啾。誰的我難開口。惱犯尊顏怎收救。沒來由。自家攬得愁來受。雨點似棍抽。火急般追究。做媒的下場頭。

（小桃紅六十三）紅答夫人　既然孃孃問根苗。則索從頭道。當日寺中解危鬧。那功勞至今一向何曾報。俺姐姐意好。怕哥哥心惱。因此效鳳鸞交。

（小桃紅六十四）鶯鶯自念　這場煩惱怎周折。老母尋枝節。暗箭連珠把人射。枉咨嗟。兢兢戰戰心喬怯。臉兒羞怎遮。懷兒愁怎卸。有甚話兒說。

（小桃紅六十五）紅勸夫人　尊前敢掉巧舌頭。有事當窮究。看了張生那清秀。本風流。胸中志氣沖牛斗。與姐姐既有望奶奶將就。結末了燕鶯儔。既有歇後語。不欲竟言之也。

（小桃紅六十六）夫人允諾　養女從來氣不長。惱得我魂飛蕩。家醜不可外談揚。這一場。吞聲忍氣難和他强。沉吟了半晌。你說的言當。何必再商量。
（小桃紅六十七）紅娘邀生　情緣心事兩相志。險
把先生葬。老母意中已停當。問紅娘。一一說到他心
上。做了主張。通些波浪。教你去成雙。
（小桃紅六十八）生答紅娘　小生雖看幾行書。今
日相遭遇。若見尊堂問緣故。怎支吾。聲聲則索教息
怒。俺心頭窨附。使手足無措。悶煞漢相如。
（小桃紅六十九）紅娘邀鶯　磨牙費口逞能言。天
也從人願。早是紅娘有機變。這一篇。前朝後代將娘
勸。虧咱百般。把他說轉。着恁永團圓。恁當作您。
（小桃紅七十）鶯羞不行　低頭無語嘴孤梆。手搭
心頭想。好事從來有魔障。意荒獐。恰如小鹿兒心頭
撞。羞羞的臉荒。像甚模樣。怎見老尊堂。嘴孤梆亦當時語。

（小桃紅七十一）　夫人責鶯　恁爺豪氣貫乾坤。相國威名振。你個濁才少教訓。去私奔。三從四德何曾問。不思立身沒此長進。辱沒殺俺家門。此恁亦當作您。

（小桃紅七十二）　夫人囑生　乘龍喜得棟梁材。真個是文章客。要與崔家長節蓋。記心懷。來春去把龍門驀。展經綸手策。吐虹霓氣概。休淹滯在書齋。中原音韻客策均入作上。驀入作去。節本入作上。此則作平。長作上聲字。

（小桃紅七十三）　紅怨鶯生　恁今成就好夫妻。錦帳羅幃內。琴瑟調和美恩意可知裏。一頭兒摟抱着通宵睡。如魚似水。歡天喜地。恁不想事虧誰。二恁字均當作您。

（小桃紅七十四）　鶯生謝紅　往來着你費心機。君子成人美。未報慇懃恕自罪。俺都知。今將薄物聊酬意。松花釵二一枝。梅紅羅一對。權當謝良媒。

（小桃紅七十五）　夫人送生　春風送你遠朝天。莫把閨情戀。行色一鞭如去箭。若登仙。南宮早把鰲頭占。金花壓帽偏。瓊林賜御宴。爭看錦衣鮮。

（小桃紅七十六）　生答夫人　母親囑付恁兒知。正要展鵾鵬翼。錦綉文章滿胸臆。上天梯。蟾宮穩步攀仙桂。似走襄陽志氣。赴長安道藝。擬取狀元回。恁亦當作您。

（小桃紅七十七）　法本送生　送君二月赴神京。祖宴安排定。遙望長亭柳扳贈。此一行。天門黃榜標名姓。美才華堪逞。少年心穩稱。側耳聽佳音。

（小桃紅七十八）　生答法本　小生未報大師恩。常在心頭印。今日臨行又蒙贐。暫相分。果然奪得春闈

俊。青雲致身。泥金傳言。專報故人聞。閨當作闈·

（小桃紅七十九）鶯鶯送生　人生最苦是別離。恰燕爾成抛棄。囑付椿椿在心記。要君知。南宮鏖戰蒙及第。得一官半職。想他鄉異地。休得又被花迷。

（小桃紅八十）生答鶯鶯　古來夫婦主於恩。閑話都休論。萬里雲程往前進。跳龍門。管教四海威名振。紫羅襴稱身。黃金帶懸印。你穩穩做夫人。

（小桃紅八十一）生投旅館　沿岡驀嶺路崎嶇。爲蝸角微名譽。千里長安望穿目。日將晡。暫投客店尋安處。淚痕似雨。玉人何處。今夜怎支吾。中原音韻目入作去·

（小桃紅八十二）生夢鶯鶯　迷留沒亂眼纏交。孤館傷懷抱。一盞殘燈影相照。夢多嬌。隨蝶曾越家鄉到。被簷間馬敲。忽窗前雞叫。驚得旅魂消。

(小桃紅八十三) 生至長安　離家又早許多時。今日長安至。北闕連雲兩相峙。大京師。人烟輳集長安市。陽侯故祠。摩騰古寺。到處好題詩。

(小桃紅八十四) 張生入試　春闈二月選場開。步入青雲界。中式文章試官愛。展長才。今朝特向君王賣。成名喝采。恩榮可待。喧滿鳳城街。

(小桃紅八十五) 張生及第　金鑾曉日聽臚傳。寵賜瓊林宴。遂了平生丈夫願。志昂然。布衣走上黃金殿。身霑御烟。宮袍錦絢。醉扶出五雲邊。

(小桃紅八十六) 生授學士　一天星斗煥文章。豪氣三千丈。際會風雲沐恩貺。近清光。職居供奉絲綸掌。玉皇案傍。金鑾殿上。染翰侍君王。

(小桃紅八十七) 鶯想張生　別愁離恨滿胸懷。不似今春煞。黑海般相思怎生捱。那裔才重功名誰想輕恩愛。如何半載。全無一墨。只恁信音乖。煞與殺同。中原音韻入作上。歸家麻韻。此墨入作去。歸齊微。此均用作皆來也。

(小桃紅八十八) 鶯鶯自念

忽聞喜鵲噪林梢。昨夜燈花爆。必有佳音敢來到。好蹊蹺。眼皮兒不住睃睃跳。自家暗約。是此些先兆。單則看今朝。

(小桃紅八十九) 生寄鶯書

折得蟾宮桂一枝。御筆標名字。醉宴瓊林拜恩賜。喜孜孜。玉堂金馬爲學士。寫泥金帖字。暢風流殿試。報與俺那人知。

(小桃紅九十) 鶯得生書

千里良人信一張。歡喜從天降。拆破封皮見情況。細端詳。知君名占黃金榜。登庸玉堂。榮陪仙仗。未知伊何日是還鄉。

(小桃紅九十一) 鶯寄生衣

間別無甚表衷腸。託

物舒情況。用意勞心。恁身上。這衣裳。着時休把咱來忘形。庭侍講。紫宸朝向。聊去禦風霜。此恁似亦當作您·忘去聲·

（小桃紅九十二）　生得鶯衣　帝鄉又得授新衣。多謝芳卿意。親手裁縫用心寄。有誰及。隨身可體合時製。你的見識。咱都理會。教行坐不廝離。

（小桃紅九十三）　鄭恒求配　不做美的老尊姑。刪抹了姻緣簿。覷裏桃花改前度。枉嗟吁。踏枝不着空回去。當時既許。今朝何故。怎想悔其初。

（小桃紅九十四）　夫人答恆　鄭恆你好儍。不荅。來撲摸成姻婭。浪語閑言甚麼話。枉磕搭。鶯鶯巳把張生嫁。休粧聾做啞。莫翻提正掛。快與我水紅花。儍不荅·磕搭·俱當時語·水紅花必歇後·或隱語·當別有故實·俟考·

（小桃紅九十五）　生出長安　紫袍玉帶掛金魚。平地青雲步。手捧綸音故鄉去。播芳譽。纔知不被儒冠誤。壯遊仕途。花生滿路。策馬出皇都。

（小桃紅九十六） 張生至家 承恩親自日邊來。端的喝聲采。晝錦榮歸寵光大。到家宅。門闌喜氣添春色。頭踏擺開。賓朋接待。車馬起塵埃。中原音韻宅入作平·色入作上·

（小桃紅九十七） 生拜夫人 衣冠猶帶御爐香。環珮玎玲響。端拜慈顏在廳上。問安康。別來尊體知無恙。答應的慢張。全無些喜相。誰惱動老萱堂。

（小桃紅九十八） 確拜夫人 朱輪皂蓋兩行排。太守向夫人拜。女貌郎才總堪愛。笑盈腮。家門榮顯光三代。畫堂宴開。翠簪冠帶。喜事自天來。

（小桃紅九十九） 鄭恆觸樹 因緣未遂落虛名。惹得不乾淨。走向夫人行使奸倖。把鶯鶯。梳中帶耙兒拏蒸餅。上風頭忒逞。末稍拳難掙。枉自送殘生。槐中以下三句。亦當時語。

(小桃紅一百)　生鶯赴任　之官千里赴西秦。滿路花香噴。仙掌雲開帝城近。沐皇恩。夫榮妻貴臨亭運。七香車坐穩。五花誥墨潤。永作玉堂臣。

右小桃紅百首。用韻遣詞。皆可斷爲元曲。而其制題頗開南傳奇之先。以李傳三十八齣目較之。意趣大致相似。其尤可證者。李第二十五書齋問病。老與鶯同趨視生。爲北劇關目所無。而百詠四十三夫人問生。四十四生答夫人。四十五鶯探生病。四十六生答鶯鶯。正李所本也。惟百詠四十五云。妾背母親來相視。而李則老與鶯偕。且百詠前尚有僧勸生答二曲爲異耳。又李第三十一長亭別恨。長老送行一節。亦本百詠七十七七十八兩曲。外則百詠八十六生授學士。一百生鶯赴任。與北劇異。李仍本北劇百詠九十九鄭恆觸樹。本北劇。李則鄭恆退親竟下。此又不能悉合者也。

太古傳宗附絃索調時劇新譜上。及納書楹曲譜補遺四。收崔鶯鶯一篇。是山坡羊掛真兒二闋。不知何人所作。而風調頗近元曲。六幻本北劇附對弈南傳奇附園林午夢。獨不收此篇。以其南曲。姑彙存之。古詞流傳日少一日。此亦古詞。豈可以時劇爲疑而棄去耶。時劇中古詞不少。未暇一一釐出。蓋世人往往損益古詞入時也。今則時劇亦成古調矣。

崔鶯鶯舊詞　但云漢卿而不及實甫。故知其詞甚古也。

(山坡羊)崔鶯鶯怨天恨阿呀地。衆賓朋請坐下聽奴家訴一番的情緒。咱父親也曾在當朝爲相國。也曾在翰林院内爲學士。昔日有一個關漢卿他來應舉。只因他才疏學淺。咱父親不曾把他名題。誰想那奸賊將沒作有把奴家編成了一本什麼西廂記。幾曾有寄棺櫬在普救寺裏。幾曾有孫飛虎與兵來掠娶。幾曾有白馬將軍把半萬賊兵剪除。幾曾有老夫人使紅娘請兄瑞來結爲兄妹。幾曾在太湖石畔去聽琴。幾曾與他暗裏偷情寄柬書。幾曾有送張生在十里長亭而來也。幾曾爲他鬆了金釧。減了玉肌。聽知阿呀就是我這里害了相思病。阿呀天嗄。他那里曉得。聽知阿呀枉口白舌。自有天知。

(掛真兒)一家兒埋怨着這一本西廂記。恨只恨關漢卿很心的賊。將沒作有編成戲。張生乃是讀書客。

紅娘怎敢亂傳書。奴是崔相國家鶯鶯也。怎敢辱沒了先君的體。太古傳宗附絃索調時劇新譜上九至十三。納書楹曲譜補遺四之一二。

右錄悉依太古傳宗附譜。阿納書楹譜作吱。後同。掛真兒真作枝。　支思齊微魚模混韻。幽閨琵琶荊釵諸傳皆如此。中原音韻國賊歸齊微韻。國入作上聲。賊入作平聲。以用韻論。與前錄滿庭芳小桃紅殆爲一時之作也。

蒹猗室曲話卷四終

霜厓曲跋卷一

長洲吳梅撰

董西廂 屠龍刻本

創格　多用換頭　用調離奇　譜書所載

董詞開元劇先聲。通本雜綴市語。不取類書故實。而樸茂渾厚。自出高王之上。書中不分齣目。最爲創格。未識當時搊彈家如何起畢焉。所用諸牌。率不經見。與元人套曲不同。且多用換頭。又與元劇祇取前疊者大異。中如醉落魄。點絳脣。蘇幕遮。踏莎行。哨遍。賞花時。玉抱肚。古輪臺。鬬鵪鶉。粉蝶兒。一枝花等。爲元明詞家習用外。餘則離奇糅雜。頗難是正。若咍咍令。倬倬戚。喬捉蛇。文序子。文如錦類。止見董詞。更無他曲可證。自來考訂北詞者。輒詳元劇。而解元之作。或多遺漏。凌次仲燕樂考原曾錄董詞。李玄玉北詞廣正譜亦間引之。皆未備載其目。獨莊親王九宮大成譜全錄董詞。所失載者僅渠神令一枝而已。余嘗爲貴池劉葱石校勘此書。酌分正襯。期月卒業。蓋讀此書者未有如余之勤且嫥也。書中同牌各曲。往往互異。如文如錦細端詳曲下疊。多戴著頂上一語。恁心聽曲下疊若見花容下。少三字句一。好心斜曲上疊道恁姐姐休呆下。少四字句一。吳音子張生因僧曲。與相國夫人曲上疊末句同作七字。而張生心迷與鶯鶯從頭二曲。則作四字。滿江紅清河君瑞曲下疊多一言賴語都是一句。雙聲疊韻燭熒煌曲下疊多今夜甚長一句。又如應天長雪裏梅還京樂諸詞。前後詞輒有相差太遠者。令人無從校核。又有三煞間

諸家刊本

花啄木兒兩調。長短互異。大成譜亦未改定。此書爲元詞之祖。釐定頗難。余所分析者。未必可據。而如大成之模糊夾雜。反足貽誤後學耳。余曩見閔遇五黃嘉惠湯玉茗諸本。自謂董詞刻本。藏弆已富。今又得此刻。乃知舊刻之不見著錄者甚多也。

西廂記 明本

古本難求

西廂槧本最多。余舊藏王伯良注本。凌濛初即空本。皆出此本之上。嘗細校一過。詞句間竄改至多。疑坊間射利者所爲。凡句旁用套圈者。皆經改易處也。標名曰原本。不過易動人目而已。方諸生謂今本動稱古本。皆呼鼠作朴。實未嘗見古本云云。方諸生隆萬間其言已如此。可見古本之難求矣。惟圖畫精良。工槧亦佳。究勝于近時俗刻萬倍也。論西廂刊本。當以

諸本短長

碧筠齋爲首。朱石津次之。金在衡顧玄緯諸刻。亦有可取處。卽空觀好與伯良操戈。局度太褊。此外坊刻。等諸自鄶。其有假托名人評校。如湯臨川徐天池陳眉公等。所見頗多。槪非佳槧。

誠齋樂府

當時流行盛況

誠齋爲明周憲王。有燉 王爲定王長子。洪熙元年襲封。景泰三年薨。錢牧齋云。憲王遭世隆平。奉藩多暇。勤學好古。留心翰墨。製誠齋樂府若干種。音律諧美。流傳內府。至今中原絃索多用之。李夢陽汴中元宵絕句云。中山孺子倚新妝。趙女燕姬總擅場。齊唱憲王春樂府。金梁橋外月如霜。由今思之。東京夢華之感。可勝道哉。列朝詩集 是憲王之詞。固盛行一時也。

諸家書目所著錄

案明朱灌甫萬卷堂聚樂堂兩書目。均有憲王所撰誠齋

揆敘藏書

二十四種

樂府十冊。近百年間。惟錢唐汪氏振綺堂書目。尚有此書。後歸朱氏結一廬。繼由朱氏入豐潤張氏。辛亥金陵之亂。張氏之書散亡略盡。此書恐無從物色矣。余自京師得此書。計二十二種。爲謙牧堂舊藏。謙牧堂者。清初揆敘藏書處也。揆敘字愷功。太傅明珠子。成德弟。官至左都御史。卒謚文端。好聚書。後盡獻內府。天祿琳瑯書目。有謙牧堂印記者。皆其故物也。錢遵王也是園書目。載憲王雜劇有三十種。顧踏雪尋梅一劇。尚不在內。余既得二十二種。益以明清各曲。成此彙刊。友人張君菊生元濟復輾轉假得八仙慶壽、蟠桃會二劇。實存二十四種。自來藏憲藩雜劇之多。遵王而外。當以不佞爲最矣。他如海棠仙。文殊菩薩。義勇辭金。此一種見十段錦。東華仙。呂洞賓。靈芝慶壽。賽

歌舞劇

新牌名

嬌容諸種。憲藩劇本至富、恐不止此。未識海內有無藏弆者。余日望之也。霜厓。

牡丹品以下次第依也是園目

右牡丹品四折。爲內府賞花之樂。誠齋散套中亦載讌賞牡丹散曲。即與此劇第四折相類。中以內庭教習爲主角。而以歌姬爲輔佐。蓋純爲歌舞劇也。此劇情節本無足論。惟爲名花品藻宴樂昇平。足徵奉藩安逸。明初藩邸能讀書屬文者。寧獻以外。必推憲府。此亦千古之公論矣。首折點絳脣套內寄生草下用金盞兒四支。二折滾繡毬倘秀才疊用後接叨叨令一支。四折所用牌名多別立新目。如寶樓臺慶天香。紫雲芳海天霞等。皆故作狡獪。而金盞兒叨叨令二牌。律以套曲次序。亦覺緩急不合。此皆大醇中小疵

撲拙可貴

楔子

也。通體詞藻雖多。頗能樸拙。無雕繢氣。是可貴矣。霜厓。

牡丹園

牡丹園五折。亦讌賞牡丹之作。所謂十美人者。卽十種佳品。如姚黃魏紫。壽安紅素鴛粉娥嬌鞓紅寶樓臺紫雲芳玉天仙醉春容是也。與牡丹品所列名目。不甚相同。汴中此花固勝。王析圭此土。宜其富美矣。開首金母唱賞花時二支。標名曰楔子。楔子者。北劇中之饒戲也。門限兩旁小木曰楔。所以安置門限者。凡劇中情節略繁。必用楔子。所以布置一劇中之情實。不致畸輕畸重。故以楔爲喩也。明人以北詞之前腔謂爲楔子。實是大謬。元人小說亦有用此作引首者。如何可作前腔論乎。且在楔子內。所用曲牌。非賞

結構勝處　五折體　雜韻

花時卽端正好。而端正好又可增句。如西廂五劇。皆可作證。而第四劇首折楔子卽端正好增句格。此更顯然也。惟第三折前。又有楔子賞花時二支。一劇中用兩楔子。此爲僅見。全劇以金母宴請十美人。亦純爲歌舞劇。通本微嫌冷淡。故以酸甜辣淡四婢作科諢。更將琴棋書畫爲劇中點綴。俾不寂寞。此作者之苦心經營處。蓋作劇之難。全在結構也。此劇用五折體。爲北詞中少有。元劇惟趙氏孤兒有此一格。餘則多未覯矣。又首折通篇用江陽韻。獨青哥兒一曲改叶蕭豪。亦所不解。霜厓。

烟花夢

烟花夢四折。記蘭紅葉徐翔事。案寧獻王太和正音譜雜劇有十二科。而烟花粉黛列在十一。元劇中如

詞華精警又用方言

三轉賞花時

端正好增句

二十換頭新水令

兩世姻緣。紅梨花。曲江池等。皆此類也。劇中情節。不過男女燕媟之辭。而詞華精警。不讓關馬。且運用方言。亦有大都東平之風。較明人以餖飣爲能者。不啻霄壤。首折極寫倡伎苦況。又與兩世姻緣不同。喬作僅言伎藝之高下。此則直陳門戶中惡習矣。他如一枝花梁州之高爽。耍孩兒五煞之凄苦。皆是妙詞。非憲王不能蓋妙在質樸也。惟通劇楔子。亦用二處。其誤與牡丹園同。而三轉賞花時。亦劇中少見。端正好增句格。自守布襖至兩和諧。多至十六句。爲仙呂端正好創格。此固無礙於歌者也。又首折夾唱詞。離亭宴一支。爲馬東籬秋思套煞尾末折新水令一套。全學關漢卿憶別散曲。又名二十換頭。因通套二十支也。此則詞家所未盡悉者焉。又劇中好用劇詞典故。

用劇中典實

傳奇忌諱

出隊子四支連唱

如貶茶船。卽王實甫之蘇小卿月夜貶茶船事。陽臺夢用王子一之楚陽臺事。藍橋驛用庾天錫之裴航遇雲英事。元人喜以劇中故實運入曲中。憲王此等處。正得古意也。霜厓。

八仙慶壽

八仙慶壽四折。純爲祝嘏佐尊之詞。觀憲王小引。以神仙傳奇爲不宜用。知當時忌諱之深。無怪清嘉道間。官場忌演邯鄲夢。以爲不吉也。通本以西王母蟠桃宴集。邀福祿壽三星。八洞天仙。慶賀桃實。而以香山九老作陪。卽取人瑞之意。合天地人同慶也。劇中第三折前毛女上唱。用出隊子四支。以漁筒簡子合歌。最爲可聽。後人學者蓋鮮。惟尤西堂桃花源劇。武陵漁登場。曾一效之。分述桃源四時景狀。亦娓娓動

賓主分明

寫瘋癲妙處

與任風子相類

混江龍增句格

人。末後用端正好。以明出隊子非楔子之用。此最賓主分明。西堂曾讀此劇。故能摹仿之也。此劇通本末唱。中間用旦曲數支。布置既勻。耳目亦新。不獨節省末角之勞而已。正宮端正好一套。以醉太平叨叨令二曲。置倘秀才。滾繡毬後。其誤與牡丹品同。至其演藍采和瘋癲狀態。恐元人手筆。亦無以過之矣。霜厓。

小桃紅

小桃紅四折。與元劇任風子柳翠相類。而敷演宗門教旨。又極精微。非沉潛內典者不能也。首折混江龍爲增句格。自晉潘安容貌。至尾生實誠。皆是增添者。按格。凡增句不拘多少。而收處總須仍用本調。平平去。平平仄仄。仄仄平平二語。以還混江龍本格。此劇云。不憑錢賭表得成歡。空握拳入馬和他併。不依平

用方言處

子母調

參禪問答

旦末雙全

平去原格。蓋用西廂才高難入俗人機。時乖不遂男兒願之例。亦不可謂失律也。混江龍增句。以牡丹亭冥判爲最多。洋洋數百言。於是洪昉思長生殿之覓魂。蔣心餘臨川夢之說夢。皆有意顯神通。多至千餘言。實可不必也。此劇用方言至富。如贍表謂子弟俊美也。入馬謂夜度也。豫章城卽雙漸趕蘇卿事。元人常用之。皆一時勾闌中語。通體詞藻。皆映帶桃字語語貼切。第三折端正好下注子母調。子母調者。不用高喉。僅用平調歌也。賓白中參禪問答。凡劇中皆如此式。如臨川南柯記。西堂桃花源。皆襲用之。但詩句不同耳。此劇亦歌舞戲。末用十六天魔隊舞作結。排場尤爲熱鬧。元人以有唱有做者爲旦末雙全。此作得之矣。霜厓。

假神鬼轉圜

元劇迂腐語

通劇樸素

喬斷鬼

喬斷鬼四折。摹寫文人結習。可云妙肖。徐行以畫幅六幀。命工封聚潢治。聚乾沒之。行索取不與。憤恨而死。通本事實止此。至鬼神報應之事。雖儒者所不談。而爲下愚人說法。亦可爲治道之助。傳奇家布置事跡。務極奇詭。遇山窮水盡。輒假神鬼爲轉圜餘地。但期不詭於理。固君子所許也。憲王此作。卽是此意。首折述三教源流。不無迂腐語。此正得元劇之意。如范張雞黍。㑳梅香。皆如是也。此劇混江龍較小桃紅更長。勿爲所眩。卽增句略多而已。通劇樸素。無餖飣詞藻。更不可及。曲家摹豔情狀山水等作。文人皆優爲之。至屏絕藻飾。實寫本色。則百無一二。劇中各曲。如賺煞。如一枝花。如醋葫蘆。如滾繡毬。倘秀才等。僅工

寫鄉居所本　後庭花青哥兒增句　事實水滸不載

綺語者恐一語做不得。元劇中燕青博魚之記賭狀柳毅傳書之記龍鬬。皆非詞章家所能辦。曲至此方爲神技。余心折焉。而未能也。梁州第七一支。寫鄉居之樂。此蓋本白无咎鸚鵡曲。白詞云。儂家鸚鵡洲邊住。是箇不識字漁父。浪花中一葉扁舟睡煞江南煙雨。覺來時滿眼青山。抖擻着綠蓑歸去。算從前錯怨天公甚也有安排我處。以此劇相較。可知裁翦之工矣。又第三折後庭花青哥兒二曲。亦有增句後庭花觀着畫手不停下三句。青哥兒來往陰陵四字四句。皆是也。此二曲增句亦無限制。與混江龍同。霜厓。

豹子和尚

豹子和尚四折。演魯智深出家事。此事不見耐庵水滸傳。元劇中儘有賦梁山事爲水滸所未載者。不獨

尾聲之後又有煞

滾繡球襯字多

張善友實有其人

此劇然也。劇中以魯智深作末。四折末唱。頗有聰俊語。實與花和尚不類。又智深有妻子有母。亦爲耐庵所未及。全劇曲文皆整潔可誦。套數次第。亦有法度。惟第三折尾聲後。再用窮河西煞二曲。殊不可解。元劇從無此格也。又端正好滾繡毬首二支用襯字至多。較原格不啻三倍。此因散板曲內。可以多襯。若是有節拍之曲。勢必多加板式。而正襯反不分明矣。元人以多襯爲能。輒有一牌字數增至二三倍者。故用板至無定格。明末沈伯明。龍子猶。欲定北詞板數。而迄未成書。非考訂之難。實字數多寡之不同。乃至拍數亦不能劃一也。又劇中所述張善友家。當如柳隆卿胡子傳例。意是實有其人。柳胡爲衆惡所歸。張則百善皆集。所謂世言方朔奇。奇事皆歸方朔。否則如

結構同不伏老

詞華豐豔

點絳脣套譜法

陳員外。趙大公。小劉屠。郭橐駝。瘸王二。馬回回。黃蠻子。何仙姑。楊大姐。丁娘子。秦二嫂。褚師婆。鄭媽媽。甯八姨。陸姐姐。劉老娘。蘇媒婆等。決不能憑空臆造多人也。此劇結構。與不伏老略同。不伏老以尉遲託疾。徐勣討賺之。此則以智深逃禪。宋江討賺之。古人於排場間不甚措意如此。霜厓。

慶朔堂

慶朔堂四折。記范文正甄月娥事。劇中情節。本子虛烏有。而詞華豐豔。實爲王之佳構也。元劇首折皆用點絳脣。憲王諸作亦復如是。或以爲聲調未免雷同。不知此套譜法。本有兩類。一用小工。一用正工。兩調任用。無礙奏演。況此劇首折寄生草下。用村裏迓古元和令等七曲。又與他劇不同。此又見王之心細矣。

游四門一字韻

石榴花首句五字

借宮

又游四門有一字韻句。如西廂云。偏宜貼翠花鈿。此一字句。作家每多失檢。王此曲正合律也。第二折煞曲。明書二煞。而曲祇一支。恐有脫譌。但原刊如是。不敢更易。第三折石榴花首句作五字。余初以爲非。繼檢北詞廣正譜。引西廂大師一一問行藏曲。將大師二字作襯。方知首句實止五字。清代各譜。皆未能塙考也。又耍孩兒一煞兩曲。爲般涉調。不屬中呂。因管色相同。可以聯套。北詞中謂之借宮。凡同管曲皆可借宮。不獨中呂之與般涉也。惟以月娥屬諸范希文。卻是奇特。與青衫淚之裴興奴爲白太傅舊伎。同是荒唐。劇家事實。泰半假託。必欲雪中郎之冤。闢龜溪之謗。未免嘵嘵辭費矣。霜厓。

桃源景

情節曲折

用蒙古語入曲

桃源景四折。記李釗韓桃兒事。雖煙花粉黛之辭。而情節卻能曲折。如李赴試及第。忽受失儀遣戍。一也。韓改妝尋夫。又爲店人窺破。致遭淩謔。二也。及至口北。滌器當壚。又遇胡人調笑。三也。此皆尋常劇曲所無也。通體用方言至多。如吞子爲嗓子。撇末爲演劇。猱兒爲雛伎。撅丁爲龜奴。此各劇通有之。無足爲異。至用蒙古語入曲。則此劇所獨有。臨川諸曲。喜以番語協律。實皆沾丐於憲藩也。如第四折滾繡毬曲云。蒙豁是阿堵兀赤。言蒙古放馬人也。又倘秀才曲云哈撒。言問訊也。云埽兀。言坐地也。云鎖陀八。言酒醉也。云倒剌。言歌也。云孛知。言舞也。設非自爲詮釋。正不知於意云何。此實曲中壞處。後人不察。遞相祖述。如邯鄲之西諜。長生殿之合圍。以及西堂弔琵琶之

末折後有饒戲

嵌數目字

兩種復落倡

楔子。作者紛紛。實非曲家之正宗。特無人爲之拈出而已。又通本楔子有二。末折後多饒戲一曲。亦非正格。惟創自王手。未敢明斥其非耳。若第一折賞花時二曲。以數目字湊合成文。自一至十。錯雜見巧。而賺煞一曲。復自十至一。倒出作句。係游戲手筆。原無深意。湯若士牡丹亭效之。亦偶然興到之作。而後人乃云自一至十者爲小措大。自十至一者爲大措小。不知南九宮譜本無大措小之名。此說亦殊無謂。苟讀此劇。當亦爽然自失矣。霜厓。

復落娼

復落娼四折。記劉金兒事。通本情節頗奇詭。摹寫伎女醜狀。至可噴飯。余案寧獻王權亦有復落娼一劇。未知與此劇何若。但獻王題作楊姨復落娼。則非劉

四折中一色四人分唱

用支時韻謹嚴

金兒事可知。惜獻王書已佚。未能持校此本耳。劇中金兒之淫濫。與臘兒之高潔。兩相對照。一則辱身玷行。一則殉烈行芳。一薰一蕕。相去不可道里計矣。雜劇四折。例以一人終始之。如旦唱則四折皆旦唱。末唱則四折皆末唱。此本首折臘兒唱。二折劉佳景唱。三折徐母唱。四折白婆唱。此是變通成格。雖非一人。而同是旦色。不妨通融也。元劇支時一韻最爲窄狹。中原音韻作支思。不得與齊微韻混。如西廂之請宴點絳脣套。鴛鴦被之首折點絳脣套。皆墒守韻格。絶無假借。此劇第三折端正好一套。亦復如是。自舊瓜仁新薑豉起。至尾聲冤屈煞俺青春少年子止。通體不雜他韻一字。小梁州么篇云。常則是做經商手足胼胝。此胝字是爭詩切。陰平聲。不作丁衣切。又滾繡毬云。嗽

題解

咳的我抹淚揉眵。眵撐詩切。不作寅兮切。此足見王之用韻。非亂次以濟也。金兒始爲樂戶妻。繼從高兼至鈞州。又隨徐福一至江右。又不慊意。投牒按察司。幸問官廉明。勘斷確實。發還原籍。仍入樂戶。是其人行爲乖僻。幾不知人間有羞恥事矣。案明制。樂戶隸教坊司。不與四民等觀。使女從良。則脫樂籍。今云復落娼者。蓋深賤之也。霜厓。

仙宮慶會

吉祥戲

狀鍾馗曲

仙宮慶會四折。記鍾馗蕩邪驅鬼。福祿壽三星獻瑞事。亦內廷吉祥劇。事實原無足深論。惟鍾進士數曲。頗有風趣。如天下樂曲云。畫的咱們模糊硬髭髯有偌長。一隻手揪着箇小鬼。一隻脚蹉定箇魍魎。塗抹的咱有一千般醜勢樣。讀之不禁忍俊。所謂世言方

三轉貨郎兒

排場熱鬧

深合劇體

朔奇。奇事皆歸方朔。天下萬事。實際止一二分。妝點輒到十二分也。又第二折用三轉貨郎兒。亦不見他劇。自貨郎旦用九轉後。於是古城記之挑袍。義勇辭金之餞別。皆用九轉。即長生殿之彈詞。鶴歸來之首折。亦皆九支。今讀此劇。始知貨郎兒轉數。不拘多寡也。又第三折驅鬼。排場至爲熱鬧。四鬼十六雛神。鍾馗。神荼鬱壘。齊集獻藝。其舞態動作。定多奇趣。及虛耗擒獲。方歌青哥兒一支。鑼鼓之後。繼以小曲。更令人悠然不盡。此是劇中最勝處也。末後後庭花柳葉兒二曲。爲世界清寧後。三星方下降散福。是此劇正文。故不在套內。別作小令。以鐃戲作收束。吉祥止止。深合供奉劇體焉。霜厓。

得騶虞

排場可取

劇詞樸質

增句不叶韻

頌揚有法

此劇亦吉祥文字。以汴中神后山發現騶虞。由細民喬三報知州官。發兵秋獮。因得瑞獸。上獻藩府。進貢朝廷。劇情原無大勝人處。惟排場結構。頗有可取。如第一折喬三婦以淨角扮演。極詼諧之致。第二折秋獮。分五色軍隊。次第獻技。排場遂不冷落。第三折用四探子演述打圍情狀。帶唱帶舞。結構又復生動。末以典樂官讚歎瑞應作結。立意亦高。如此枯窘題目。能通體不懈。且寫得如火如荼。足見王之才大矣。至劇詞亦樸質可喜。首折混江龍增句。牛王廟裏四語。並不協韻。元人原有此格。不足爲病。油葫蘆天下樂二曲。語語絕倒。描寫醉態。非常靈動。賺煞云。也不願高官重爵。也不願精銀響鈔。只願得將俺一方民庶免差徭。深得盛世良民情狀。此等亦須頌揚語。第不似

館閣文章之陳腐。讀之遂覺戛戛獨造。學者可悟作文之法也。通劇楔子亦有二處。此是誤。霜厓

仗義疏財

此劇以李逵燕青爲主。摹寫都巡淫濫。實堪髮指。李燕二人以游俠身手救護憋古。足爲義士生色。余嘗謂梁山遺事。傳述繁多。耐庵一傳。未盡搜集。即如元劇中燕青博魚。雙獻功等事。皆出耐庵水滸之外。不獨此劇情節。軼出施氏手也。元人詠黑旋風事者。以東平高文秀爲最富。如黑旋風鬭雞會。黑旋風詩酒麗春園。黑旋風窮風月。黑旋風大鬧牡丹園。黑旋風喬教學。黑旋風敷衍劉耍和。黑旋風雙獻頭。即雙獻功劇。黑旋風借尸還魂。此八種中。雖僅存雙獻頭一劇。此外事實無從概見。第就劇目推測。大半非耐庵所紀

五折　所引宋代遺事　俊爽　用元方言　貨郎詳紀

錄者。可云極詭妄之趣矣。通劇用五折。亦爲少見。與趙氏孤兒同。第末折點綴平方臘事。有曲無白。亦可視爲饒戲。仍無礙全劇結構也。第二折紅繡鞋么篇所引李師師。上元驛。趙玄奴。楊太尉諸事。皆宣和遺事所未及。而劇中引此數事。言外可見時政矣。余最愛石榴花下半曲云。便做是窮莊家不敢違尊命。也存些天理人情。却怎生走將來不下些花紅定。平白地奪了箇女傳婷。其俊爽疏朗。直與㑳梅香相等。非尋常劇本所能也。劇中用方言頗多。如樺老謂衙役也。撇道謂脚也。爪老謂面也。幫老謂盜夥也。蓋王之時代去元人未遠。故一切皆仍舊稱。由此亦可知言語之沿革矣。又貨郎之名。雖見元劇。而所販貨物。從未說過。爛柯山寄信一折。亦言之未詳。此劇新水令駐馬聽。

雁兒落。水仙子。沽美酒。太平令諸曲。詳載貨郎名物。据此又可見元明風俗之一斑。不當僅視爲詞藻輕易讀過也。收江南末句云。俺三十六人活擒方臘見明均。余案均字當作君。恐原刊之誤。霜厓。

半夜朝元

煙花粉黛二科

此劇以伎女修真入道。爲劇家別開生面。涵虛子論劇。分爲十有二科。中有神仙道化與煙花粉黛二類。此劇則合而爲一矣。憲王自序云。仙姑能守婦道。雖出倡優之門。而節義俱全。比之良家婦女不能守志

作詞宗旨

者爲何如。是作詞宗旨亦復正大。明中葉詞人好作麗語。王蓋唾棄之矣。劇中警策處頗多。如首折混江龍增句。指山賣磨。見景生情等語。屬對工巧。後庭花

用劇中故實

引用楚陽臺。曲江池。翫江樓等。皆劇場故實。亦得元

高緊脫俗

每折易人而唱

人運典之法。他如第二折滾繡毬諸曲。第三折梁州。感皇恩諸曲。第四折新水令雁兒落。折桂令諸曲。尤精心結撰。爲劇中勝處。又元劇凡詠神仙事者。末折輒數述八仙作結。即如臨川聖手。邯鄲合仙。亦未脫爛調。此劇以細樂步虛作收。不拾前人牙慧。更爲高潔。其中青天歌倘亦以步虛聲歌之。當令人耳目一新也。霜厓。

辰鉤月

此劇用嫦娥愛少年一語反演出之。結構頗生動。四折皆旦唱。亦合格式。惟每折各換一人。如首折桃仙唱。二折乳母唱。三折四折皆嫦娥唱。未免雜湊。余意四折皆用桃仙唱。嫦娥一面。不必登場。較爲整潔。但古人傳作。未便輕議也。首折世英守禮。不愧慎獨之君子。繼以桃仙欲去。即便俯順。轉捩處微露痕跡。能再圓融。較佳。元劇中如封陟遇上元夫人襄王會神女諸作。皆不傳。今讀此劇。亦可揣測知之矣。劇中措詞。備極柔媚。如寄生草云。則你這塵靴踏到廣寒宮。抵多少布衣走上黃金殿。紅繡鞋云。又不曾翠被暮寒生。那里也西廂和月等。二煞云。恰便似指山賣磨。緣木求魚。望梅止渴。畫餅充飢。皆字字馨逸。決非居長卿梅禹金輩所能道隻字也。嫦娥受屈。須訴諸天師。細思殊可嗢噱。然由此觀之。名節二字。雖天上亦復鄭重。益笑周秦行紀之無謂矣。霜厓。

悟真如

此劇以毘盧尊者點化散花仙女及蓮花童子。淹貫宗乘。深得禪家三昧。元劇如月明和尚馬丹陽等皆非敵手。即徐文長之翠鄉夢屠赤水之曇花記。亦瞠乎其後也。劇中情節。妙在不以仙女童子爲眷屬。而以哈舍人爲遊客。同受古峯師訓誨。得登覺路。省去多少葛藤。

結構簡淨

雜劇結構。輒傷冗雜。此作布局。實爲簡淨矣。

賞花時次句叶仄

楔子賞花時四支。第二句皆協仄韻。頗不經見。元劇及憲藩他作。槪用平韻。不知此劇何以獨用仄協。

三轉賞花時

又通體凡四曲。而標名爲三轉賞花時。或係誤刊歟。任婆用淨色。哈舍人用孤色。淨本可飾女。孤則當場裝官者。舍人爲丞相不花子。故以孤飾之也。

戒冶遊曲

首折那吒令。鵲踏枝。寄生草諸曲。可作冶遊子弟座右銘。幷可與誠齋樂府中風月擔兒各曲參互讀之。（詞見詞林摘豔）亦少年場中一服清涼散也。青哥兒末二句用紅蓮故事。調侃僧伽。亦殊有風趣。第二折起語語禪機。耐

脫參禪舊套

詞多俊語

妍雅飽滿

人籟諷。論其造詣。惟西堂桃花源劇可與頡頏。第三折問答機鋒。不作七言尋常語。亦脫參禪舊套。第四折以茶婆作收科。得言外妙意。佛光照座。開示愚蒙。此等境界。參學人自能領悟。通劇楔子亦用二處。鄙意不如將坐化一段別作饒戲。當更醒豁。且免疊床架屋之弊也。劇詞俊語絡繹。可藥囁嚅之病。霜厓。

牡丹仙

此亦歌舞劇。憲藩府中牡丹最盛。觀誠齋樂府賞花諸詞。以牡丹爲多。故曲劇亦多及此。如牡丹品。牡丹園。諸作皆是也。此劇情節本無奇異。特以紅亭讌賞。作記題芳。於是九仙好名。亦邀品隲瑤池歌舞慶賀昇平。足見奉藩之安逸矣。劇詞妍雅飽滿。自是盛世元音。惟第二折草池春。及第四折轉調青山口。增句

草池春格

至多。讀者易爲眩惑。不可不細核之也。按草池春一曲。正音譜云。句字不拘。可以增損。實則亦有定格。寧獻王譜所錄謁魯肅一支。卽爲增句。大抵首三句。二句爲三字。一句爲四字。以下六字句與四字句多少不論。以下七字句一。六字折腰句一。二字句一。收處四字句或一或二。此草池春定式也。此劇首三句兩句三字。一句五字。似乎舛誤。不知慶喜色洋洋句慶字本可作襯。仍四字句也。以下自正遇豐稔時光起。至月延州紅騰廣。爲六字增句。自融和春陽至麗色流芳。爲四字增句。萬年好事下。仍還草池春本格。惟收處四字句作兩語耳。通體全合格律也。

青山口格

至青山口一調。考訂較難。緣此調自湯若士邯鄲西諜折別創格式。長生殿合圍折依之。王舜耕西樓樂府改換句法。月令承應又復

（自立架格）。遂至不可究詰。於是此調與中呂之道和。雙調之梅花酒。同爲北詞中之難正者矣。案此調首四句應用扇面對。如伯道棄子云。這裏那裏。百忙裏。百忙裏取甚的。欲回待回怎生回。亂軍中是怎地。可以爲證。今云。獻壽醞。斟美醞。釀百花露香醞。聽玉笙和錦箏。僅作一排。自是變體。以下。樂聲頻至花下飲芳樽。爲此調正式。但殼兩春下省去七言叠字兩語而已。（如這壁那壁斷喚只．行裏坐裏斷等只類）．自春也麼春起。至永長新止。共十四句。皆是增格。此等增句可用五字或四字。無一定式也。自萬朵千枝下仍還本調正式。故此曲僅首數句少一排。餘則處處合格。北詞中有十餘支皆可增句。詳見余舊著北詞簡譜中。實則增添之處。各有定則。非亂次以濟也。討論北曲。當就此等處考核。其

繡襦記祖本
五折

同名二本
之劇

他皆迎刃而解矣。霜厓。

曲江池

此即明鄭若庸繡襦記祖本。惟通劇用五折。與趙氏孤兒同。雜劇體例間有之。非如王辰玉鬱輪袍。合南北詞七折成書。非驢非馬。斯不可爲訓耳。按元人賦滎陽生事者。有高文秀之鄭元和風雪打瓦罐。及石君實之李亞仙花酒曲江池二種。今此劇題目正名。正與高石二劇相合。因有疑憲藩此作爲改易舊詞者。此說非也。據太和正音譜所載。破窰記二本。一爲王實甫作。一爲關漢卿作。麗春園二本。一爲王實甫作。一爲庾吉甫作。譜中並列。決非因襲舊文。即明代傳奇。如白兎記有二本。一爲富春堂本。一爲汲古閣本。紅梨記有二本。一爲洛誦生作。一爲快活庵本。古詞儘有名同文異者。不獨此劇

較曲江池異同

較繡襦記異同

然也。且打瓦罐一劇。雖遺佚不可見。而石作曲江池。固儼然在元曲選中。兩相比較。殊不相類。惟楔子賞花時么篇。與石作同。此非王之襲石作也。或即臧晉叔据此劇以改石作。而刪去端正好一曲耳。又石作第三折有商調上京馬一支。即此劇第四折中曲文。亦疑是晉叔改竄。而王之原作。固昭如星日也。惟四季蓮花落四曲。與若庸繡襦中鵝毛雪不同。顧各有妙處。余謂鵝毛雪一套。專尚白描。決非若庸所能辦。恐是別一元人所作。昔人如王伯良沈詞隱輩。已有疑之者矣。余未見此劇時。以爲若庸蓮花落詞。或借用王作。今讀全豹。又爽然自失焉。霜厓。

繼母大賢

此劇情節頗佳。寫賢母處。語語生動。世之爲繼母者。

用本色語

水東日記之論

劇中寫惡人習慣

往往漠視前妻子女。藉作避嫌之地。而於親生者則愛護惟恐不至。及其老也。彼避嫌者未必皆惡。而愛護者輒復破家。讀此劇可憬然悟矣。通本皆用本色語。無餖飣習氣。猶有元劇體思。明葉文莊盛水東日記云。今書坊相傳射利之徒。僞爲小說雜書。南人喜談。如漢蕭王光武。楊六使文廣。北人喜談。如繼母大賢等事甚多。農工商販。鈔寫繪畫。家畜而人有之。癡騃婦女。尤所酷好。据此。則此劇在當日固風靡一世。惟文莊不知爲王作。疑出坊人射利。遂有貶詞。苟知之。恐未必如是云云也。元劇中凡幫閒鑽懶者皆用胡子傳柳隆卿二人。或實有其人。遂致衆惡皆歸耳。此劇用費達苗敞。不拾元人牙慧。固佳。而第三折太平令曲云。他比那胡子傳心腸很煞。柳隆卿行藏尤

草池春句法

賽。仍提二人姓名。此亦可見劇場習慣矣。草池春一曲首三句云。心似刺。難自理。止不住哭哭啼啼較牡丹仙中一支。句法更明顯。其六字句大氐以六句爲則。四字句大氐以四句爲則。過此限者。皆爲有意顯神通。第四折用封贈作收。亦極飽滿。略似南戲。不妨也。霜厓。

筆墨簡淨

團圓夢

此劇寫義夫烈婦。甚爲可敬。雜劇十二科中。所謂孝義廉節者是也。錢趙二姓。貧富不均。改易昏約。本劇中常事。所難者貞姬耳。早歲訂盟。中更險阻。艱難合巹。倉卒從軍。迨至哭奠靈幃。從容自盡。寫貞字真到十二分地步。而語語簡潔。頭緒不多。此又見筆墨之淨。雖高東嘉且不及也。元人稱公子爲舍內。或稱舍

爿舍

鳳頭

拙樸

情節有斟酌

人。此劇爿舍猶云爿公子。第爿字含有瓦罐意味。瓦罐爲乞兒用物。大有調笑之思。所以正淨登場自云小子姓字奇拗也。第一折混江龍曲。歷舉孟德耀魏溥妻以下諸婦名。蓋借作渲染。且元劇着手處皆裝點飽滿。喬夢符所云鳳頭。即指首折耳。賺尾云。侍養的年老慈親樂有餘。奉晨昏康健安居。自供厨。將飲饌甘腴。則愿的當軍去的兒夫歸故廬。琢詞拙樸。如家常話。而安貧守分之意。自於言外見之。安知爲天潢貴胄之筆哉。又劇中贈銀一節。最有斟酌。盜泉惡木。且汚我高潔。況有爿舍伺其旁乎。否則父賜女金。極是正大。姬之故作一曲折者。不獨見其不忘舅姑也。此等皆作劇者細心處。至鎖兒之守義。讀者皆知之矣。霜厓。

香囊怨

此劇述妓女守義。以一死報所歡。亦深得情之正者。余獨爲此詞在雜劇上頗有關繫。如第一折所述各種劇名。多有曲家所未及見者。計所提劇目有二十八種。如氣張飛。漁樵記。單刀會。薛仁貴。曲江池。薦福碑。雙鬭醫。進西施。貶夜郎。遊赤壁。田眞泣樹。管寧割席。劉弘嫁婢。秋胡戲妻。張生煮海。臨江驛。霸王別姬。鑿壁偷光。舉案齊眉。黑旋風。孟母三移。銀筝怨。金線池。西廂記。東牆記。留鞋記。販茶船。玉盒記等。見諸元曲選者不過十餘種。如漁樵記·薛仁貴·曲江池·薦福碑·秋胡戲妻·張生煮海·臨江驛·舉案齊眉·黑旋風·金線池·留鞋記等·至氣張飛。雙鬭醫。田眞泣樹。且不見各家著錄。是此劇於戲曲史上大有價值也。又販茶船爲王實甫作。進西施。鑿壁偷光。管寧割席。爲關漢卿作。東牆記。銀箏怨。爲白仁甫作。霸王別姬爲張時起作。此等劇詞士佚已久。今劇中一一臚列足徵明代宣正間尚有流傳。而臧選不及。遂至泯沒。滋可惜矣。至詞內情節。盡在周生一書。殘軀已灰。香囊未燼。海枯石爛之情。於此可見。此其所以爲怨歟。大體與團圓夢相類。而一則雙殉。一則獨殉。各極其妙。在煙花粉黛劇中。可云巨擘焉。余又愛其第二折滾繡毬。倘秀才諸曲。備述風塵苦況。較復落娼。桃源景。半夜朝元中各詞。更親切有味。必如此下筆。方有精采。

不落元人窠臼

否則易落元人窠臼矣。霜厓。

常椿壽

此爲神仙道化劇。與馬丹陽。月明和尚。岳陽樓等相類。惟必將老椿轉世。花王作眷。然後爲之度脫。未免

排場落套

三轉小梁州

多一轉折。若云土木形骸。不能證道。顧既能幻化人形。何不直捷超度。此微傷冗泛也。末折水仙子將八仙姓名。一一點述。亦落窠臼。雜劇之道。亦須去盡陳言者。不獨在詞藻間也。排場科介。尤當簇簇生新。李笠翁譏並世傳奇。但有耳所未聞之姓名。從無目不經見之事實。王作固不至此。而此劇略覺落套耳。第就曲文論。首折之油葫蘆。醉扶歸。第二折之梁州。牧羊關。第三折之倘秀才。呆骨朵。皆是妙詞。凡作游仙語。不可貪襲道家言。王作妙就椿樹牡丹發揮。便合本地風光。非憑空結撰也。第三折中三轉小梁州。蓋疊用三曲尾聲增句。蓋用風雲會訪普折格。唱時仍用板。惟末句散唱。與尋常散板尾不同。此尾增句亦不拘多寡云。霜厓。

吟風閣偷桃所本

蟠桃會

此亦慶賀祝壽之詞。宣德己酉爲王初度。因就舊作南呂宮一套。演成劇本也。劇情以金母設蟠桃宴。邀集羣真。又以仙樂歌舞。俾通場不致寂寞。結構之冷熱。恰到好處。又以東方朔偷桃爲仙女偵察。略涉詼諧。亦復蘊藉。因念楊笠湖吟風閣劇中偷桃捉住東方朔一折。或卽脫胎於此。惟楊作諧謔。此作僅點綴一二語。乍讀之幾疑出藍矣。通體頗言修鍊工夫。又合神仙道化體格。蓋明代宗室。大半好道。如寧獻王權晚慕沖舉。自號臞仙。王亦喜作遊仙語。蓋身既富貴。所冀者惟長生耳。秦皇漢武。惑於方士。亦此意也。第二折正宮端正好一套。全說鍊己之理。雖摭拾道書。而頗合養生之旨。當與集中悟道吟參觀。悟道吟有提攜

寧周兩王之較

一氣通金界。顛倒三車運玉漿之句。余嘗謂寧周二藩。皆工翰墨。皆嫻音律。皆喜修鍊。寧藩有囊雲詩。蓋學陶弘景事。月必令人往廬山囊雲以歸。就小齋放之。以爲笑樂。周藩有送雪詩。蓋汴中風俗。每遇初雪。則以盒子盛之。饋送親故。以爲喜慶。一囊雲。一送雪。皆宗藩之佳話。要其才亦相等也。今讀憲藩各劇。論鍊道之功。備極周至。追憶遺事。記之如此。霜厓。

踏雪尋梅

此譜孟襄陽賈浪仙事。而以李白羅隱爲輔。未免荒唐。惟用憶秦娥。清平調諸作。聯綴成套。亦復可喜。此蓋從集異記旗亭故事變換成文。詞藻亦能渾協。洵可傳也。末以孟浩然由太白舉薦。得入翰林。尤想入非非。與張志和西塞山封拜。杜子美輞川園授官。張志

詭譎雋妙

濃淡得宜

羅隱未有結束

和劇見吟風閣杜子美劇見王九思碧山樂府內同一詭譎。同一雋妙。清尤西堂曾作李白登科記。即用作者之意。閱之輒忍俊不禁。昔人辨張崔之訛。雪中郎之枉。嘵嘵不已。殊屬多事。作劇之道。在入情入理而已。必欲證時代之後先。攷故實之眞僞。即是笨伯矣。此劇之妙。在濃淡得宜。首折之酒家呼伎。二折之野店尋梅。一濃一淡也。三折之牡丹梅花。錯落賡詠。前唱後于。各不相讓。亦一濃一淡也。即浩然始則自甘隱遯。後則策名木天。亦先淡後濃也。或謂羅隱未有結束。是爲漏筆。顧明人作劇。未必一一收束。如玉簪之耿衙女紫釵之盧太尉。皆未當場歸結。此等處不必吹求矣。首折之一半兒。實即憶王孫調。惟末句用一半兒云云。遂立今名。與詞中之大江東去。如此江山。同一標題。南北曲中此類正多。如綵樓春名拋球樂。鸚鵡曲名黑漆弩。指不勝屈焉。二折之黃鍾尾。六字增句。亦可不拘。可量才作之。末折之淩波仙卽水仙子。亦名湘妃怨。又蟾宮曲卽折桂令也。霜厓。

中山狼劇有康王兩種

中山狼

此是康作。非王作也。余尚有疑者。李玄玉一捧雪傳奇第四折豪宴。曾引中山狼劇。爲北仙呂點絳脣全套。與此大異。豈玄玉未見此本。遂自行塡詞耶。李有北詞廣正譜。見聞至廣。決無杜撰之事。而以兩套相較。又各極其妙。則不能釋然于心也。

鳧公自改曲文

西樓劍嘯

此折爲鳧公自改西樓傳中俠槪也。俠槪原文是南詞。不稱長公口吻。改之極是。此獨以北詞登場。則合

影射自身
襲漢卿詞
譜紅樓有三劇

矣。實即為自己寫生。曲中通名處云。表字昭令。彘公原字令昭也。齝名劍嘯。彘公閣名也。又云。我曾為一州之長。彘公原知荊州府事也。此詞向不得見。毛刻本西樓亦未收錄。嘉定王培孫植善得劍嘯閣自訂西樓二卷。後附此套。遂假歸抄之。

後四聲猿

謁府帥翠裙服一套。係用關漢卿曉來雨過散曲。此則世所未能知者。而上京馬。後庭花煞。遂與他處不同。故余表出之。俾知先生之詞。非憑空結撰焉。

紅樓夢散套

曹雪芹紅樓夢一書。其被之聲歌。譜為傳奇者。先有高蘭墅。後有陳厚甫。皆取全書以為敷衍。篇幅至多。而輒無可觀。此散套十六折。據坦園詞餘叢話。稱其

填詞洩憤

聞雞琵琶二劇見萬古樓集

足奪關王之席。今讀之。僅足比蔣藏園而已。詞雖工。非元人本色也。

讀離騷

展成此作。適下第之時。感憤無聊。所以洩恨也。纔讀離騷。便稱名士。索解人恐不得耳。

修簫譜

大興舒鐵雲撰。舒事略見石琢堂舒孝廉傳。畿輔通志及陳雲伯舒位傳。著有缾水齋詩集。所著曲共六種。舍此外。尚有聞雞起舞。琵琶賺。見王仲瞿烟赮萬古樓集。汪允莊自然好學齋集。太倉畢子筠曾譜當壚擁髻二折。被之聲歌。都下盛稱之。顧擁髻折似指和珅可異。集中冰山曲及王集貴姬傳參觀。修月折似爲修明史而發。所謂越修越壞也。劇中賓白科介。

此篇散曲近人定爲明熊開元檗菴著非歸玄恭作也

曲牌詭異

遠出元明之上。仲瞿曾約舒以暮年娛詞曲。今舒曲猶在。而王曲則難求矣。惜哉。

酹江集

此書共十六種。僅得二種耳。東堂老·諱范叔·孟稱舜會稽人。有節義鴛鴦塚傳奇。余亦有藏本。書中題明孟稱舜評點。劉啟胤訂正。

擊筑餘音

玄恭與顧寧人齊名。有歸奇顧怪之目。明亡隱居不出。此詞陶鑄古今。鞭撻王霸。而黍離之痛。直欲搔首呼天。拔劍砍地。蓋世作者皆無此淋漓痛快也。詞中牌名詭異。不可繩以九宮舊式。牌名爲曼聲·引·入拍·放拍·換拍·合拍·變拍·凱聲奏·鈞天奏·重調·龍吟尾·蛟龍泣·龍吟怨·風雨·大江清·變調·歸山早·鮫人珠·大拍遍·及起結兩詩·清聖祖曾以詞作內庭供奉。詞臣以忌諱太多。竄易泰

此曲非足本

半。今所流傳者。已非足本矣。此本（中略）得諸亡友黃慕韓家。云是玄恭原稿。（中略）與玄恭集中附錄校勘。頗多數曲。而詞句異同處至不可枚舉。慕韓好改易古詞。或非蘭亭真本。顧未敢臆斷也。

霜厓曲跋卷一終

霜厓曲跋卷二

長洲吳梅撰

琵琶記 明高明撰

本事考證

琵琶論者頗多。惟藝苑卮言所引。說郛中唐人小說。最爲可據。謂牛相國僧孺之子繁。與同郡蔡生邂逅文字交。尋同舉進士。才蔡生。欲以女弟適之。蔡已有妻趙矣。力辭不得。後牛氏與趙處。能卑順自將。蔡仕至節度副使。記中情節。本此。世人爲中郎辨誣。謂則誠譏王四而作。嘵嘵不已。殊無謂也。

文字優劣

至就文字論。前人推許已極。無俟贅言。余獨謂記中佳處固多。而迂拙滯鈍。用韻夾雜處。亦復不少。故僅錄五折。規奴·梳粧·思鄉·賞秋·尋夫·他如陳情。賞荷。通體不稱者。且割愛焉。此記刻

元刻本
原書所本
多僻調
科白鄙俚

本最多。行篋無書。無從校核。僅據毛本鈔錄而已。余舊見一元刻本。爲士禮居物。今爲貴池劉葱石影刊。又明王伯良有琵琶古本校注。悉據元刻。未知與士禮居藏本何若。至高拭高明之爭。王靜庵曲錄中已辨正之。故不論。霜厓。

幽閨記 元施惠撰

幽閨本關漢卿拜月亭而作。記中拜月一折。全襲原文。故爲全書最勝處。餘則頗多支離叢脞。余嘗謂拜月多僻調。令人無從訂板。魏良輔僅定琵琶板式。不及幽閨。於是作譜者咸取琵琶而拜月諸牌。如恤刑兒。醉娘兒。五樣錦等。腔板格式。各無一定矣。又如旅婚請醫諸折。科白鄙俚。聞之噴飯。而嗜痂者反以爲美。於是劇場惡諢。日多一日。此明嘉隆間梅禹金。梁

明人所賞不佳

情節大略

少白輩作劇。所以用駢句入科白。亟革此陋習也。明人盛稱結盟驛會兩折。殊不見佳。結盟折惟雁兒落一支頗勝。然襲用鄧玉賓小令。其詞見北詞廣正譜。秋風蜀道難下。鄧氏原文尚有休干。誤殺英雄漢。看看。星星兩鬢斑四句。今幽閨作險些兒誤殺了個英雄漢。淒淒冷冷。埋冤世間。至不合得勝令格式。此恐沿習之誤。不知毛刻所據何本也。驛會銷金帳六支。情文差勝。顧湯若士紫釵女俠輕財折。卽依據此折。持較此曲。若分霄壤。不止出藍而已也。今摘錄二折。走雨。拜月。略見一斑。霜厓。

香囊記 明邵宏治撰

此記譜張九成九思弟兄事。九成兄弟同榜進士。以老母在堂。同請終養。而九成對策時。適觸秦檜之忌。

遂矯旨參岳武穆軍。九思歸里養親。武穆轉戰勝利。論功陞轉。九成補授兵部侍郎。又奉使往五國城。省視二帝。十年不歸。所謂香囊者。蓋九成母手製臨行佩帶者也。參贊岳軍。遺失戰地。殘軍拾得。歸報故鄉。於是老母生妻。皆謂九成死矣。又值遷都臨安。紛紛移徙。張氏姑婦。乃至散失。重歷十載。始得完聚。此其大略云。記中頗襲琵琶拜月格調。如辭昏驛會。皆胎脫二書。今錄辭婚。不取驛會者。以襲君美之語。太形似也。藝苑巵言云。香囊雅而不動人。余謂此記詞藻殊不工麗。惟通本好用儷語。已開浣紗玉合之先矣。霜厓。

荆釵記 明寧王權撰

荆釵曲本不佳。惟以藩邸之尊。而能洞明音呂。故一時傳唱。徧於旗亭。實則明曲中尚是下里也。梅溪受誣。與中郎同。而爲梅溪辨冤者亦不乏人。有謂梅溪爲御史。彈劾丞相史浩。史門客因作此記。玉蓮乃梅溪女孫。汝權爲梅溪同榜進士。史客故謬其說。以聳人聽聞也。夫宋時安得有傳奇。此言殊不足辨。又有謂玉蓮實錢氏。本倡家女。初王與之狎。錢心已許嫁。後王狀元及第歸。不復顧錢。錢憤投江死。又有謂玉蓮宋名妓。從孫汝權。某寺落成。梁上題信士孫汝權。同妻錢玉蓮喜捨。此亦以玉蓮爲伎。而前則以失愛於王。憤而投江。後則以委身孫氏。布施僧寺。蓋皆緣傳奇傅會之。亦不足辨。明代皆以丹邱爲柯敬仲。不知爲寧獻王道號。一切風影之談。皆因是而起也。世傳梅溪祭玉蓮文。有巫山一朵雲。閬苑一堆雪。桃源

通本所據

文字古朴

韻雜

記中最勝處

一枝花。瑤臺一輪月。四句。云出於楊大年。今傳刻本亦無此文。恐此曲已經後人改削矣。霜厓。

金印記 明蘇復之撰

此記蘇秦事。自十上不遇。至佩六國相印止。通本皆依據戰國策。惟云秦之兄素無賴。讒秦於父母。則由嫂不爲炊一語。而附會之也。劇中文字古朴。塙爲明初人手筆。復之字里竟無可考。亦一憾事。又支時齊微魚模等韻皆混合不分。是承東嘉之弊。明曲皆如是。不能專責復之也。往魏一折。武陵花二曲。爲記中最勝處。種玉之往邊。長生殿之聞鈴。槪從此出。以此相較。則大輅椎輪。氣韻較厚焉。霜厓。

浣紗記 明梁辰魚撰

此記吳越興廢事。伯龍漢宮春詞所云。看今古浣紗

事實與史不符

用崑腔之第一部傳奇

韻律舛誤

新記舊名吳越春秋是也。記中事實。與史不符處頗多。此是搬演家舊習。不足深辨。靜志居詩話云。伯龍雅擅詞曲。所撰江東白苧。妙絕時人。時邑人魏良輔能喉轉音聲。始改弋陽海鹽爲崑腔。伯龍塡浣紗記付之。王元美詩。吳閶白面冶遊兒。爭唱梁郎雪豔詞。是已。同時又有陸九疇。鄭思笠。包郎郎。戴梅川輩。更唱迭和。清詞豔曲。流播人間。今已百年。傳奇家曲別本。弋陽子弟。可以改調歌之。惟浣紗不能。故是詞家老手。據此。則當時推重之者。幾風靡天下。今按其詞。韻律時有錯誤。如第二折玉抱肚云。感卿贈我一縑絲。欲報慙愧無明月珠。第七折出隊子云。八九寸彎彎兩道眉。盡道輕盈。略嫌胖些。尤爲顯然謬誤。至如打圍折南普天樂北朝天子合套。爲伯龍創格。而朝天

曲白研鍊雅潔

與浣紗還魂之較

學人填詞與才人不同

子每支換韻。迎施折三換頭二曲。一云。這其間只是我不合我來溪邊獨行。一云。這壁廂只得把那壁廂暫時承領。誤作一句。不知琵琶原文爲兩句協韻。此又大舛律者也。惟曲白研鍊雅潔。無殺狗白兔打油鉸釘之習。明曲中除四夢外。當推此種爲最矣。霜厓。

玉合記 明梅鼎祚撰

玉合譜許堯佐章臺柳事。爲禹金最得意筆。禹金尚有崑崙奴雜劇。見盛明雜劇。此記文情穠麗。科白安雅。較浣紗爲純粹。其結構緊嚴。除本傳外。絕鮮妝點增加處。亦較玉茗還魂紫釵差勝。學人填詞。究與才人不同也。禹金棄舉子業。肆力詩文。撰述甚富。有鹿裘六十五卷。好聚書。嘗與焦弱侯馮開之暨虞山趙玄度。訂約蒐訪。期三年一會於金陵。各出所得異書

三種刻本　韻律不協　曲藻所賞

逸典。互相讎寫。事雖未就。其志尚可以千古矣。今人知禹金能詩。而不知能曲。余故多選數支。此書有三刻本。一爲禹金原刻。一爲富春堂本。一即汲古閣本。富春本最勝。適不在篋中。因僅據毛刻繕錄之。霜厓。

紅拂記　明 張鳳翼 作

此記取張燕公虬髯客傳。布局成詞。伯起少年筆也。初脫稿。即傳誦一時。惜協韻時有通假處。況景倩顧曲雜言論紅拂云。以意用韻。便俗唱而已。余每問之。若云子見高則誠琵琶記否。余用此例。奈何訝之。據此則韻律不協。伯起固自知之也。弇州曲藻云。紅拂佳句有愛他風雪耐他寒語。不知爲朱希真詞。其起句云。檢盡歷頭冬又殘。愛他風雪耐他寒。拖條竹杖家家酒。上個籃輿處處山。亦自瀟灑有致。伯起所作

陽春六集　徐氏諸作　此記備陳家國興衰

有六種。紅拂爲少作。演習者已遍國中。後以丙戌上太夫人壽。作祝髮記。母已八旬。而身亦耳順矣。其繼作者則有竊符。灌園。扊扅。虎符。共刻函爲陽春六集。盛傳於世。亦可以止矣。暮年值播事奏功。大將李應祥求作傳奇。潤筆稍溢。不免張大。似多此一蛇足。今其曲亦不傳云。霜厓。

紅梨記　明　徐復祚撰

此記譜趙伯疇謝素秋事。頗稱奇豔。明曲中上乘之作也。陽初常熟人。所作有宵光劍。梧桐雨。一文錢諸劇。或改易元詞。或自出機局。盛爲歌場生色。而紅梨尤爲平生傑作。中記南渡遺事。及汴京殘破情形。大有故國滄桑之感。傳奇諸作。大抵言一家離合之情。獨此記家國興衰。備陳始末。洵爲詞家異軍。記中錯

葉氏評騭未當

認路。敘託寄諸折。淒迷哀感。雖狡童禾黍之歌。亦無以過此。而葉懷庭止取訴衷一折。且云紅梨才弱。一二曲後。未免有捉衿露肘之態。此言亦覺太過。訴衷折固佳。必謂他折皆頹唐不稱。亦不應輕率乃爾。且其時尚無曲譜。而亭會三錯。詠梨數折。皆用犯調。穩愜美聽。又非深於音律者不能。雖通本用琵琶格式至多。不免蹈襲舊格。但明人多有此病。不可專責徐氏也。霜厓。

還魂記 明 湯顯祖撰

情節獨到之處

此劇肯綮在死生之際。記中驚夢。尋夢。診祟。寫真。悼殤五折。自生而之死。魂遊。幽媾。歡撓。冥誓。回生五折。自死而之生。其中搜抉靈根。掀翻情窟。爲從來填詞家屐齒所未及。遂能雄踞詞壇。歷千古不朽也。是記

四種刪改本

劇與王氏曇陽子無關

初出。度曲家多棘棘不上口。因有爲之刪改者。吳江沈寧庵璟首爲筆削。屬山陰呂玉繩轉致臨川。臨川不懌。作小詩一首。有縱饒割就時人景。卻愧王維舊雪圖之句。沈本更名合夢記·其後有碩園刪定本。刻入六十種曲·有臧晉叔刪改本。有墨憨齋改訂本。易名風流夢·見墨憨齋十四種·皆臨川歿後行世。雖律度諧和。而文辭則遠遜矣。又有謂臨川此劇。爲王氏曇陽子作。按王世貞曇陽大師傳略云。師姓王氏。父學士荊石。母朱淑人。夢月輪墜牀而孕。名曰桂。許字徐景韶。年十七。將嫁。師乃灑掃淨室。奉觀世音像。願長齋受戒。禪居三月。會景韶病死。以訃來。師縞服草屨。別築一土室居之。夜夢至上真所。香煙成篆書善字。有朱真君。令師吸之。命名壽貞。號曇陽。醒卽卻食。惟進桃杏汁液。手挽雙髻。已而丹成。並不復進諸果。嘗築茅齋於僻地。榜曰恬澹觀。閱五年。道有成。請謁徐郎墓。酹畢。遂於享室東隅。以一氈據地而坐。不復移足。亦不令有所蓋覆。九月二日。問學士龕成否。重九吾期也。世貞促載龕至。曰。郎氈所爲高坐。召世貞等之稱弟子者。及女弟子各有誨語。忽袖刀割髻於几曰。吾以上真度不獲死。遺蛻未即朽。不獲葬。此髻所以志也。爲我啓徐郎窆而祔之。遂入龕。出所書遺教及辭世歌偈。復命女僮傳語。吾曇鸞菩薩化身也。左手結印執劍。右手握麈尾。立而瞑。時年二十三。觀者數萬人。莫不贊歎云云。傳凡萬一千九百八十二言。與麗娘事絕不相類。因節錄之。明其無所與也。又朱竹垞云。義仍填詞。妙絕一時。語雖斬新。源亦出於關馬鄭白。其牡丹亭曲本。尤真

三種格正之本

摯動人。人或勸之講學。答曰。諸公所講者性。僕所言者情也。世或傳刺曇陽子而作。然太倉相君實先令家樂演之。且曰。吾老年人。近頗爲此曲惆悵。假令人言可信。相君雖盛德有容。必不反演之於家也。（靜志居詩話）據此。則譏刺曇陽之說。不攻自息矣。而蔣心餘臨川夢集夢折懶畫眉云。畢竟是桃李春風舊門牆。怎好把帷薄私情向筆下揚。他平生罪孽這詞章。未免輕議古人。余甚無取焉。惟記中舛律處頗多。往往標名某曲。而實非此曲之句讀者。清初鈕少雅有格正還魂二卷。取此記逐句勘核九宮。其有不合。改作集曲。使通本皆被管絃。而原文仍不易一字。可謂曲學之健將。不獨臨川之功臣也。（今爲貴池劉氏刊入彙刻傳奇中）冰絲館校刊此記。釐正曲牌。校對正襯。未嘗不慘澹經營。

大得閨閫賞音

酒色財氣四劇

紫簫劇未成

以較少雅。實有天淵之別。納書楹訂定歌譜。自詡知音。亦以少雅作爲藍本。有識者自能辨之也。臨川此劇。大得閨閫賞音。小青冷雨幽窗一詩。最傳人口。至播諸聲歌。賡續此劇。吳石渠療妬羹。而婁江俞氏。酷嗜此詞。斷腸而死。藏園復作曲傳之。蔣士銓臨川夢。娩美杜女。他如杭州女子之溺死。見西堂艮齋雜說。伶人商小玲之歌死。見焦里堂劇說。此皆口孽流傳。足爲盛名之累。獨吳山三婦合評此詞。名教無傷。風雅斯在。抉發蘊奧。指點禪理。更非尋常文人所能辨矣。霜厓。

紫釵記

紫釵原名紫簫。相傳臨川欲作酒色財氣四劇。紫簫色也。暗刺時相。詞未成而訛言四起。然實未成書。因將草稿刊布。明無所與於時事。遂得解。此記卽將紫

濃淡相間

舛律頗多

晉叔删本

簫原稿改易。臨川官南都時所作。通本據唐人霍小玉傳。而詞藻精警。遠出香囊玉玦之上。四夢中以此爲最豔矣。余嘗謂工詞者。或不能本色。工白描者。或不能作豔詞。惟此記穠麗處。實合玉溪詩夢窗詞爲一手。疏雋處。又似貫酸齋喬孟符諸公。或云刻畫太露。要非知言。蓋小玉事非趙五娘錢玉蓮可比。若如琵琶荊釵筆法。亦有何風趣。惟記中舛律處頗多。緣臨川當時尚無南北宮譜。所據以塡詞者。僅太和正音譜雍熙樂府詞林摘豔諸種而已。不得以後人之律。輕議前人之詞也。且自乾隆間葉譜出世後。紫釵已盛行一時。其不合譜處改作集曲者。十有六七。其聲別有幽逸爽朗處。非尋常洞簫玉笛可比。然則謂此詞不合律者。僅皮相之評耳。試讀臧晉叔删改本。

律則合矣。其詞何如。霜厓。

邯鄲記

臨川諸作。頗傷冗雜。惟此記與南柯。皆本唐人小說為之。直捷了當。無一泛語。增一折不得。刪一折不得。非張鳳翼梅禹金輩所及也。今世傳唱有度世西諜死竄合僊四折。膾炙已久。皆未入選。僅錄入夢東巡織恨生寤諸齣者。亦避熟意也。記中備述人世險詐之情。是明季宦場習氣。足以考鏡萬曆年間仕途之況。勿粗鹵讀過。蓋臨川受陳眉公煤孽下第。借此洩憤。且藉此喚醒江陵耳。霜厓。

南柯記

南柯一劇。暢演玄風。為臨川度世之作。亦為見道之言。其自序云。世人妄以眷屬富貴影像。執為我想。不

眉批：無泛語　足以考鏡　洩憤　度世之作

高貴　有情無情　下一鍼砭

知虛空中一大穴也。倏來而去。有何家之可到哉。是其勘破世界微塵。方得有此妙諦。四夢中惟此最爲高貴。蓋臨川有慨於不及情之人。而借至微至細之蟻。爲一切有情物說法。又有慨於溺情之人。而託喻乎落魄沉醉之淳于生。以寄其感喟。淳于未醒。無情而之有情也。淳于既醒。有情而之無情也。此臨川塡詞之旨也。今此記傳唱。有啓寇圍釋二折。皆北詞。故不入選。就今所錄。精警處已略具此矣。霜厓。

明之中葉。士大夫好談性理。而多矯飾。科第利祿之見。深入骨髓。若士一切鄙棄。故假曼倩詼諧。東坡笑罵。爲色莊中熱者下一針砭。其自言曰。他人言性。我言情。又曰。理之所必無。安知情之所必有。又曰。人間何處說相思。我輩鍾情似此。蓋惟有至情。可以超生

物我真幻　可笑　鬼俠仙佛

死。忘物我。通真幻。而永無消滅。否則形骸且虛。何論勳業。仙佛皆妄。况在富貴。世之持買櫝之見者。徒賞其節目之奇。詞藻之麗。而鼠目寸光者。至訶爲綺語。詛以泥犂。尤爲可笑。夫尋常傳奇。必尊生角。至還魂柳生。則秋風一棍。黑夜發邱。而儼然狀頭也。邯鄲盧生。則奩具貪緣。徼功縱敵。而儼然功臣也。若十郎慕勢負心。襟裾牛馬。廢弁貪酒。縱欲匹偶蟲蟻。一何深惡痛絕之至於此乎。故就表面言之。則四夢中主人爲杜女也。霍郡主也。盧生也。淳于棼也。即在深知文義者言之。亦不過曰還魂鬼也。紫釵俠也。邯鄲仙也。南柯佛也。殊不知臨川之意。以判官黃衫客呂翁契玄爲主人。所謂鬼俠仙佛。竟是曲中之意。而非作者寄託之意。蓋前四人爲場中之傀儡。而後四人則提

判官黃衫客呂翁契玄爲夢外人

晦澀語

若士非知音

掇線索者也。前四人爲夢中之人。後四人爲夢外之人也。既以鬼俠仙佛爲曲意。則主觀的主人。卽屬於判官等四人。而杜女霍郡主輩僅爲客觀的主人而已。玉茗天才。所以超出尋常傳奇家者。卽在此處。彼一切刪改校律諸子。如臧晉叔鈕少雅輩。殊覺多事矣。霜厓。

紫簫記

此卽紫釵原本。臨川懼禍。先付剞氏。說見前紫釵跋中。明無與於時相。實未成之書也。記中情節。較紫釵更爲叢雜。而詞藻穠麗。幾字字嘔心鏤腎以出之。故頗多晦澀語。及費解語。第六齣小王就四娘學歌。將太和正音譜宮調總論。逐一數說。並未道着詞家肯綮。於此見若士非十分知音者。阮圓海謂若士不能度曲。據

韻不妥 律不合

焚稿

兄弟合作

此。非讆言也。且其中折桂令一曲末一句用厭的聽聞。原文云。展纖蛾怯的輕寒。鞾着春衫。略攏雲鬟。無人處向曉窗圓夢。暗損嬋娟。被人兒早挖了翠眉窩粉。被人兒早奚落了臂上檀痕。玉軟花眠。枕障爐烟。小鸚哥刮絮厭的聽聞。與上文寒山協韻。實是不妥。通闋平仄句法。完全不合律度。方知陳浦雲謂若士少作多不協調。亦非刻論。余僅愛其詞而已。此記止有毛刻。無他本可較。臨川晚年。欲重續此曲。未果。歿後零星詞曲稿本。悉被三子開遠焚去。此記即在劫中。殊可惜矣。霜厓。

明珠記

此記譜王仙客無雙事。通本悉據唐小說。雖云子元作。實則子元之兄粲具草。而天池踵成之者。錢牧齋云。子元少爲校官。子弟不屑守章句。年十九作王仙客無雙傳奇。兄子餘助成。曲既成。集吳門教師精音

失律

笠翁改本

竄易己名

律者。逐腔改定。然後妙選梨園子弟。登場教演。期盡善而後出。（列朝詩集）今讀此記。仍多失律處。蓋訂譜固非教師輩所能從事也。子元所作。有懷香椒觴分鞋南西廂等五種。今僅存懷香南西廂及此記。餘皆不傳。余止選西廂與此種。顧文之佳者。殊不多覯也。煎茶折李笠翁曾有改本。略謂塞鴻男子。給事嬪妃。不可爲訓。因改使采蘋入驛。令主婢相會。得知仙客消息。情理更屬周到。通折改易賓白。不易原詞一字。尤爲得體。今存笠翁集中。霜厓。

南西廂記

吾鄉崔時佩。疾西廂原文不便於吳騷清唱。因將王詞改作南曲。時人未之知也。同時李日華好填詞。輙轉得崔作。竄易己名。付之管絃。於是人知實甫（日華字）

失律亦復不少

有南西廂。時佩轉湮沒無稱。即世所傳南西廂刻入汲古六十種者是也。梁伯龍云。崔割王腴。李奪崔席。俱堪齒冷。見梁伯龍南西廂題詞。蓋即指此。天池又以李作爲非。因取張崔傳重作之。不襲實甫原文一字。頗自矜許。其自序云。上略 迨後李日華取實甫之語。翻爲南曲。而措詞命意之妙。失之遠矣。余自退休之日。時綴此編。固不敢媲美前哲。然較之生吞活剝者。自謂差見一班。下略 顧傳中失律出宮及不協平仄處。亦復不少。如遺鄭折用催拍四支。以一撮棹收。通齣無慢曲。嘯聚折薔薇花引子。九宮譜並無此名。不知何本。閨情折行香子一支。實是北詞。見詞林摘豔。而誤作引子用。遘難折將麻婆子置泣顏回前。緩急不倫。此皆顯而易見者。蓋天池實不知律。而好爲大言以動世人

以張崔事譜入劇者甚多

卓劇獨至處

張崔未團圓

也。余嘗謂張崔事作者至多。而佳者特少。要以王關爲最。自微之會真記後。爲趙德麟蝶戀花詞。其後爲鶯鶯六幺。其後爲董解元。爲王實甫。爲關漢卿。爲睢景臣。睢有鶯鶯牡丹記見正音譜其後爲崔時佩。李日華。其後爲陸天池。卓珂月。此皆元明人之作也。清則有查伊璜之續西廂。有碧蕉軒主人之不了緣。有盱江韻客之昇仙記。其間有未盡見者。要非妙文也。中惟卓珂月新西廂。最爲得體。殺落悉合會真。而參之以崔鄭墓碣。又旁證微之年譜。雖不能與王關爭衡。亦不致蹈襲諸家牙慧。頗有勝斯記者。獨張崔不克團圓。或不饜觀場之目。而舊時傳奇能不脫團圓套數者。十不一見也。此亦見作者用心之高矣。霜厓。

種玉記

蓋卿贈曲

昌朝築三教園於新安。極亭臺樓閣之勝。中有環翠堂。爲園中最勝處。陳蓋卿作中呂粉蝶兒套曲贈之。其撲燈蛾云。把談天口兒緊閉。把拿雲手兒袖起。做一箇東海上釣鰲人。做一箇急流中砥柱石。檢鴻寶將元元周濟。自澆成茶丘藥畦。耕玄莊茅舍疏籬。逍遙在雲區煙際。這的是笑風塵無無高士悟希夷。見北宮詞紀。其雅趣可想。所作傳奇至多。有廣陵月。高士記。長生記。天書記。獅吼記。投桃記。彩舟記。二閣記。同昇記。三祝記。七國記。及此記。統名曰環翠堂樂府。又取

環翠堂樂府

古今忠孝可慕事。輯成人鏡陽秋五卷。蓋亦風流好

人鏡陽秋

事者也。此作雖本漢書。而殊多裁翦。傳奇家類皆如是。往邊折武陵花二支。以文不甚佳。略之。霜厓。

紅梅記

此記爲玉茗堂批本。久已散逸。余從冷攤得之。心殊得意。因選錄數齣。記中情節頗有緊湊處。敍述如下。

錢唐裴禹。寓昭慶寺讀書。社友郭謹李子春。邀禹湖上看花。過斷橋。適賈似道擁伎坐畫船至。伎有李慧娘者。見裴年少。私云美哉少年。賈怒其屬意于裴也。歸卽手刃之。時總兵盧氏夫人崔。孀居湖上。一女曰昭容。頗具才貌。婢朝霞亦聰慧。春梅盛放。登樓閒眺。裴偶過牆外。見紅梅可愛。因攀花踣地。婢以告女。女卽以梅贈之。遂詢知盧氏家世。會似道詗知女美。欲謀爲妾。盧母欲拒之。而苦無良策。裴適至。見盧母獻策云。賈氏人至。可紿云女已字人。吾卽權充若壻。禍可免也。母用其策。賈亦無奈。繼偵知爲裴生計。銜之次骨。假以禮聘裴。授餐適館。極道欽慕之意。而陰使

與綠衣傳事蹟相類

人告盧氏。謂裴感平章知遇。已贅府中。以絕盧女之望。盧知其僞。知故里不可居。挈家往揚州。依託姨母曹氏。及賈使人强娶盧女。女已遠避矣。時裴居平章第後園。園故慧娘所居地。慧雖死而屬意于裴。未少減也。及裴至。遂與幽媾。積半年。賈恨裴生沮其美事。急欲殺之。慧娘大懼。轉告裴生。勸其宵遁。裴既出府。即訪郭謹。謹慫恿應試。場事甫畢。遇揚州盧氏使。云女將字曹姨子矣。裴急往揚州。則曹姨子許告江都縣。謂裴奪其妻。時江都縣爲李子春。即裴之舊識。知曹氏子誣告。因潛送盧氏母女回杭。爲裴執柯。是時似道已貶死漳州。裴亦擢探花第矣。通本情節如此。

余按元人稗史有綠衣人傳。與此記中李慧娘事絕類。略云。天水趙源。延祐間遊學杭州。居西湖葛嶺。其

刪改本
重刻本

旁卽賈秋壑舊宅也。日晚。輒徙倚門外。見一女子從東來。綠衣雙鬟。後日日來此。源試挑之。女遂留。問其姓氏。初不肯言。後細叩之。女曰。兒與君舊相識也。兒爲賈平章侍女。君前世爲其蒼頭。少年美貌。兒頗慕之。爲同輩所讒。賜死。源曰。如此則吾與卿再世緣矣。因常留源舍。按此卽傳中之李慧娘也。每說秋壑舊事。一日。秋壑倚樓閒望。諸姬皆侍。見湖隄二人。烏巾素服。乘小舟登岸。一姬曰。美哉少年。秋壑曰。願事之耶。當令納聘。姬笑而無言。逾時。令人捧一盒。呼諸姬至前。曰。適爲某姬納聘。可啓視之。則姬之首也。諸姬戰慄而退。記中慧娘死事卽本此。大抵此記事實。皆本此傳也。明萬曆時。袁弘道有刪改本。清乾隆三十五年。有重刻本。余皆未見。意乾隆本爲伊齡阿設局揚州修改詞曲時所刊

繡帶兒譌爲素帶兒

也。殺妾折繡帶兒曲。按格少末二句。與玉簪記之雖提起。紫釵記之金杯小同犯一病。蓋明中葉詞人皆以繡帶兒爲素帶兒。沿南西廂酬韻折之譌也。此記傳唱絕少。五十年前。有鬼辨算命等折。偶現歌場。余生也晚。已不及見。近亂彈腔有紅梅閣一劇。卽櫽括此記而成。實是點金成鐵。余故多錄數折。并詳述本末。爲並世學者告焉。霜厓。

曇花記

此記爲赤水懺悔文。明史文苑傳。隆舉萬曆五年進士。除潁上知縣。調繁青浦。時招名士。飲酒賦詩。游九峯三泖。以仙令自許。然於吏事不廢。士民皆愛戴之。遷禮部主事。西寧侯宋世恩兄事隆。宴游甚歡。刑部主事俞顯卿者。小人也。嘗爲隆所詆。心恨之。訐隆與

此記爲宋侯作

木清泰暗射宋西寧

曇花命名之由來

世恩淫縱。隆等上疏自理。乃兩黜之。而停世恩俸半載。此記卽爲宋侯作也。余按俞爲上海人。爲孝廉時。適居令青浦。以事干謁之。居不聽。且加侮慢。俞心恨甚。及得官。遂具疏劾居淫縱狀。詞連西寧宋夫人。并及居帷薄。且云日中爲市。交易而退。又有翠館侯門。青樓郎署諸媟語。神宗覽之大怒。遂並斥之。居自邑令內召。甫年餘。俞得第授官。亦衹數月。睚眦之忿。兩人俱敗。人有惜居之才者。終不以登啓事也。記中木清泰。卽指宋西寧。蓋宋字去蓋爲木。清與西爲雙聲。寧與泰爲同義。可一覽知之也。記以清泰去藩府之尊。力求修鍊。自游春遇瘋僧。棄家浪游。家人挽留不得。別時手植曇花一枝。且云此花開時。吾成正果。故名曇花。出游後。歷遇艱屯。卒不改操。遂得上昇。其辭

襲仙佛語

卻冗二卷

穠麗。頗多餖飣語。通本結構。又似西遊取經。且貪襲仙佛語。致有晦澀不明處。實非詞家正則。葉譜止錄點迷一折。不及其他。可云巨眼。惟爲西寧洗穢。其意頗爲正大耳。沈德符顧曲雜言云。西寧夫人有才色。工音律。屠亦能新聲。頗以自炫。每劇場輒闌入羣優中作技。夫人從簾箔見之。或勞以香茗。因以外傳。至於通家往還。亦有之。何至如俞疏云云也。近年屠作曇花記。忽以木清泰爲主。嘗怪其無謂。繼問馮開之。方知爲宋侯作也。是此記在當時。知其命意者已寡矣。余又有曇花卻冗。分上下二卷。刪原文十之三四。雖便歌場。仍不免晦澀之病。赤水尚有彩毫記賦李清蓮事。較此略勝。而塗金錯綵。通本無一疏俊語。不免徐靈昭所誚。又赤水晚年修仙。爲吳人孫榮祖所

陳乃乾新刊傳奇三種屠氏修文其一也

蕉帕命名之由來

弄文人入魔。信以爲實。又作修文記。以一家夫婦子女。託名演之。頗極幻妄之趣。事見牧齋列朝詩集。余祗見曇花彩毫二記。修文未見。出宮失調。疵病至多。蓋赤水非深明音律者。故多可議也。霜厓。

蕉帕記

此記以長春子作主。長春子者。狐女也。龍生早孤。爲父執胡招討撫養。招討有女字弱妹。美而才。生頗屬意。長春子鍊形有年。欲取元陽成丹。因假託弱妹與龍生私焉。所謂蕉帕。蓋長春子初見龍生時。將蕉葉變帕。題詩其上。以贈龍生者。及龍生遣媒說合花燭之夕。話及前事。弱妹茫然。以爲有意誣衊。生方知前所遇者。非弱妹矣。長春子既登仙籙。感龍生恩。爲之營科名。成眷屬。又贈天書。得立功邊隅。戮巨寇劉豫。

本色

尾聲增句不可法

合家封贈。享盡富貴之樂。傳中大槪如此。槎仙事實無考。據此記末折下場詩。有若耶溪畔單槎仙。懵懂閒忙五十年之句。知爲會稽人而已。尙有露綬一種。今不可求矣。此記詞頗精警。用本色處至多。又摹寫招討公子胡連。憨狀可掬。明人作劇。輒不長於科諢。此記猶可發粲。勝禹金赤水多矣。獨諸折尾聲。喜增多一句。作尾雙聲。破舊格十二板之例。實不可爲法。知音者不應爾許也。霜厓。

玉簪記

此記傳唱四百餘年矣。顧其中情節頗有可議者。潘陳自幼結姻。陳投女貞觀。雖未通名籍。顧旣遇潘生。諉知河南籍貫。豈有不探夫家之理。乃竟用青衿挑達之語。淫詞相構。殊失雅道。一不合也。王公子慕耿

玉簪二不合

節孝上下卷各成體段

衙小姐百計鑽求。顧以門客一言。遂移愛於妙常。屬凝春庵主說合。直至篇終。耿衙小姐。毫無歸着。記中有耿衙小姐已嫁王尚書府一語。不可即作歸着。須登場作出纔合。二不合也。張于湖先見妙常。止爲日後判決王尼張本。卻不該圍棋挑思。先作輕薄語。況于湖爲外色乎。三不合也。至於用韻之夾雜。句讀之舛誤。更無論矣。編製傳奇。首重結構。詞藻其次也。記中寄弄耿思諸折。文彩固自可觀。而律以韻律。則不可爲訓。顧能盛傳於世。深可異也。深甫散曲至多。散見南詞韻選吳騷合編詞林逸響者。卓爾可傳。不意作傳奇乃輕率如是。殊不可解。深甫尚有節孝記一種。分上下二卷。上卷賦陶潛歸去來辭。下卷賦李令伯陳情表。合而成書。別是一體。其詞吾未見。不敢評隲。自有此體。而葉六桐之四豔記。徐

四豔十孝四聲猿諸劇各成體段亦有所本

齣目取孟語

東郭贊語

天池之四聲猿。沈寧庵之十孝記。皆從此出矣。實與傳奇正式不合也。霜厓。

東郭記

此記總四十四齣。以孟子全部演之。爲歌場特開生面。題曰雪樓主人編本。峨眉子評點。意皆仁孺別號也。齣目皆取孟子語。其意不出富貴利達一句。蓋罵世詞也。卷首有齊人本傳。卽引孟子原文。其贊語爲仁孺自作。詞云。齊人何始。未稽厥父。善處爾室。二美在戶。出必饜飽。入每歌舞。問厥與者。云是賢主。室人疑之。未見顯甫。循彼行跡。東郊之塢。乞而顧他。饜足何補。羞語爾姊。淚淫如雨。詛詈未畢。厥來我暨。未知爾瞷。驕疾罔愈。君子念之。我目屢睹。朝有姬嫗。士或商賈。蒙其二女。式喜無怒。一或見焉。有如爾祖。文頗

齊人仲子對照足見世風之變

雋永。妙在不作滑稽語。書刊於崇禎三年庚午。是仁孺爲光熹間人。其時茄花委鬼。義子奄兒。簪紱厚結貂璫。衣冠等於妾婦。士大夫幾不知廉恥爲何物。宜其嬉笑怒駡。一吐胸中之抑鬱也。此記以齊人陳仲子爲對照。齊人之無恥。仲子之高潔。各臻絕頂。而一則貴達。一則窮餓。正足見世風之變。此等詞曲。若當場奏演。恐竹石俱碎矣。

又有時義一篇。題爲齊人一節。附列卷首。節錄如下。起比云。其卑而能傲也。毋乃爲子敖乎。則不與驩言。何徧國之皆孟子。其汚而能文也。又爲景丑乎。則召不俟駕。豈東郭之有齊王。末六比云。蓋宮室之美。妻妾之奉。大要不出諸大夫。疏階而揖。歷位而言。故知即此諸君子。氏族故蕃。已徧乎秦楚燕趙韓魏。氣骨相近。便是其父子兄弟夫妻。嗟嗟。生而猶死。哭其夫者幾不滅於華周杞梁。臭而如芳傳其事焉。尚猶追想夫管仲晏子。諸比極滑稽之致。亦仁孺所作。蓋仁孺心中有隱痛。故假此題以宣洩之。君臣夫婦間。顛倒錯亂。愈荒唐愈可喜也。明曲多鄭衞之音。零露采芍。如出一手。仁孺一切鄙棄。其託體高於施高湯沈矣。霜厓。

託體高於諸賢

桃花扇記

東塘此作。閱十餘年之久。凡三易稿而成。自是精心結撰。其中雖科諢亦有所本。觀其自述本末及歷記考據各條。語語可作信史。自有傳奇以來。能細按年月。確考時地者。實自東塘爲始。傳奇之尊。遂得與詩詞同其聲價矣。通部布局。無懈可擊。至修眞入道諸折。又破除生旦團圓之成例。而以中元建醮收科。排

傳奇與詩詞同聲價

破除團圓成例

通本無唱曲

小忽雷譜梁生事

南桃花扇之無謂

場亦不冷落。此等設想。更爲周匝。故論桃花扇之品格。直是前無古人。所惜者通本無耐唱之曲。除此選諸套外。恐亦寥寥不足動聽矣。馬阮諸曲。固不必細膩風華。而生旦則不能草草也。眠香卻奩諸齣。世皆目爲妙詞。而細唱曲不過一二支。亦太簡矣。東塘凡例中。自言曲取簡單。多不過七八曲。而不知其非也。此病長生殿所無。云亭尚有小忽雷一種。譜唐人梁生本事。皆顧天石爲之塡詞。文字平庸。可讀者止一二套耳。而自負不淺。又爲南桃花扇。使生旦團圓。以饜觀場者之目。更無謂矣。霜厓。

長生殿記

此記始名沉香亭。蓋感李白之遇而作。因實以開天時事。繼以排場近熟。遂去李白。入李泌輔肅宗中興。

長生殿三易名

傳奇集大成

合關馬鄭自爲一手

更名舞霓裳。又念情之所鍾。帝王罕有馬嵬之變。勢非得已。而唐人有玉妃歸蓬萊仙院。明皇遊月宮之說。因合用之。更易名長生殿。蓋歷十餘年。經三易稿而始成。宜其獨擅千秋也。曲成。趙秋谷爲之製譜。吳舒鳧爲之論文。徐靈昭爲之訂律。盡善盡美。傳奇家可謂集大成者矣。初登梨園。尚未盛行。後以國忌裝演。得罪多人。於是進入內廷。作法部之雅奏。而一時膾炙四方。無處不演此記焉。葉懷庭云。此記上本雜采開天舊事。每多佳構。下本多出稗畦自運。遂難出色。蓋此就劇中事實言之耳。至其文字之工。可云到底不懈。余最愛北詞諸折。幾合關馬鄭白爲一手。以限於篇幅。不能采錄。他作如鬧高唐孝節坊天涯淚四嬋娟等。更無從鈔輯矣。霜厓。

臨川夢譜玉茗事

藏園出以正大

臨川夢記

藏園九種。皆述江右事。獨桂林霜則不爾。而文字亦不惡。此臨川夢蓋譜湯若士事。九種之巨擘。其自題詩云。腐儒談理俗難醫。下士言情格苦卑。苟合皆無持正想。流連爭賞誨淫詞。人間世布珊瑚網。造化兒牽傀儡絲。脫屣榮枯生死外。老夫叉手看多時。可知其填詞之旨趣矣。余嘗謂傳奇中情詞贈答。數見不鮮。其能埽盡踰牆窺穴之陋習。而出以正大者。惟藏園而已。臨川四夢。紫釵還魂皆少年筆。邯鄲南柯則不作綺語。而身亦老大矣。此記將若士一生事實現諸氍毹。已是奇特。且又以四夢中人一一登場與若士相周旋。更爲絕倒。記中隱奸一齣。相傳諷刺袁簡齋。亦令點可喜。蓋若士一生。不邇權貴。遞爲執政所

作曲深意

青衫記為諧賞園傳奇之一

抑。一官潦倒。里居二十年。自首事親哀毀而卒。固為忠孝完人。而心餘自通籍後。亦不樂仕進。正與臨川同。作此曲亦有深意也。傳中敘述梅國禎平定哱拜事。蓋梅與帥機若士。齊名一時。故並述之耳。惟若士還魂。實非譏刺曇陽。說見還魂跋。而心餘信之。且云畢竟是桃李春風舊門牆。怎好把帷薄私情向筆下揚。他平生罪孽這詞章。直以若士為挾私報復。未免失實矣。霜厓。

四絃秋記

自傳琵琶行事。譜入劇場者。先有馬致遠青衫淚。以香山素狎此伎。於江州送客時。仍歸司馬。踐成前約。後有顧道行青衫記。即根據馬劇。為諧賞園傳奇之一。心餘序中所云命意敷詞。庸劣可鄙者。蓋即指顧

雜劇用南詞始於明末

鐃戲楔子功用相同

作。見汲古閣六十種曲。此記一切刪薙。僅就琵琶行序。及元和九十年時政。排組成章。較馬顧二作。有天淵之別矣。時丹徒王夢樓精音律。家有伎樂。即據以付梨園。一時交口稱之。故納書楹譜。尚存送客一齣也。雜劇體例。以南詞登場者。始於明之季世。如汪道昆遠山戲高唐夢等皆是。心餘即本此而作。未可訾其蔑古焉。茶別齣開首有尾犯序一支。以茶客沖場。送客齣開首。有香柳娘二支。以二客白傅沖場。是爲鐃戲。茶別尾犯序錄·末其功用與北曲中之楔子同。凡整套大曲。其前後先將情節布置妥貼。別填一二曲者。即鐃戲也。通本皆作蘊藉語。恰合樂天身分。改官折尤得大體。世人皆賞折柱令。蓋愛春華而忽秋實者也。霜厓。

吟風閣記

吟風散曲之由來
每折譜一事并附序一首

笠湖官臨邛縣時。就卓文君粧樓遺址。築吟風閣。又命士庶各植一花。自選古今可歌可泣事編爲散套。慶新樓落成。此吟風散曲之由來也。曲共三十二折。每折各賦一事。又各作小序一首。實爲傳奇家別開生面。而頗合近百年內之搬演家也。其中如黃石婆。錢神廟。曼倩偷桃諸折。可謂戛戛獨造之作。梨園中傳唱罷宴一折。非文之至勝者。因選錄五折。以見一斑。至歌譜則傚箎尚存。學者儘可按拍焉。霜厓。

案頭曲

帝女花

韻珊倚晴樓七種。可以頡頏藏園。而排場則不甚研討。故熱鬧劇不多。所謂按頭之曲。非氍毹伎倆也。帝女花二十折。賦長平公主事。通體悉據梅村輓詩。而文字哀感頑豔。幾欲奪過心餘。雖敘述清代殊恩。而

劇場惡套

本色語不多見

言外自見故國之感。惟佛貶散花兩折。全拾藏園唾餘。於是陳烺李文翰輩。無不效之。遂成劇場惡套。韻珊自序云。聲揭靡曼。不同燕子吟箋。事涉盛衰。竊比桃花畫扇。其微尚蓋在云亭。不知云亭之曲。僅工綺語。本色語則終卷不多見。韻珊此作。亦復似之。乃知此道之難矣。霜厓。

桃溪雪記

此曲記吳絳雪事。絳雪名宗愛。永康人。父士驥。以明經任仙居嘉善嵊三縣校官。絳雪幼隨侍。承其家學。善書畫音律。尤工於詩。著有六宜樓稿。歸同邑諸生徐明英。未幾而寡。康熙十三年。耿精忠叛於閩。其僞總兵徐尚朝等寇陷浙東。及攻取金華。過永康。豔絳雪名。欲致之。永康故無城可守。衆慮蹂躪。邑父老與

下筆關風化

清曲家勝處

有戲無曲

有曲無戲

其夫族謀以絳雪舒難。絳雪夷然就道。至三十里坑。以渴飲紿賊。卽墜崖死。韻珊此曲。卽歌詠吳氏也。其詞精警拔俗。與帝女花傳奇。皆扶植倫紀之作。蓋自藏園標下筆關風化之幟。而作者皆慎重下筆。無青衿挑達事。此亦清代曲家之勝處也。韻珊於收骨弔烈諸折。刻意摹寫。洵爲有功世道之文。惟淨丑角目。止有紳鬨一折。似嫌冷淡。此由文人作詞。止喜生旦一面。而不知淨丑襯託愈險。則其詞彌工也。余故謂遜清一代。乾隆以前。有戲而無曲。桃花扇長生殿不在此例。嘉道以還。有曲而無戲。此中消息。可就韻珊諸作味之也。

霜厓。

霜厓曲跋卷二終

霜厓曲跋卷三

長洲吳梅撰

綠牡丹

粲花五種。明吳炳著。炳字石渠。宜興人。萬曆己未進士。歷官至江西督學。隆武中。江西陷。從建昌入桂林。時永曆帝監國。遂擢吏部尚書。不三日。即拜東閣大學士。及武岡陷。爲孔有德所執。不食死。雖立朝無物望。要不失爲殉國焉。王船山仕永曆朝。與五虎交好。所著永曆實錄。謂炳與劉承胤偕降。隨孔有德至衡州。有德恆召與飲食。炳既衰老。又南人不習北味。執酥茶燒豚炙牛不敢辭。強飽餐之。遂病痢死。（永曆實錄卷四本傳）是並將石渠死節事。而亦矯誣之。明人黨同伐異之風。賢如船山。且不能免。因略辨於此。石乾隆中炳贈謚忠節。渠少時卽喜填曲。與阮大鋮齊名。然人格則薰蕕矣。此綠牡丹傳奇。爲烏程溫育仁作也。情節記謝英顧文玉二生事。而柳五柳。車尚公。皆不知文字者也。吳興沈重。投閒家居。有一女。及笄矣。雅負文譽。庭有綠牡丹。重嘗命女作一絕句。詩頗可誦。時重欲爲之擇壻。而難得其選。因舉文社。邀舊家子弟。考其殿最。爲擇配地。柳五柳。車尚公。顧文玉。皆與焉。顧亦有文譽。惟柳車二子。恐不成文。心中惴惴不自安。柳因倩謝英捉刀。車則求其妹靜芳代筆。及試之日。題卽綠牡丹。柳車二子得人代作。巍然前列。顧列第三。柳車遂目空一切。幾忘却文非己出矣。車注意沈女。柳則注意靜芳。靜芳逆料柳非能文者。且詗知柳之試作爲

陸桴亭綠牡丹本事

謝英代草。心頗屬意。及柳來訂昏。靜芳云。須面考文字。柳仍屬謝代稿。謝故作打油詩以絕其望。此簾試一齣所由也。其後沈重再舉社集。嚴加防範。柳車二子皆託疾。未終卷而去。於是重卽以己女許文玉。而以靜芳許謝生。云。余按陸桴亭復社紀略曰。當天如之哀集國表也。湖州孫孟樸淳實司郵。置扁舟千里往來傳送。寒暑無間。凡天如介生游跡所及。淳每爲前導。一時有孫鋪司之目。兩越貴游子弟。暨素封家兒。因淳拜居張周門下者無數。諸人執贄後。亦名流自負。趾高氣揚。目無前達。烏程溫育仁。首輔體仁介弟也。心醜之。著綠牡丹傳奇誚之。或云烏程有子。亦欲執贄。拒而不許。以是致反脣。杭俗好異。一時爭相搬演。諸門生病之。飛書二張先生。求爲洗刷。西張親蒞浙。言之學臣黎元寬。

張秋水綠牡丹書後

元寬南張同籍。聲氣主盟也。因禁書肆。毀刊本。析楊書賈。究作傳主名。執育仁家人下於獄。育仁怒族人在介生門下者爲温以介。力求解于二張先生。不許。獄竟而後歸。當是時。越中皈命社局者爭頌兩夫子不畏强禦。而婁江烏程。顯開大隙矣。又張秋水冬青館集書綠牡丹傳奇後云。此吾鄉温氏啓釁於復社之源。書中以管色爲烏有士是之辭。其實柳五柳車尚公。范思訶據復社記略各有指斥。其於越人疑亦王元祉。陳章侯一流。而吳與沈重者。以在朝則影黎媿庵。倪三蘭。在野則影張天如。楊子常周介生輩。大致如十錯認燕子箋。亦明季文字風氣所趨。而語語譏切社長。極嬉笑怒罵之致。宜媿庵當日厲禁之。要其詞藻有不能沒者。蓋相國之弟育仁。暨二子儼伉。

作傳者主名

用夢花酣事與還魂爭勝

倩人爲之。謝英顧粲。實用自況。惜乎名氏湮沒。世茍有鍾醜齋。不又取以入錄鬼簿歟。如以爲三百年國社所關。則一莖草現丈六金身。又焉得以宋元雜劇少之。余謂陸張兩家所述事實綦詳。惟於作傳主名。皆未深考。余既得五種全本。方塙信爲石渠筆。笠翁閒情偶寄亦言之。未備也。明季黨人。以詞曲作戈鋋。亦一奇事。因備錄陸張二家之說。爲讀此記者知所自云。霜厓。

畫中人

此記以唐小說真真事爲藍本。今俗劇斗牛宮。即從此演出。蓋因范文若夢花酣一記事實欠妥。別撰此本。意欲與臨川還魂爭勝。觀記中各下場詩。即可知命意所在。十六齣後云。不識爲情死。那識爲情生。末

集諸家大成

結構謹嚴

文字於研鍊中別開生面

齣後云。河上三生留古寺。從今重說牡丹亭。是即臨川生而可死。死而可生之謂也。惟細繹詞意。有不僅摹效臨川者。圖嬌。玩畫。呼畫。諸折。固是若士化身。可以無論。拷僮折絕似西樓之庭譖。攝魂折絕似紅梅之鬼辨。再畫折絕似幽閨之走雨。魂遊折又似西樓之樓會。余故謂此記爲集大成也。石渠諸作。局度雖狹小。而結構頗謹嚴。記中以華陽真人爲一部主腦。而以幻術點綴其間。蓋因戲情冷淡。借此妝點熱鬧。此正深悉劇情甘苦處。明季作家。皆用此法。如牟尼合之賽馬。秣稜春之廟市。慎鸞交之花榜。皆冷熱調劑法也。至以填詞之法。施諸南北曲。亦惟粲花爲工。明初作曲。專尚本色。自香囊以妍雅爲宗。而中葉後。如曇花。玉玦。水滸等曲。專尚塗澤。去元人愈遠。粲花

與畫中人蹊徑故別

淨丑角最妙

則雅而不巧。腴而不豔。字字從性靈中發。遂能于研鍊中別開生面。此真剝膚存液之境。余最愛攝鬼一套。以爲不讓南柯圍釋云。霜厓。

西園記

此記與畫中人故別蹊徑。畫中人摹寫離魂光景。自死之生。在一人上着想。此則玉真玉英。一生一死。就兩人上分寫。各極生動。又畫中人之胡圖與此記之王伯寧同一俗物。而寫胡圖處語語絕倒。寫伯寧處。則語語爽快。冥拒一折。尤爲千古奇文。自有淨丑以來。無此妙人妙語。混江龍一支。痛詈紈絝子弟。寄生草曲又調侃文人。此等詞宜擊唾壺歌之。豈料出諸淨角口吻。余故謂五種內淨丑角。以此記爲最也。且明人傳奇。凡淨丑諸色。皆不從身後着筆。此作直是

情節無所影射

創格。當與綠牡丹簾試齣。同爲破天荒之作。劇曲中能注重淨丑諸色。方稱名手矣。士友黃摩西振元謂此記影射葉小鸞事。余細讀之。殊無左證。西堂鈞天樂塙爲小鸞而發。石渠恐未必然。余謂詞曲中有寄託。最易賈禍。石渠綠牡丹一書。已幾興大獄。豈有作此記時。再不檢點乎。李笠翁曲部誓詞云。加生旦以美名。既非市恩於有託。抹淨丑以花面。亦屬調笑於無心。凡作傳奇。宜佩斯語。霜厓。

療妬羹

與風流院之比較

此記之作。石渠以朱京藩風流院記微傷冗雜。因作此掩之。結構謹嚴。塙較朱作爲佳。第朱本亦有不可沒者。稽籍一齣。以湯顯祖爲風流院主。將西湖佳話襯託麗娘。隱作小青影子。如戴三娘。沈倩姬。楊六娘。

當場團圓積習

同演小青事之諸劇

俞二姑輩。一一付諸歌詠。文字又極瑰麗。此正荒唐可樂。較石渠似勝一籌矣。又下第折。以富貴湯米四人說盡科場之弊。絮影折插入盲詞一段。大破魏閹之奸。皆淋漓痛快之文。世人未見此記者多。遂以吳作為佳。亦無足怪也。吳作佳處。以梨夢題曲。絮影畫真。哭柬為最。而以小青改嫁楊不器。與朱本改適舒潔郎同一無謂。此由文人作劇。須當場團圓。不得不借一文墨之士。作為收煞。實即隱以自寓。唐人小說。如周秦行紀。已開此端矣。小青冷雨幽窗一詩。為千古絕唱。楊不器和作。有臨川劇譜人人讀。能讀臨川是小青之句。亦可云勁敵。得箋一曲。摹寫狂奴故態。卻勝朱作十倍。吳鳳山出藍之譽。非無因也。小青事作傳者至多。以余所見。如徐野君之春波影。來集之之挑燈劇。皆是雜劇體格。挑燈劇中十二紅一支。尤爲神品。至傳奇則惟朱吳兩本耳。與張子虞之梅花夢幷吳作亦未見過。放膽塡詞。實無可取處。而自負不淺。殊不可解。此記傳唱止題曲。澆墓二折。惟通行澆墓曲。又與此記吊蘇折不同。未知出自誰手。而文頗幽豔。爲備錄之以俟博雅者考焉。霜厓

附錄傳唱澆墓曲

越調小桃紅 冷風掠雨戰長宵。巴不到紗窗曉也。起來草草。愁眉怕對鏡中描。人世上恨難澆。那裏有楚臺雲鳳臺簫。只辦得拋鉛淚向臺泉告。也怕花開花落無聊。比鬼唱鮑家詩一謎裏更魂銷。下山虎 半林夕照。紅到峯腰。荒塚垂楊繞。長條短條。只怕啼眼相看。幽蘭不笑。血色羅裙秋蜨飄。草青青珠裳

裊。水潺潺瓊珮搖。悵悵西泠道。芳魂已消。只賸我一個癡人剪紙招。五韻美 斷橋煙。蘇隄草。嬉春人至春正好。花香那怕被花惱。同心結早把油壁香車推到。俺獅常吼。鸞絕交。何處偷臨。畫眉舊稿。五般宜 當日個做黃梅夜窗雨飄。湊着個棲紫燕畫梁語交。留客住剛配念奴嬌。人影燭影。夢圓香繞。流年換了。春光再好。一樣的家住在錢塘。怎及得你蘇小小。山麻稭 緩緩拜。低低叫。把一盞濃春。滴醒長宵。空教西園中冷蜨愁相弔。有多少綠珠風墮翠環雨泣。紫玉煙消。黑麻令 耽閣起鶯嬌燕嬌。懺除他詩瓢酒瓢。拘束了鸞簫鳳簫。他日個葬玉深深。憑落向仙曹鬼曹。一地形消影消。剗盡了愁苗恨苗。斷腸碑休再題名。怕添我晨潮暮潮。江神子 我只爲春深鎖阿嬌。劣東風欺煞柔條。則這意中人最難招。把春愁盡付浙江潮。今日呵。對墓中人訴了。（尾聲）酒痕淚點和愁攪。灑不到重泉渺渺。怎教我澆墓的人兒能將心事描。

情郵記

此記就元劇風光好。變化張大之。石渠自題詩云。曾聞一曲風光好。學士而今夢已醒。別譜揚州四酬和。須知不是舊郵亭。其意頗顯。情節記劉乾初與蕭一陽至契也。蕭任青州太守。遣使邀劉。劉過黃河驛。題詩于壁而去。先是有王仁者。官揚州通判。適樞密何乃顏差官至揚。選美妾自娛。勒令王仁刻期進送。王以時限緊促。商諸夫人。即以愛婢紫簫偽飾己女以進。於是樞密大喜。旬日間。擢仁長蘆都轉。是時黃河水溢。紫簫由陸路進京。而王仁挈眷赴長蘆新任。先過黃河東驛。驛丞趙愛軒。仁舊識也。苦邀一飯。仁不能卻。屬妻女謁愛軒內眷。少作勾留。仁女慧娘。忽見劉所題詩。無端思慕。依韻和之。甫成四句。而仁已催迫上道矣。紫簫陸行甚遲。及至此驛。儀從煊赫。供應優渥。閒階小步。瞥見劉詩。己心服其佳。繼見和作。細審筆跡。酷類慧娘。則又疑怪莫釋。蓋紫簫行時。尚不知仁陞任長蘆也。因將慧娘詩續成。匆匆即去。時劉至青州。蕭已轉盧龍節度。留銀百兩作劉路貲。劉怏怏而返。過舊驛。見二女和詩。不暇細詰。以爲樞密愛妾所題。即轉轡入京追之。蕭所賜金亦遺失無存。困頓逆旅。幸遇青州舊役。偕上盧龍。故人慰藉。而劉已病矣。紫簫入樞密府。遭大婦奇妬。即遣出。蕭即以千

此記爲明代名傳奇冠

金購歸。轉贈乾初。及樞密遣使相索。已定情矣。蕭坐此爲樞密誣奏免官。後劉應試及第。上書劾樞密。樞密遂敗。王仁以獻女得官。即着劉乾初勘問。於是劉上疏直陳。爲王仁辨雪。慧娘亦卒歸於劉。通本載劉生遇王慧娘賈紫簫事。俱在郵舍。故曰情郵。而其自序又就郵字發揮。可云慧解。如云色以目郵。聲以耳郵。臭以鼻郵。言以口郵。手以書郵。足以走郵。人身皆郵也。而無一不本於情。此等語可知胸襟之闊大。非粉碎虛空。不能有此妙諦也。呂藥庵讀此記。比諸武夷九曲。蓋就記中結構言之。余謂此劇用意實似剝蕉抽繭。愈轉愈雋。不獨九曲而已。賒許夢因二折。明人曲中罕有能及者。石渠他作。頭緒皆簡。獨此曲刻意經營。文心之細。絲絲入扣。有意與阮圓海爭勝也。

文字勝處

兩衡堂刻粲花齋曲。僅及四種。此記最後出。故金陵各坊本皆無之。余嘗謂此記爲石渠之冠。亦爲明代各傳奇之冠。全書具在。吾非阿好焉。至就文字論。則閨恨折之囀林鶯。黃鶯兒。題驛折之金絡索。皁兀折之定場白。補和折之豆葉黃。玉嬌枝。見和折之醉太師。問婢折之雁過聲。傾杯序。代聘折之長短拍。追寵折之三字令。賺許折之降黃龍等曲。字字嘔心雕肝。達難達之意。言難言之情。使讀者莫知其用筆所在。自是君身有仙骨。非後人所能摹效矣。萬紅友爲石渠之甥。風流棒一劇。酷類此記。而出語雋永。尚不及舅氏。何論他人乎。曲中有石渠。吾嘆觀止矣。霜厓。

雙金榜

石巢爲懷寧阮大鋮。大鋮字圓海。明史入奸臣傳。其

石巢四種曲

罵世十七 解嘲十三

金榜有所 隱射

人品固不足道。惟其才實不可及。自葉懷庭題燕子箋云。以尖刻爲能。自謂學玉茗堂。實未窺其毫髮。笠翁惡札。從此濫觴。於是鄙其人并及其詞曲。此皆以耳爲目者也。梁溪顧天石云。嘗怪百子山樵所作傳奇四種。其人率皆更名易姓。不欲以真面目示人。山陰張宗子云。阮圓海大有才華。恨居心勿靜。其所編諸劇。罵世十七。解嘲十三。多詆毀東林。辯宥魏黨。爲士君子所唾棄。然則圓海諸作。果各有所隱射歟。今讀諸劇。惟雙金榜一種。略見寄託之迹。顧亦非詆毀東林也。按圓海曾列籍東林。爲高攀龍弟子。後附魏璫。爲劉蕺山所劾。魏敗。坐逆案削職。此詞當是坐廢時作。記中皇甫敦又名黃輔登。攀附登龍。義取暗射。卽指高攀龍。孝標爲劉。皇甫孝標。卽指蕺山。孝緒爲

此說得之許守白

合歌舞爲一

阮。蓋卽自指。以東洛喻東林。以東粵喻東廠。入粵後屢言番鬼鬼者魏也。莫攸飛竊珠。亦屬窺竊神氣之意。廷訏一折。意謂己與蕺山同屬高攀龍門下。不宜相煎太急。通番一案。卽言逆案。總不外自表無罪乞憐清流之意。此說得之友人許守白。往在都中。與守白論圓海諸記。論議頗多。因約錄如此。通本情節詼詭。楚典圖經。恣意漁獵。非胸羅書卷。筆具轆轤。不能道隻字也。明人傳奇。多喁喁兒女語。獨圓海諸作。皆合歌舞爲一。如春燈謎之龍燈。牟尼合之走解。燕子箋之走象。波斯進寶。及此記之煎珠踏歌。皆耳目一新。使觀場者迷離惝怳。此又明季詞家所無有者也。圓海能度曲。故諸詞皆諧洽。北曲出語頗工。按律多舛。如變夷折點絳唇一套。平仄未諧。第沿誤必有所

四記外更有獅子賺忠孝環二種

本。霜厓。

牟尼合

余所藏圓海曲。既得四記。所未見者。獅子賺忠孝環二種耳。此記題作馬郎俠。通本重在芮小二盤馬一場。萬不可少。余嘗謂圓海各曲。皆具歌舞之狀。往往香檀脆管之中。得曼衍魚龍之戲。蓋謂此也。麻叔謀竊食小兒。事見煬帝開河記。麻叔謀以征北大總管爲開河都護。而以蕩寇將軍李淵爲副使。淵稱疾不赴。乃以左屯衛將軍令狐達爲開渠副使都督。記中雜述神鬼事頗多。而重在二金刀事。二金刀者。指叔謀卒罹腰斬也。陶榔兒爲陵寧下馬村人。以祖父塋域傍河道二丈餘。慮其發掘。乃盜他人孩兒年三四歲者殺之。去頭足。蒸熟以獻叔謀。咀嚼香美。迥異羊

劇情略本開河記

承接頗勝

北詞未合

羔。於是食人之事起矣。令狐達知之。潛令人收兒骨。未及數日。已盈車。圓海劇中情實。蓋本此也。惟以陶榔兒爲麻府中軍。後爲王千牛一詩感動。潛蹤遠遁。則與事實不符。榔兒固首獻嬰兒者。且與叔謀同服典刑也。劇中令狐頔得佛珠爲子。即暗射閹黨乾兒義子。恨通本事蹟。無從臆測耳。競會折梁州新郎內。夾水底魚二一曲。分珠折賺曲後接憶多嬌。鬬黑麻。索嗷折二二郎神下緊接六么令四曲。再用山坡羊二曲。皆合排場。撥演緊慢相次。遲速合度。此等承接。雖梁伯龍。張鳳翼。且未能知之也。掠溺折以副淨唱懶畫眉。方有鈎勒。返魂折混江龍一套。蘆渡折粉蝶兒一套。皆不合規律。圓海南詞諧美可聽。至北詞每多鈎輈格磔。未識所據何譜。討當時太和正音譜久已行

燕箋爲第六種傳奇

傳奇妙訣

世。何以棄而不用。是眞無可解矣。霜厓。

燕子箋

石巢諸種。以此記爲最著。弘光時。曾以此曲供奉內廷。一時朱門綺席。奏演無虛日。是以膾炙人口也。圓海居南都時。與清流諸君子頗相結納。故牟尼合有文震亨序。春燈謎有王思任序。此劇更傾動一時。詩文投贈。尤爲美富。可見當時聲價矣。據韋佩居士序。此爲石巢先生所填第六種傳奇。今按石巢諸傳。正符六種。是玆劇最後出也。六種合獅子賺·忠孝環·討居士又云。郎游戲三昧。實寓以左國龍門家法。又云。介處。白處。有字處。無字處。皆有情有文。有聲有態。此數語足賅括本書。且可爲普天下作傳奇之訣。余謂傳奇中生旦居首。淨丑副之。不知淨丑襯托愈險。愈足顯生旦團

難在眉輪眼角衣痕袖摺間

圓之不易。初學填詞。往往重正角而輕花臉。實是不知文法。此劇之妙。在鮮于佶。此盡人皆知也。抑知繆繼伶夫婦。及臧不退孟媽媽。皆是出色人物。演者不可草草。猶憶板橋雜記記秦淮曲中人。見此記華霍分離時。有盈盈泣下者。可想當日扮演之細膩熨貼也。今日傳唱。止有奸遁一折。即以此折論。吳中伶人工者絕少。余舊見姜善徵演此頗佳。姜沒。此折亦成廣陵散焉。蓋此折之難。在眉輪眼角。衣痕袖摺之間。一舉一動。各有神采處。非得老伶指點。輒不能工。是知陶庵夢憶贊阮圓海戲齣齣出色。句句出色。字字出色者。非過譽矣。余少時即讀此記。又從納書楹譜得寫象字譜。時一按歌。繼客北都。交劉君鳳叔。富樑又與商訂此記全譜。拒挑折宜春令拚着至誠心寬

鳳叔訂譜

葱石刊曲

待等句。等字上聲。頗難下拍。鳳叔別出機杼。爲之妥貼安頓。兩人拍手稱快。是時劉君葱石世珩方欲彙訂四夢。石巢。石渠諸曲譜。邀鳳叔主其事。余因得與之上下議也。今葱石既逝。此記全譜未知是否付梓。集成曲譜中有寫象·拾箋·奸遁·詰圖·四譜·卽鳳叔訂正者·展讀此詞。益動我隣笛山陽之痛云云。霜厓。

春燈謎

此記用筆最淡。四種中文字以此爲最平正。而情節離奇。尤四記中最詭異者。結穴在十錯認。表錯一折。將父子兄弟夫妻眷屬。一一顛倒錯亂。其結撰至苦。而清江引二支。一則云功名傀儡場。影弄嬰兒象。饒伊算清來。倒底是個糊塗賬。一則云閒愁萬斛堆。白髮三千丈。認真的把這部傳奇請仔細想。是作者寓

春燈悔過之作

四記均作於閒廢金陵日

意。已明白言之。余故謂雙金榜爲文過之書。此記則悔過之作也。且圓海四記。皆作於閒廢金陵之日。觀雙金榜蜨引云、怎如青溪明月一漁翁。玉笛梅花三弄。牟尼合雖避暑姑熟而作。第敘締折玉芙蓉云風光六代偏。煙樹三山遠。亦不離金陵也。燕子箋家門折云。爛醉莫愁湖上。此記提唱折又云。百花深處詠懷堂。百花深處者。即石巢園之一景。是可知四記之成。皆在屏處南都之際。時方結納清流。力求湔雪。而清流諸君子持之故急、不容自新。於是有異日鉤黨之禍。假令諸君子稍貶崖岸。容納放豚。正是有用之才。何至國事破裂若此。余讀其詠懷堂詩。一時縞紵投贈之多。幾復兩社之彥。即牧齋梅村。亦與酬唱。是圓海放廢之時。頗知怨艾。此又尚論者所宜平心衡之也。此記獺皮海。或云影射張獻忠。亦無塙證。鄙意不必牽附。轟謎折北朝天子二支。一云千狀千狀。一云非想非想。較梁伯龍擺開擺開。穩愜多多。卽遇屠長卿。亦無可吹求矣。夫容三疊錦。春絮一江飛二支。爲圓海自集之曲。聲律亦復平穩。一部傳奇必須有耐唱曲幾支。方足饜度曲家之望。若力求簡單少用慢板。可以娛目。無可悅耳。此則排場不合矣。余最愛報溺。巧憶泄箋諸折。其詞如春蘼秋棠。不尚詞藻。別饒幽豔。此境惟圓海有之。他人不能也。惟北詞終有錯誤。沉溺折之新水令。虜卜折之粉蝶兒宴感折之醉花陰。句法平仄至多乖異。納書楹宴感一譜。又曲爲遷就。雖可點拍。究非正格。吾又笑懷庭居士之狡獪也。霜厓。

葭秋堂三種曲

此記勝黃陳二作

揚州夢

揚州夢二卷。清嵇永仁撰。永仁字留山。無錫人。抱犢山農其別字也。與范文貞公承謨同死耿精忠之亂。著有葭秋堂集。末附曲三種。曰續離騷。曰揚州夢。皆爲少作。曰雙報應。則難中遺稿也。留山以諸生應制府之聘。同被拘囚三年。犴狴。又死國難。固不失爲義士。而其侍姬青霞。亦自經殉節。一門忠烈。光昭日星。區區傳奇。何足爲先生增重。然而原本風雅。陶寫性情。亦可見志士之襟抱焉。小杜事見諸歌場者。有喬孟符詩酒夢。見雕蟲館元曲選。留山此作。雖根據喬氏。而兼采紫雲一節。并附淮東節幕時事。通本異常飽滿。較諸黃石牧四才子陳浦雲維揚夢。有過之無不及矣。惟留山於聲律之學。未能深造。舛律脫譌。往往有之。如乞守折。耍孩兒本般涉調北曲。而誤認南詞。於是諸煞皆作前腔。且又多用疊句。不知何所本也。鄆會折二郎神一套。句法平仄。頗多不合。而慢詞與過曲。又不分析。此蓋承幽閨之訛。局賣折卜算子引。誤犯他調。青樓折普天樂雁過聲諸曲。時有不合譜格處。他若惜奴嬌祝英臺等調。語句亦多寡不等。而殲敵折二犯沽美酒一曲。爲北詞所未有者。更難是正。凡此皆留山失檢處也。至結構勻稱。靜喧得宜。詞藻復都雅可誦。同時作家。獨徐又陵尤西堂差足頡頏。餘子碌碌。當作三舍之避矣。霜厓。

雙報應

此記爲留山獄中所作。焦里堂劇說卷四引王龍光跋此劇云。吾友抱犢山農。著作甚富。尤留心經濟。與

此記非憑空結撰

余同羅於難。慨慨犴狴之中。豪氣未除。文采散於筆墨。嘗作續離騷四折。以破千古未破之牢騷。同難林翁。因備述建寧城隍揭公郡守孫公判斷貧生錢可貴奸淫王文用二案。陰陽互理。靈爽顯赫。此殆得之目覩。不可不爲表彰之。山農曰。此固余之素志也。吾聞揭公節義昭著。英英千古。士友袁參嵐受其國士之遇。曾託吾表著其事。而碌碌未能。今藉此以畢其素志。可乎。此跋全文未見。据此則山農此作。非憑空結撰也。記中錢張二生事。絕不相同。一則得賢婦而琴瑟重御。一則狎淫朋而身家兩敗。足爲世人勸戒。非尋常傳奇以采蘭贈芍爲美談者可比。惟曲中失律。亦有數處。與揚州夢同病。如拈酸折之榴花泣犯調。不合譜式。褫士折繞紅樓引子。既犯齊天樂緱山月。應作

諸曲舛誤

折獄諸劇

繞天山。此名爲九宮譜中所未有。集牌不妨也。而僅云犯正宮。亦未允協。全節折首曲句法。是醉扶歸。而誤作普天樂。憶夫折小桃紅二曲。開端四語。皆作四字。於律亦未安。購毒折羽仙歌一調。爲南曲所未有。不知何本。陰斷折寄生草四曲。首二句字格不符。此皆舛誤者也。顧居鋃鐺請室之中。猶能褒揚節義。扶植倫紀。雖非正氣歌。亦浩然可塞蒼冥矣。古今傳奇以折獄著者。若雙釘案。釵釧記。雙熊案等。流傳歌場。膾炙萬口。此記情節。亦足驂靳。聰明正直之謂神。揭公有焉。至獄中作曲。實所少見。惟萊陽宋玉叔。中年爲怨家告訐。遂下於理。曾作祭皐陶四折。可與山農媲美。此外恐無鼎足之人矣。霜厓。

報恩緣

作曲四種

白作吳諺

此爲獨學老人刊本。老人爲石琢堂。（韞玉）著有獨學廬叢稿者是也。簀漁事實。詳見石氏序中。生平譔述。以諧鐸一種。最播人口。幾婦孺皆知矣。作曲至多。傳者僅此四種。其夫人張氏名靈。字湘人。亦工詞藻。閨中倡和。有趙管風焉。簀漁嘗泥其夫人。以金釵作贄。拜爲閨師。爲譜北曲一套。其事絕韻。詳載吳枚庵東齋脞語。後湘人早卒。簀漁遂託跡青樓。或飾巾褶上氍毹。作戾家生活。其抑鬱不平之氣。悉於曲中吐之。又嘗與吳枚庵（翌鳳）陳文瀾（學海）周浣初（賓）陶淨蘅（磬）徐道昕（春福）陳復生（元基）戴壽豈（延年）余式南（尚德）林煜奇（蕃鍾）結水村詩社。各有詩數十首。今亦不傳。此二事爲琢堂所未及也。此記以白猿受謝生之庇。成就其科第。聯合其昏姻。當與中山狼劇對勘。記中白文多作吳諺。容

科白嘉勝

誤處刊正

不入北人之耳。而結構生動。如蟻穿九曲。通本鎔成一片。最妙如王壽兒李狗兒一段。插科打諢。觀者無不哄堂。而縣丞胡圖。以成衣出身。語語不脫裁縫口吻。尤見匠心周匝。與才人福中之聯元。一樣手筆。此等科白。決非腐儒能從事矣。惟石氏此刻。未經讎校。曲中誤謬頗多。余匆匆付印。亦未遑一一校正。幸文字明淺。可以意會耳。或謂通本白多曲少。文情稍遜。余意曲雖不多。而語語烹鍊。且登場搬演。又適得其中。爲觀場者計。正不必淚使才情也。霜厓。

再讀一過。刻本差誤處略加是正。顧不能細校也。今疏記之。第八齣啄木鸝曲。那裏是倒弄得。應用大字。第九齣開首如夢令應用小字。歸朝歌應作歸朝懽。第十齣沈醉東風曲。祠字荒涼字字應作宇。十三齣

傳奇能事

一江風兩曲。丹桂高攀挾瑟齊門二語。皆應用大字。十六齣梁州序。應作梁州新郎。次支前腔曲。不時自釀香醪句。不時二字。應用大字。又守分貧民。怎肯犯法條句。應在條字上斷。二十三齣僥僥令曲。應作小梁州。二十六齣二郎神曲。教他那裏句。應用大字。三十二齣榴花泣本是兩曲。自乍凝眸起爲第二支。應提行。添前腔二字。又兩紅燈應作兩紅燈。三十五齣太師引第二曲。本性兒呆守鴛鴦句。不合太師引本格。略記如此。讀者宜詳檢焉。霜厓又記。

才人福

此記以張敉爲主。而以唐寅祝允明爲輔。其事雖肊造。而文心如剝蕉抽繭。愈轉愈奇。總不出一平筆。傳奇至此極才人之能事矣。幼于初名獻翼。爲伯起之弟。叔貽之兄。嘉靖中。吳中稱才士輒曰四皇三張。四皇者皇甫冲及其弟涍汸濂。三張者卽鳳翼獻翼燕翼兄弟也。伯起叔貽皆舉鄉薦。幼于困國學。早見賞於文徵仲。讀書上方山治平寺。撰周易約說雜說臆說。及讀易紀聞讀易韻考。不失爲儒生。後乃狂易自肆。與所喜張孝資檢點故籍。刺取古人越禮任誕之事。排目分類。仿而行之。兩人爲儔侶。或歌或哭。或紫衣挾伎。或自足行乞。孝資生日自爲尸。幼于率子弟緦麻環哭。上食設奠。孝資坐而饗之。翌日。行卒哭禮。設伎樂。哭罷痛飲。謂之收淚。又有劉會卿者。典衣買歌伎。俄而病卒。幼于持絮酒就其喪所。哭之以詩。復令會卿所狎胡姬爲尸。仍設雙俑夾侍。使伶人奏琵琶。再作長歌酹焉。其放浪有如是者。晚年攜伎居荒

靈芸不知何本

諸曲勝處

蕢漁科白能手

諸曲刊誤

圃中。爲盜所殺。記中一切皆未之及。獨記一李靈芸。不知何本。至沈氏夢蘭。秦氏曉霞。皆烏有子虛之列。可不必論。余所最喜者。訪訛折中自譽詩。真是異想天開。令人百思不到。宴誰一折。亦令人絕倒。余嘗謂蕢漁之才。既不可及。而用筆之妙。尤非藏園倚姓所能。笠翁自負科白。爲一代能手。平心論之。應讓蕢漁。霜厓。

此記刊誤處亦多。略誌於下。雙奔齣泣顏回曲。逗的欲可憐五字。皆應大字。唱稿齣尹令曲。那一處這一邊。亦應大字。又二犯。麼令。應改書么令。和箋齣二犯掉角兒。應提行起。夜閱齣六犯清音曲。酒旗山廓句。廓應作郭。哄主齣太師引曲。想是。那也只是雖沒箇又何用諸字。亦應大字。宴誰齣梁州序。應改書梁州

文星與臙脂事相類

新郎。誘錯齣麻婆子曲、待我攙入待我六字。應改小字。浼伐齣二郎神曲。脫換頭二字。應大。行盤齣白文首句三話字皆應作詫。又榴花泣第二曲末二句。要迷他喬妝成六字。亦應大字。交逼齣粉孩兒曲末二句。那知他閃得我六字。亦應大字。詭怒齣引曲。昨夜風餐今朝露宿纔到長安三語。亦應大字。疑坦齣下山虎曲。怎把二字。亦應大字。露機齣江頭金桂曲。細參詳句。應作細詳參。福圓齣喜遷鶯。應改書喜遷鶯。略記若干條。恐不止此。霜厓又記。

文星榜

此記情節頗似聊齋志異中臙脂事。卞芳芝酷似臙脂。固不必論。他如楊仲春即臙脂傳中之宿介也。薛鸞姐即王氏也。王又恭即鄂秋隼也。王六訌即毛大

結構煞費經營

胭脂獄傳奇

張道梅花夢傳奇

誤刻尚少

也。方魯山卽施愚山也。迎覯戲洩拒冒失帕誤戕諸齣。卽臙脂傳中事實也。惟甘向二家事。爲作者增益得甘碧雲向采蘋二女子。點綴其間。遂生下卷文章。非如十五貫梁上眼之僅以折獄名也。觀其結構煞費經營。生旦淨丑外末諸色。皆分配勞逸。不使偏頗。而用意之深。如入武夷九曲。賺姻罵婚二齣。非慧心人必不能作。通本遂玲瓏剔透矣。光緒初。有玉泉樵子者。未見此記。偶見蒲志。卽據本傳成胭脂獄傳奇十六齣。援引僅及本書科白。不發一粲。而自負不淺。識者哂之。此與錢塘張道未見風流院療妒羹舊曲。妄慕小青之名。別撰梅花夢傳奇三十四齣。其事相類。無知妄作。傳奇且不可。遑論其他乎。霜厓。

此刻誤處却不多。如迎覯折中呂通曲。應作中呂過

此學療妬羹

曲。花提馬應作花馬回。憐才折仙呂通曲。應作仙呂過曲。罵婚折麼篇曲應作么篇。其他正襯大小字。尚少大誤處。霜厓又記。

伏虎韜

此即袁簡齋子不語中醫妬一事。而加以點綴也。聞故老言洪楊亂前。吳中頗有演此記者。往往哄堂大噱。余亦藏有殘譜。今則不獨無人能唱。且并不知此記之名矣。賓漁服膺粲花四種時時效之。即如此記。亦暗學療妬羹。而與汪廷訥獅吼記絕不相似。足見賓漁之宗尚矣。採風奇枷二折。最足發人噱。顧科白轉折。亦類情郵中之樞密乃顏。不獨選妾折解三酲第二曲。人前枉說金縢誓。戲語難封桐葉侯二語。直襲療妬羹中賢風也。大抵賓漁諸作。意境務求其曲。

愈曲而愈能見才。詞藻務求其雅。愈雅而愈不失真。小小科白。亦不使一懈筆。其第一關鍵。在男女易妝。令人撲朔難辨。四記皆用此法。而此記更幻。佳處在此。而落套亦在此。故讀蒷漁諸作。驟見其一。詫爲瓌寶。徐讀全書。反覺嚼蠟矣。又四記首折。皆從生日前

拾藏園牙慧

生着想。亦拾藏園香祖樓空谷香之牙慧。偶一用之。原無大礙。今四記皆如是。未免陳言。此則蒷漁短處也。此記收處。以假託城隍神結案。實亦本諸藏園。惟能令人不覺。所以爲妙耳。霜厓。

諸曲刊誤

此記刻誤處。亦有數條。如奇枷折。六麼令應作么令。又桂枝香曲。那裏有消受他。應大字。伏吼折泣顏回二曲亦誤。此二曲是犯調。應作泣紅雲兒。蓋合泣顏回首二句。紅芍藥第三句。駐雲飛首二句。耍孩兒末

句也。千秋歲曲。少作半闋。越恁好曲末三句。不知所犯何曲。反計折尾犯序第二曲。不合本調格式。必有脫譌。催試折九迴腸曲。鴛幃阻隔巫峯下。脫一帳字。閨諠折下山虎。亦脫二語。從此清波裏句。應作五字。從此二字應大。誘醮折十二時是總牌名。以下山坡羊。園林好。江兒水等。皆分牌名。十二時下應用一括弧。結案折。黑蟇序。蟇應作蟆。此外正襯大小字誤處尚少。霜厓又記。

怡府本還魂記

余丙辰歲除祭書詩。有一事平生差得意。案頭六種牡丹亭句。今並此爲七矣。六種爲玉茗原本。三婦評本。清暉閣本。冰絲館本。臧晉叔本。墨憨齋本。他如鈕少雅葉懷庭馮雲章諸譜。皆不記云。又曰。玉茗以善

玉茗以北法填南詞

文律評語中棨

還魂之竄改

用元詞名。記中以北詞法填南曲。其精處直駕元人而上之。自有詞家。無人能敵也。呂玉繩臧懋循以南詞法繩之。又何怪鑿枘也。世人不知玉茗之所自。交口言其舛律。此少雅所以爲之訂譜歟。

三婦合評本還魂記

細讀數過。所評僅文律上有中棨語。于曲中毫無關涉。無怪冰絲本時加譏諷也。論玉茗此劇者。當以鈕少雅格正本爲最。而葉懷庭譜尚稱妥善。臧晉叔改本亦遠盛碩園。乃此書獨享盛名。亦奇耳。

冰絲館本還魂記

臨川還魂。同時已有竄改。一爲呂玉繩。醉漢瓊筵絕句。卽爲呂氏而發。見玉茗集與凌初成書。一爲臧晉叔。卽葉懷庭譏爲孟浪漢者。實則爲吳下傖人計。則

易名風流夢

冰絲本之優點

此記與水滸不同

删改本。亦頗可用。（晉叔將四夢全行删削。實有見地。余另有題記。）一爲龍子猶。劇名改作風流夢。卽世傳墨憨齋本者是也。俗伶所歌叫畫一折。卽是龍本。知者鮮矣。删改本中以此爲最。余所見者止此。至于刊本之高下。更難論斷。余所藏如汲古文林清暉諸本。固以毛本爲最劣。王本最優。然總不及此本（指冰絲）之善也。臨川塡詞。信手揮灑。頗多不合宮調。同時吳江沈寧菴。則斤斤銖黍。不少寬假。所刻諸曲。皆分別正襯。寧菴以前。無此格也。冰絲以寧菴之律。校海若之詞。可謂匠心獨苦。雖鈕少雅且不能專美于前矣。（少雅有格正還魂記。字字剔腎鏤心。至佳。今爲貴池劉氏刻。）

青樓記

吳門許自昌作水滸記。刊入六十種曲。與此書絕異。

不知誰氏筆也。文字頗古拙。當是明中葉人作。與伯龍伯起。喜以駢語入白文者不同。富春刻傳奇。共有百種。分甲乙丙丁字樣。每集十種。藏家目錄。罕有書此者。余前家居。坊友江君。持富春殘劇五十餘種求售。有牧羊綈袍等古曲。余杖頭乏錢。還之。至今猶耿耿也。

富春刊傳奇百種

富春刊有牧羊綈袍二曲

花筵賺

此爲范香令得意之作。其中鍊句鍛字。直合夢窗詞玉溪詩成之。湯臨川紫釵記。殆不能專美于前也。香令名文若。字荀鴨。又字吳儂。著有夢花酣。鴛鴦棒。金明池。雌雄旦。歡喜冤家等劇。而此劇尤膾炙人口云。

范氏諸劇

快活三

此爲吾鄉張大復撰。大復字星期。一字心其。又號寒

張氏傳奇二十三種

快活三之由來

通套無重韻

山子。高弈新傳奇品云。心其之詞。如去病用兵。暗合孫吳。亦一時之彥也。居金閶半塘。孜訂南詞最精。故此作無失律語。共著傳奇二十三種。如是觀醉菩提。最膾炙人口。今歌場中。尚未絕響也。快活三本中呂宮曲。而其名見東京夢華錄及武林舊事。夢華錄云。關撲有名者。任大頭快活三之類。武林舊事云。舞隊有快活三郎快活三娘二種。蓋亦耍鮑老。憨郭郎。喬捉蛇之意。顧與傳中無涉。未識何以題此名也。

息宰河

字字鏤心刻骨。又不落小家樣子。古今無此巨筆。香令紅友。皆不如也。笠翁謂綰春園。用韻太雜。當非讕言。今讀此作。通套無重韻。且又無通假一二字。以此例彼。當亦爾爾。不知湖上何所見而云然也。他日茍

文敏諸作之動機

鼎峙忠義皆出門客手

得綰春。當細核之。

勸善金科

此曲爲華亭張文敏照等奉勅編製。乾隆初。純皇帝以海內昇平。命文敏等撰諸院本進呈。以備樂部演習。凡各節令皆奏演之。其時典故。如屈子競渡。子安題閣諸事。無不譜入。謂之月令承應。其于內廷諸慶事。奏演祥徵瑞應者。謂之法宮雅奏。其于萬壽令節。前後奏演羣仙祝壽者。謂之九九大慶。此勸善金科十本。演目蓮救母事。于歲暮奏之。以其鬼魅雜出。用代古人儺祓之意。又演唐玄奘西域取經事。謂之昇平寶筏。于上元前後日奏之。凡此五種。皆文敏親製。詞藻奇麗。引用內典。大爲超妙。其後命莊恪親王。編鼎峙春秋及忠義璇圖。則皆出王門遊客之手。不及文敏多矣。此殿本七種曲之始末也。

小青諸傳春波最勝

此作荒唐

雷塔非盡美之作

風流院

此劇當是未見石渠瘵妬羹而作。朱京藩字里無攷。末坿小青傳焚餘。一爲京藩自作。一卽取子猶原傳中所附小青詩詞。及與楊夫人書彙錄成卷也。瘵妬以小青改適楊生。此書又適舒生。使小青地下蒙詬。皆非正當。惟詞采則可取耳。明人詠小青者至多。吳朱兩作外。如徐野君春波影之北詞。陳季方之情生文之南詞。又有梅花夢一種。中以春波影爲最。此作以湯若士作風流院主。眞荒唐可樂矣。

雷峯塔

雷峯塔不知何人所作。此是歙人方仰松改筆。觀其自序。煞費苦心。然劇中篇幅過狹。套數失次。亦非盡

仰松曲非當行

仿作可哂

用韻雜湊

坐玉茗之病

美之作。國朝自昉思後。曲學日衰。乾隆時。僅心餘夢樓。可稱驂靳。惺齋倚姓。殊難鼎足。餘子無譏矣。仰松有香研居詞麈。論音呂頗精。所作小詞間亦有致。而曲則不甚當行也。此書傳唱。今所存者。止水鬬斷橋二支。而一仿長生。一仿浣紗。且并旁譜亦效之。殊可哂也。

雨花臺

此向秀思舊賦耳。作者究非吳儂。且又才力薄弱。時有捉襟露肘之態。所用各韻。亦多湊趁。無足取也。

紫霞巾

情節關目。亦復可人。惜尚少過脈小劇。又作者不能按歌。却喜摹倣玉茗。須知玉茗四夢。挾嗓處至多。不善學之。往往句讀多誤。作者正坐此病耳。

藏園流毒

出宮失調不勝枚舉

蘭桂仙

傳奇須脫窠臼。自藏園作曲。以扶植綱紀爲主。而歌場乃多腐套。開首必云天仙謫降。收場必云仙圓。皆空谷香香祖樓之流毒也。昔吳棠村學詞于萬紅友。萬云。非爛熟元詞。無從下筆。余深嘆爲至言。此劇南北詞不分文質。科白處不分段落。而婢祭一折。用四言韻文。多至十六章。自來傳奇無此格式也。左巽軷曾爲霍山知縣。所行頗負聲譽。沈賓漁起鳳中略。詞學甚深。不知評此劇本獨多諛詞。豈徇情云爾耶。吾讀嘉道年來曲子。輒不滿意。非好與古人爲難。實喉中作鯁。不得不出而哇之也。又每齣套數。出宮失調。不勝枚舉。方知作者于此道。不甚了了。吾前跋云云。尚覺陳義過高也。

白效從軍劇

雜劇三十一種

苧羅夢

此劇爲幕府寫愁。牢騷不小。曲白有效徐文長木蘭從軍劇處。正目云。蘂珠宮仙姬署印。浣溪紗天女成姻。姑蘇臺花神示幻。苧羅村俗士效顰。

誠齋樂府

誠齋爲明周憲王有燉。王定王橚長子。高皇帝孫。洪熙元年襲封。景泰三年薨。有誠齋錄新錄諸集。蓋宗室中賢而能文者也。錢牧齋列朝詩集云。所製誠齋樂府傳奇。音律諧美。流傳內府。至今中原絃索多用之。余按誠齋所作雜劇。多至三十一種。往在都中曾購得二十二種。雖蒐羅未備。而自也是園後。藏憲藩雜劇之多。已未有如余者矣。明朱灌甫萬卷堂聚樂堂兩書目均有誠齋樂府。近百年間。汪氏振綺堂朱氏結一廬亦有零種。未詳其目。黃陂陳氏有辰鈎月神仙會常椿壽東華仙

誠齋樂府爲海內孤本

鈔錄副本

考訂諸詞

蟠桃會八仙慶壽六種上虞羅氏有牡丹仙牡丹園牡丹品三種余所得者爲半夜朝元喬斷鬼烟花夢小桃紅豹子和尚曲江池悟真如慶朔堂仙官慶會辰鉤月桃源景常椿壽香囊怨得騶虞仗義疏財復落娼踏雪尋梅團圓夢牡丹品牡丹園牡丹仙繼母大賢等二十二種較也是園目少瑤池會河嵩神四時花月海棠仙文殊菩薩義勇辭金東華仙蟠桃會神仙會九種而踏雪尋梅一種雖遵王亦無有焉余竊自幸云至樂府散套則明清兩代藏家從未著錄洵爲海內孤本吾友通縣王君孝慈得諸廠甸詫爲瑰寶郵致南都屬爲校核余方主講南雍因屬諸生錄一副本此書不分卷數僅分散曲套數兩類而套數內自南呂一枝花詠簾後皆已殘缺世無他刻無從抄補矣中如柳營曲之風月担兒之二十二篇醉太平之風流體二十篇詼嘲謔浪微傷鄙僿其他足資考訂者如白鶴子詠秋景五首序中暢論南北曲之流別爲詞隱鞠通輩所未悉又楚江情閨情五更別見

海內知音

吳騷選本題作古詞。不知爲誠齋所作。且每首後又附北曲金字經一支。亦爲諸選本所未及。可徵明季曲選之陋。而二更一曲。與袁籜菴西樓楚江情大同小異。尤可知籜菴雖負盛譽。實匃乞憲藩之餘瀝。又慶東原二曲。賡和丹邱。丹邱爲寧獻王道號。與誠齋爲文行。丹邱洞達音呂。聲滿江右。誠齋與之唱和。宜其詞學之工也。誠齋知音之名。傳遍宇內。李崆峒汴中元夕詩云。空中騎吹名王過。散落之聲滿九州。又云。齊唱憲王春樂府。春或作新，非。余據嘉靖本空同集。 金梁橋外月如霜。中左史詩云。唱徹憲王新樂府。不知明月下樊樓。蓋宣正正嘉百年之間。其風行之盛。有如是者。今讀其詞。不勝東京夢華之感矣。爰識其尾。歸諸孝慈云。癸亥季夏之月辛丑。長洲吳梅書於奢摩他室。

霜厓曲跋卷三終